首部曲

④ 荒野新生
The Last Wilderness

【英】艾琳·亨特◎著
姜彦青◎译

中国少年儿童新闻出版总社
中国少年儿童出版社

著作权合同登记：图字 01-2018-9095

copyright © 2010 by Working partners limited
Series created by working Partners limited
All rights reserved.Printed in the united States of America.No part of this book may be used or reproduced in any manner whatsoever without written permission expect in the case of brief quotations embodied in critical articles and reviews. Foe information address HarperCollins children's Book,a division of Harpercollins Publishers,
10 east 53rd steeet ,New York,N Y 10022.

图书在版编目（CIP）数据

熊武士首部曲 . ④, 荒野新生 /（英）艾琳·亨特著；姜彦青译 . -- 北京：中国少年儿童出版社，2019.7 (2021.11重印）
ISBN 978-7-5148-5508-1

Ⅰ . ①熊… Ⅱ . ①艾… ②姜… Ⅲ . ①儿童小说 – 长篇小说 – 英国 – 现代 Ⅳ . ① I561.84

中国版本图书馆 CIP 数据核字（2019）第 109935 号

HUANGYE XINSHENG
（熊武士　首部曲　④）

出 版 发 行：	中国少年儿童新闻出版总社 中国少年儿童出版社
出 版 人：	孙　柱
执行出版人：	马兴民

选题策划：	缪　惟　何强伟	著　者：	[英]艾琳·亨特
责任编辑：	张　靖	内文插图：	黄巧露
		责任校对：	樊瑞瑞
		责任印务：	厉　静

社　　址：	北京市朝阳区建国门外大街丙 12 号	邮政编码：	100022
总 编 室：	010-57526070	发 行 部：	010-57526568
官方网址：	www.ccppg.cn	编 辑 部：	010-57526303

印刷：	北京圣美印刷有限责任公司		
开本：	880mm×1230mm　1/32	印张：	9.25
版次：	2019 年 7 月第 1 版	印次：	2021 年 11 月北京第 2 次印刷
字数：	167 千字	印数：	8001—13000 册
ISBN 978-7-5148-5508-1		定价：	28.00 元

图书出版质量投诉电话 010-57526069，电子邮箱：cbzlts@ccppg.com.cn

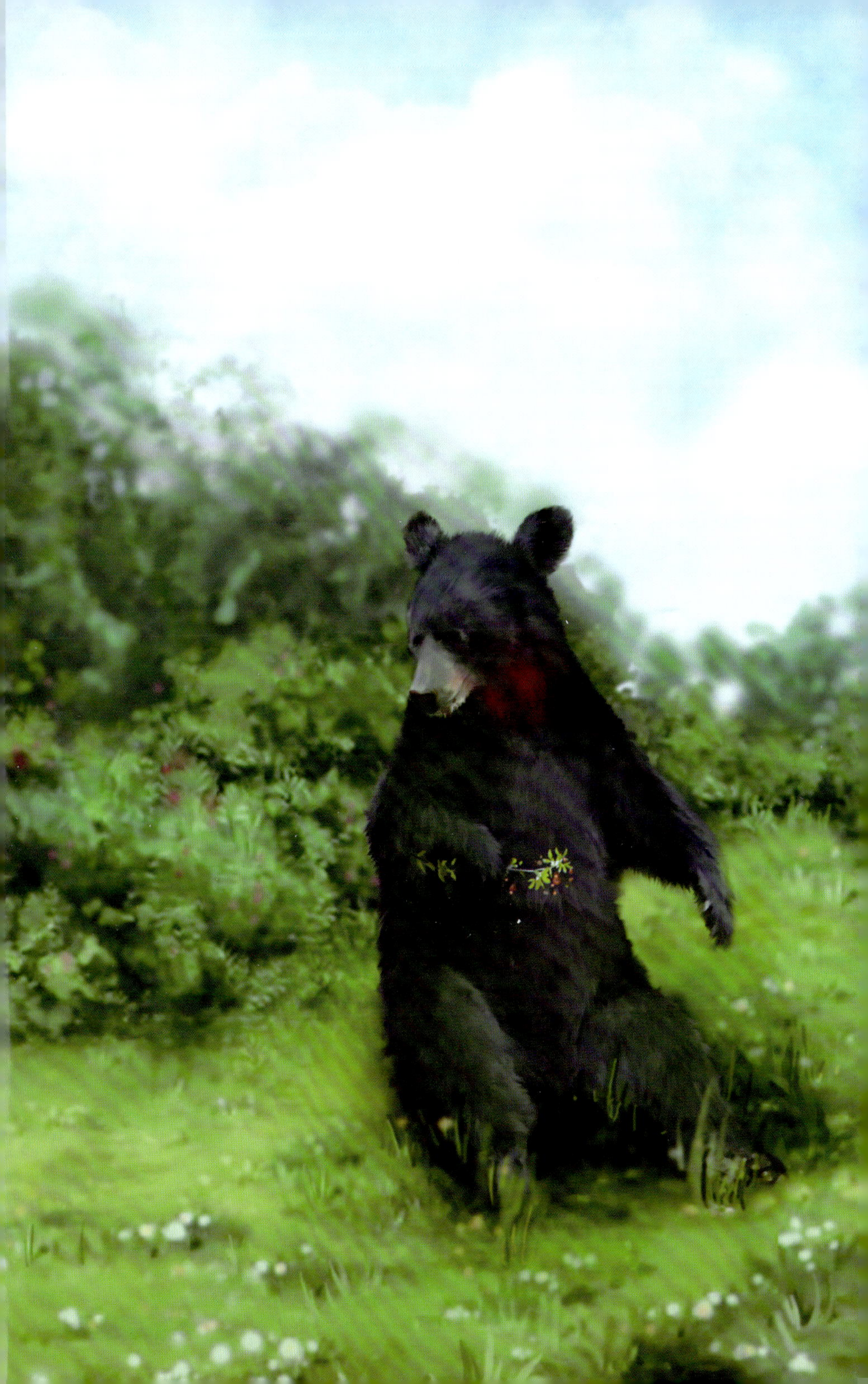

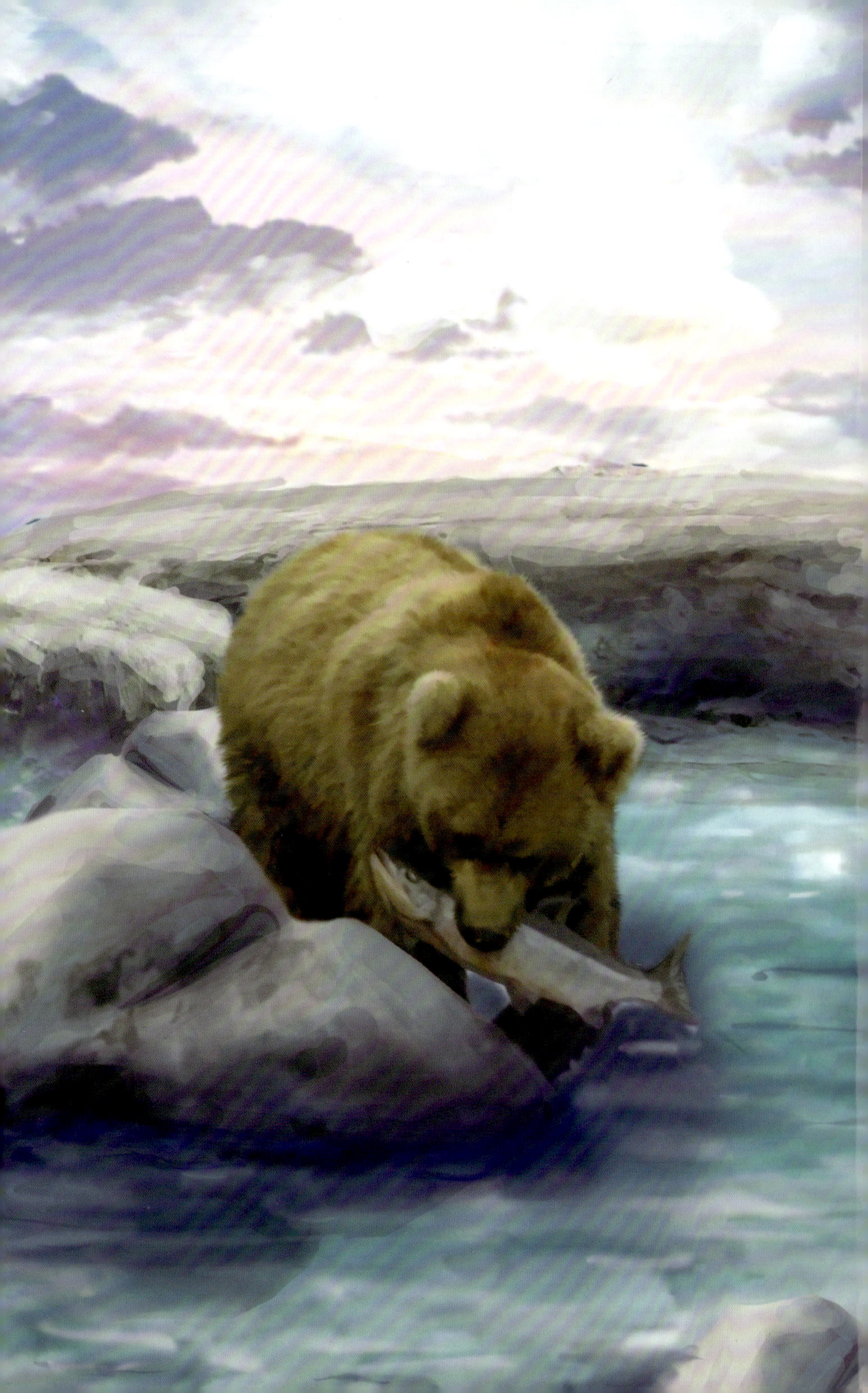

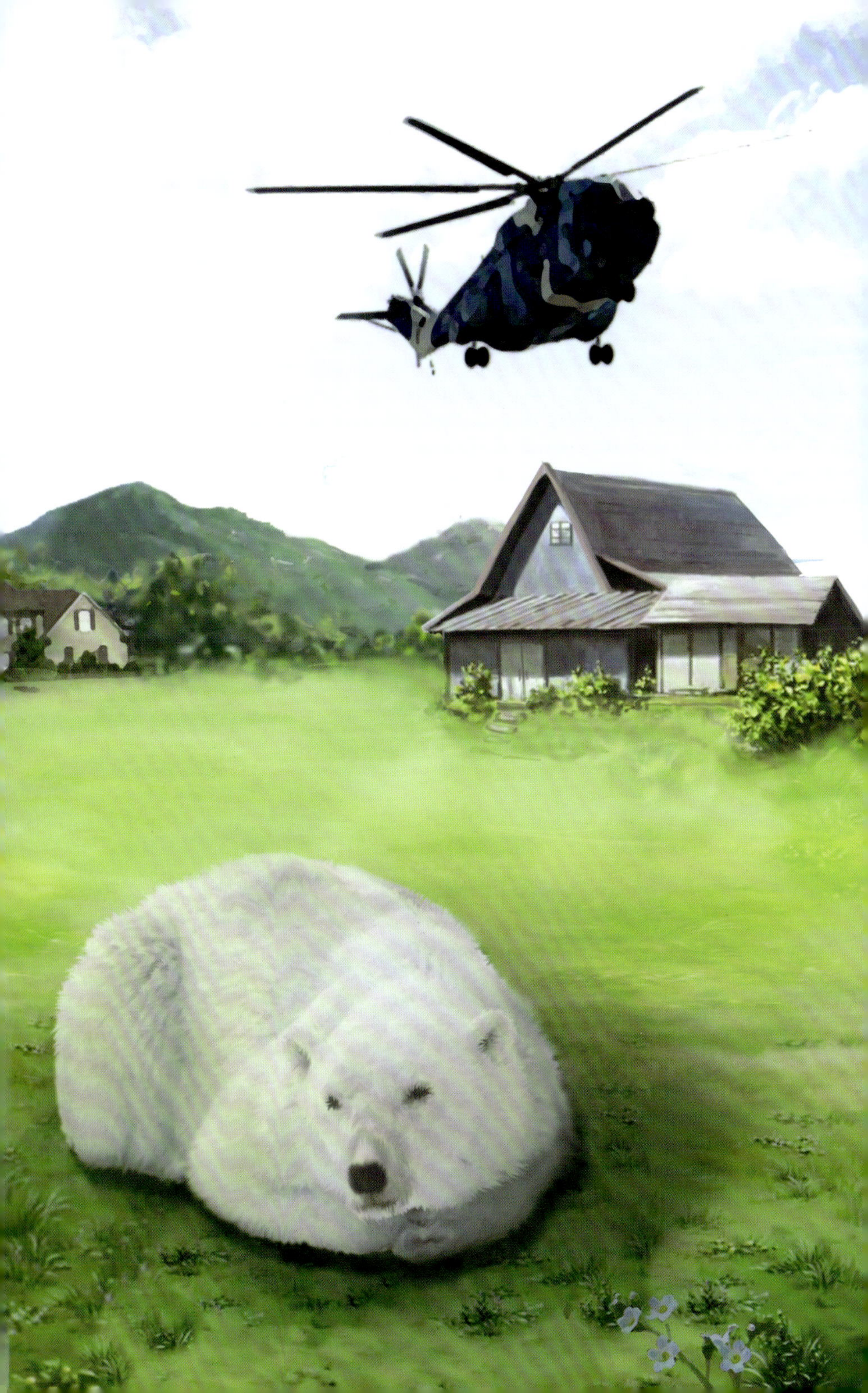

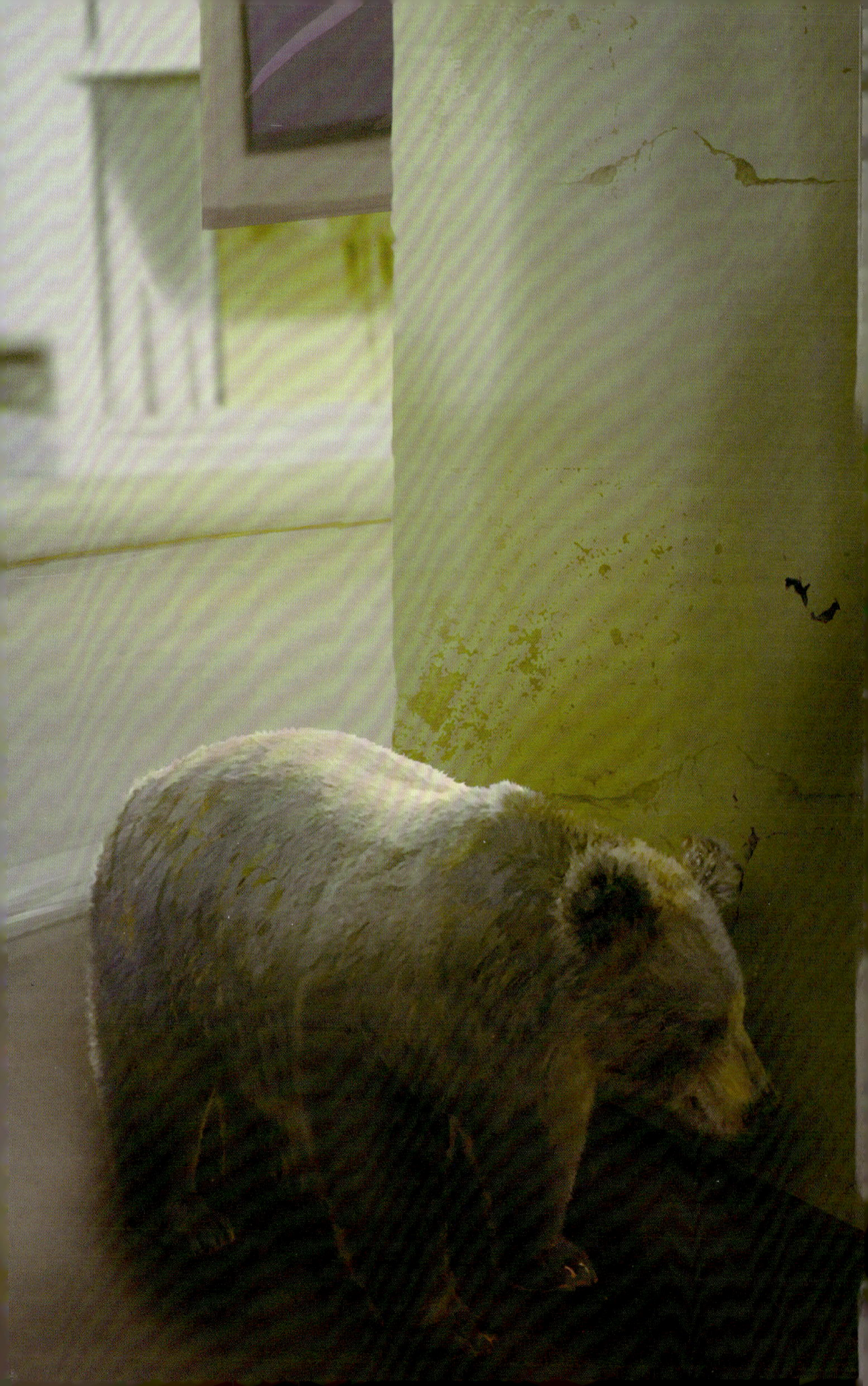

特别感谢图伊·萨瑟兰

地图标注：

- 海豹礁
- 海象礁
- 养鹿扁脸地盘
- 冰极世界
- 最后的大荒野
- 黑水山
- 渔民扁脸地盘
- 雪鹅岛
- 碎冰河
- 驯鹿谷
- 熊岩
- 大熊湖
- 爪印岛
- 猫掌山
- 大河
- 爪路
- 金属鸟巢穴
- 天爪
- 塔克罗的诞生洞
- 熊鼻山
- 三个湖
- 银路
- 露莎的熊池
- 大鲑鱼河

熊的探索地图：熊的视角

露莎 ———
卡莉克 — — —
塔克罗 ·········

星岛

礁

麦儿汀海

热天聚集地

黑路

目 录

第一章　乌朱瑞克 ………………………………… 1
第二章　露莎 …………………………………… 11
第三章　塔克罗 ………………………………… 25
第四章　卡莉克 ………………………………… 31
第五章　露莎 …………………………………… 40
第六章　塔克罗 ………………………………… 47
第七章　塔克罗 ………………………………… 54
第八章　乌朱瑞克 ………………………………… 60
第九章　卡莉克 ………………………………… 65
第十章　露莎 …………………………………… 77
第十一章　塔克罗 ……………………………… 85
第十二章　乌朱瑞克 …………………………… 91
第十三章　卡莉克 ……………………………… 100
第十四章　乌朱瑞克 …………………………… 105
第十五章　塔克罗 ……………………………… 111
第十六章　卡莉克 ……………………………… 116
第十七章　乌朱瑞克 …………………………… 124
第十八章　露莎 ………………………………… 131
第十九章　乌朱瑞克 …………………………… 136
第二十章　塔克罗 ……………………………… 141
第二十一章　乌朱瑞克 ………………………… 154
第二十二章　卡莉克 …………………………… 163
第二十三章　露莎 ……………………………… 171
第二十四章　塔克罗 …………………………… 178
第二十五章　露莎 ……………………………… 184
第二十六章　塔克罗 …………………………… 193
第二十七章　卡莉克 …………………………… 205
第二十八章　露莎 ……………………………… 214
第二十九章　乌朱瑞克 ………………………… 225
第 三 十 章　卡莉克 …………………………… 238
第三十一章　塔克罗 …………………………… 252
第三十二章　乌朱瑞克 ………………………… 261
第三十三章　乌朱瑞克 ………………………… 268
第三十四章　卡莉克 …………………………… 281

荒野新生

第一章
乌朱瑞克

脚下的斜坡渐渐平铺成草原，一群驯鹿正在那里安静地吃草。呼啸而来的风像无形的大脚掌一般，有力地拍击着乌朱瑞克的身体。

热天就要过去了，接连下了几场雨之后，空气变得甜美清新。乌朱瑞克喜欢细细品味那些吸进肺里的气味——混合着猎物、植物嫩芽，还有咸咸的海水味道。

他向山坡下跑去时，回头看了看他的朋友们。白熊卡莉克正紧跟在他身后，她一边迈着如流水般平缓的步子慢跑着，一边皱起鼻子四处嗅闻。过去的几个月里，他们不是穿行在黑暗的森林中，就是跋涉在被太阳烤得炽热的石头上，所以乌朱瑞克不禁有些担心，卡莉克还能不能辨识出冰海的味道——那种对她而言属于家的味道。

突然，身后传来砰的一声。乌朱瑞克立刻回头看去，原来是小黑熊露莎因为跑得太急，不小心把自己给绊倒

了。她往山坡下滚了好远才摇摇晃晃地站了起来。四只小熊中，露莎个儿最小，所以走得也最慢，同伴们每向前走一步，她基本上要两步才能跟上。即便如此，她却总是能努力保持着不被落下太远。

在最前面带路的是塔克罗，这只小棕熊的耳朵被大风吹得平贴到了脑袋上。他永远走在队伍最前面，遇到什么事情也总是第一个冲上去。想到这里，乌朱瑞克心中涌起一股暖流：塔克罗该是多么信任我，才会一路跟着我走到这里啊。他们真的一起走了很远的路，乌朱瑞克甚至都记不起与塔克罗和露莎初次相遇的那座山了。突然之间，他很想回忆起他们踏出的每一步，想要在心中描绘出他们不断行走的每一天以及奔向世界尽头的这整段路途。

因为，此刻他们终于抵达了冒险旅途的目的地——他们找到了最后的大荒野。

山脚下的草地上，驯鹿们正在悠闲地进食、休憩。几只小熊冲向它们时，突然，它们抬起头来。

"小心点儿！"乌朱瑞克低沉地咆哮着，"我们来啦！"

塔克罗回头瞥了他一眼，喊道："这些家伙太大了，它们不是我们的猎物，你这个木头脑袋！"

乌朱瑞克怒气冲冲地看着他。其实他不是真的要去猎捕那些庞大的驯鹿——他知道自己的体格还不够强壮，个子小得只能从这些长腿生物肚子下面穿过去。他只是在享受这种肆意驰骋的快感：爪子掠过草叶发出悦耳的嘶嘶

荒野新生

声，奔跑中的脚掌带起阵阵轻风，身侧的毛发像波浪一样随风起伏！

已经快到山下了，他们沿着缓坡疾冲而下，直接蹿进了驯鹿群。这些头上长角、体形硕大的家伙根本没有把他们放在眼里。它们慢腾腾地扭过头，用懒洋洋的眼神看着眼前这些莽撞的小熊。如此多的驯鹿堵在前面，乌朱瑞克根本看不清它们的另一边有什么。那些密密麻麻的驯鹿腿又瘦又高，看上去像是一片森林，而森林的顶部则是它们灰白色、毛茸茸的肚子。驯鹿群散发出一股浓烈的麝香味儿，乌朱瑞克皱起鼻子。

塔克罗突然加速猛冲，带着大家在鹿群中挤出一条路来。这一举动倒是吓得鹿群立刻四散开来。随后，他们终于看到了鹿群后面的景象。在灿烂的阳光下，乌朱瑞克忍不住眨了眨眼睛。脚下是一片辽阔的绿色大草原，一丛丛苍翠的灌木点缀其间，银光闪闪的细流在草丛里若隐若现。一团团白影闯进了乌朱瑞克的视野，那是在湿地水草中觅食的雪鹅群。

这就是库帕克跟他们讲过的大荒野。这里的猎物足够他们吃饱肚子，空间也足够他们闲适地生活；这里看不到扁脸的踪迹，远离了火焰兽和黑路……

乌朱瑞克已是饥肠辘辘。在穿越烟雾山的过程中，大家都受了很多罪，似乎很久都没有吃上一顿饱饭了。眼前的鹅群唤醒了他的饥饿感，他咽着口水冲了过去，速度越来越快，身边的景物慢慢地拉成了一条线。此刻，除了一顿鲜嫩可口的鹅肉大餐之外，他的脑子里装不下任何东西了……突然，乌朱瑞克感觉自己腿脚发麻，四肢开始伸长、变细；与此同时，他身上松软的棕色细毛也慢慢地变成了乱糟糟的灰色硬毛。

狼！

乌朱瑞克的口鼻越来越长，视野则越来越窄，当他紧紧盯着前面鹅群的时候，周围的一切似乎都变暗了，他的眼睛里只有前方的那群鹅；耳朵里所有的声音渐渐消失了，能听见的只有鹅的鸣叫声以及窃窃私语声，那些声音越来越大，越来越大。

乌朱瑞克感觉自己身轻如燕，步子也越来越大。从塔克罗身边跑过时，他听见有谁在冲着自己大声咆哮，但是那个声音像是从很遥远的地方传来的一样，乌朱瑞克压根儿没心思去理会，干脆当作没有听见。鹅群的气味完全控制了他所有的感官，他伸出舌头大口呼吸着，全力奔向自己锁定的目标——站在鹅群最外围，那只肥硕迟钝、毫无防备的大白鹅！就是这只！我就要这一只！他想象着猎物到手之后的情景：将牙齿插进那只鹅的羽毛中，咬断它的骨头，贪婪地嗅着血液的气息，然后听着它的心跳逐渐消失。

捉住它……咬断它的脖子……然后吃了它！

四周的景色飞快地消失在他身后，风从耳边呼啸而过。乌朱瑞克的脚掌几乎离开了潮湿的地面。终于，他到

荒野新生

达了鹅群的外围,那些鹅被吓得惊慌失措,纷纷拍打着翅膀四散而逃,空气中充斥着尖利的惨叫声。乌朱瑞克龇着牙一跃而起,稳稳当当地抓住了他选定的那只肥鹅。他用尖牙咬住它的脖子狠命地晃动着,猎物在他的嘴下扑扇着翅膀不停地挣扎,很快就一动不动了。

乌朱瑞克叼着猎物,骄傲地昂起头。现在就吃了它……鲜血的美妙滋味……就在这时,他突然停住了——脑海中有个声音在提醒他,现在还不能吃,他很不情愿地转身朝来时的路返回。

紧接着,乌朱瑞克四肢瘦长的狼形躯体发生了变化:他的身体慢慢膨胀起来;棕色的细毛取代了粗硬而浓密的灰色狼毛;四只爪子也变得更加强壮有力;慢慢地,心跳缓和了下来,那种嗜血的欲望也荡然无存了。

鹅群已经飞到另一个地方去了,它们尖利而沙哑的惨叫声也慢慢平息了。耳边再次响起芦苇随风沙沙作响的声音,还有白狐在灌木丛中跳跃时发出的哗啦啦的声音。看到三只小熊朝着自己走过来,乌朱瑞克不禁困惑地眨了眨眼睛:黑色的、棕色的、白色的……他们是那么熟悉,可是为什么想不起来他们是谁呢?

"乌朱瑞克!"那只小小的黑熊三步并作两步跳到他面前大叫着,"你刚才太帅啦!"

"呃……谢谢你……露莎。"站到她面前的时候,乌朱瑞克突然什么都记起来了,疑虑也消失了。他松开嘴,把猎

物放在露莎脚下。他现在知道眼前这只小黑熊是谁了,还有另外那两只正向他跑来的小熊,塔克罗和卡莉克,他们也都是自己的朋友。变成狼的时候他的大长腿跑得快,甩开他们好远。"快来吃吧!"乌朱瑞克招呼着。

塔克罗嘟囔着跟乌朱瑞克说了声谢谢,然后咬下一大口鹅肉,走了两步后摇晃着身子坐在了地上。乌朱瑞克等着两只小母熊拿走她们的那份,然后坐下来吃起来。这只鹅真够肥美的,足够将他们都喂得饱饱的。乌朱瑞克嚼着鲜美的食物,感觉胃里暖暖的。

"这个——嗯——这个真——好吃!"卡莉克含糊不清地说,嘴里塞满了鹅肉。她抬起头嗅了嗅空气,继续说:"你们能闻到冰的味道了吗?用不了多久,这片海洋就会全部冰冻起来,那时我就能重新回到我们白熊的天堂了,那里是打猎的好地方。"

"可是……冰面上……没有遮挡物啊。"露莎一边吃一边问,"风会把你们吹到海里的。"

"不会的,我们会在雪里挖洞,"卡莉克解释道,"然后就窝在洞里,很舒适的!"乌朱瑞克看到她的眼里爬上了一丝忧愁,他猜她可能是想起了以前跟哥哥和妈妈在一起的美好日子吧。卡莉克眨了眨眼睛,那丝忧愁不见了,继续说道:"我们还可以从洞里抓到躲在冰下面的海豹。你们肯定没有吃过海豹那么美味的东西!"

"有多美味?我对脚下的大地提供的食物已经很知足

了。"塔克罗抬头示意他们看远处那片山脊。那里覆盖着郁郁葱葱的树林,天空中还有鸟儿在飞翔。那真是一个生机勃勃的地方,里面一定躲藏着各种各样的小动物。"对棕熊来说,这里才是天堂,对吧,乌朱瑞克?"

"对!"乌朱瑞克立刻表示同意。

"看到那些树没有?"露莎抹掉嘴边的一根鹅毛说,盯着那片披着森林绿衣的山脊,乌黑的眼睛里充满了渴望,"我喜欢在树上睡觉,还能听到树里面的黑熊灵魂在风中窃窃私语。"

塔克罗又咬了一大口肉,"我——嗯——我喜欢这个地方是因为……"他急忙将嘴里的肉吞下去,舔了一下嘴巴说,"是因为这里没有扁脸,没有黑路,没有火焰兽,也没有它们的洞穴!"

"只有开阔的平原和海洋。"卡莉克补充道。

"还有捕不完的猎物。"塔克罗又兴奋地加了一句。

露莎高兴地跳跃着:"我们现在该做什么呢?"她问,"今天晚上我想找个舒服的树杈过夜。"

"我们先休息下。"塔克罗轻轻拍了拍这只急切的小黑熊,"现在有的是时间。"

乌朱瑞克一边听着大家兴奋地谈论他们的新家,一边吃完了他的那份食物。这真是一种享受!我终于把他们安全地带到这里了,一个可以安心生活的地方,一个可以吃得饱、睡得好的地方,一个后半辈子可以永远远离扁脸的地方。他舔了舔爪子,心满意足地打着饱嗝儿。这时,一个缥缈的声音在他脑海中响起:"这里不是终点……"他愣住了。

乌朱瑞克迷茫地抬起头来,心中像是有无数蚂蚁在爬来爬去。他静静地站起来走远了一些,假装是去小水洼那里喝水。他警觉地竖起耳朵,期待着那个声音再次响起。

他以前听到过这个声音。

那是好几个月以前的事情了。在一个寒冷的夜晚,他孤独地躺在夜空下,这时耳边突然响起一个声音:"跟着通天星走",微弱得像是从很远处传来的。他抬起头,看到天空中挂着一颗异常明亮的星星,比别的任何星星都要亮。第一次听到那个声音的时候,乌朱瑞克并没有太放在心上。但是第二天清晨,当他还没有醒来的时候,那个声音再次出现了:"你的冒险旅程不会孤独的……"

"你说的是什么意思?可是这儿只有我。"乌朱瑞克睁开眼睛看了看四周,林子里除了自己就是树,好像世界上只剩下他一只熊似的。"他们会找到你的。"那个声音承诺道。果然,没过多久,乌朱瑞克就遇到了小棕熊塔克罗,他的困惑也终于随之解开了。所以,从那以后,每当那个声音出现的时候,乌朱瑞克都会认真地倾听。有几次乌朱瑞克对自己选择的路线产生了怀疑,那个声音便在他脑海里响起,鼓励他继续向前走。那个声音很温柔,但是语气很坚定。有一次,乌朱瑞克差点儿就辨认出那是谁的声音,他努力搜寻

着记忆里的每一件事情,但是最终还是失败了。

乌朱瑞克轻轻地舔着小水洼里冰凉的水,最亮的那颗星星在深蓝色的天空中闪烁着。"这里不是终点……"那个声音再次响起。

我不明白!乌朱瑞克在心里抗议道,抬起头盯着最亮的通天星。

突然,他看到远处的天空中有一个小小的黑点——不,是三个,正朝着他们的方向移动。那三个黑点从山脊那边飞过来,离小熊们越来越近,乌朱瑞克捕捉到了它们发出的嗡嗡声。那三个黑点渐渐地变大了,皎洁的月光照在它们银光闪闪的坚硬外壳上——是金属鸟!他立即警觉起来。而他的同伴们完全没有注意到这些,他们正热火朝天地讨论着到底住在哪里比较舒服,是树林,还是洞穴。

金属鸟慢慢地飞向了远方,它们翅膀发出的嗡嗡声也渐渐远去了。乌朱瑞克心里七上八下,金属鸟是扁脸世界里的东西——是天空中的火焰兽,扁脸来这里干吗呢?塔克罗刚刚还在庆幸这里没有火焰兽,也没有扁脸,没想到他的断言这么快就被推翻了。

乌朱瑞克又回头看了看他的同伴:露莎正佯装发怒地拍打着塔克罗的背,因为塔克罗说树上细枝太多睡着不舒服。看着他们此刻无忧无虑的样子,乌朱瑞克越发不安了。

"可是,是我把他们带到这个陌生的地方来的,"乌朱瑞克默默地对脑海中的那个声音说,"而且现在我们没有地方可去了……"

"这里不是终点……"那个声音仍重复着那句话。

"那我们该去哪里呢?"乌朱瑞克有些绝望了。

他静静地等待那个声音的回答,可是传入耳中的只有风吹过草丛的沙沙声以及海鸥发出的阵阵嘶鸣。

第二章
露 莎

露莎站在青草覆盖的山尖上,目光扫过脚下的平原。一阵冷风刺痛了她的眼睛,泪水差点儿涌了出来。风里裹挟着冰和鱼的气息,露莎只能远远地辨认出白色的海岸线。一想起卡莉克向往已久的那片冰雪世界,她就禁不住打了个寒战。那里不是她的归属地——露莎的家应该就在这里,在繁盛的树林和茂密的草丛之间。

"我们真的走到这里了!"露莎禁不住又欢呼起来。

她的探索之旅到此画上了一个圆满的句号。一路上经历了无数艰难险阻,而现在,她正安全地跟朋友们待在一起,并且终于成为了一只真正的野生黑熊。

太阳升起来了,阳光在露莎身后投下一个小小的影子。昨晚乌朱瑞克逮到了一只鹅,饱餐一顿之后,大家伙儿就在一大片灌木丛中找了个地方过夜。几个月以来,露莎第一次睡了个安稳觉,醒来时感觉精力异常充沛。

"嘿！脑袋里长毛啦？"塔克罗跑到她身边用鼻子轻轻挠挠她，打趣说，"你是不是在梦游啊？都叫你三声了。"

"对不起！"露莎笑着推开了塔克罗。对她来说，塔克罗可真是个大块头，她推他的时候感觉跟推烟雾山似的。

"我捉到了两只兔子，"塔克罗继续逗她，"当然，如果你实在不饿的话，我们可以帮忙把你那份也吃了。"

"你敢！"露莎笑着大喊。

塔克罗朝山脚下跑去，卡莉克和乌朱瑞克站在猎物旁边，正等着他们一起用餐。露莎赶紧跟了过去，跑得上气不接下气。经过几个月的磨炼，他们的速度都提高了不少。不过露莎还是要比其他同伴矮一头，而卡莉克仍然是他们中体形最大的。

吃完之后，露莎抹了一把脸，就地躺下开始享受微风拂过耳际的感觉。"我们现在该做点儿什么呢？"她大声问道。

塔克罗耸了耸肩膀，说："我们已经到目的地了，不是吗？想做什么都可以啊。"

"那我们应该探索一番！"露莎打定主意。如果这里就是新家的话，她想详细地了解一切：每一个角落、每一种味道以及每一棵长着浆果的灌木。

塔克罗和卡莉克积极响应这一建议，并立即站了起来，准备出发。而乌朱瑞克似乎对此不大感兴趣，他只是低着头，什么也没说。他们穿梭在沙沙作响的深草中，朝山脚下

荒野新生

走去。经过一摊摊水洼时,鹅群被吓得四处逃窜,小熊们一走过去,它们又马上飞了回来。怕什么啊?笨鹅!我现在肚子饱饱的,根本没兴趣搭理你们,露莎心想。即使是饿了,这里也有很多其他猎物可供选择。她现在倒更希望能找到些美味的树叶或者浆果,一直吃肉也会腻的。一想起美味的浆果,露莎馋得咽了咽口水。

这种顿顿都能吃饱,甚至还可以对食物挑挑拣拣的生活,对她来说已经久违了。她都快忘记从前那些衣食无忧的日子了。

这里也有好多可供栖身的洞穴。树是露莎的最爱,岩石间的洞穴或者树根下的凹坑,可以留给塔克罗和乌朱瑞克,而卡莉克魂牵梦萦的冰原也就在不远处。想到这里,露莎长长地嘘了口气,将这几个月郁积的惊惶、焦虑通通释放出来。

"我们来比赛,看谁先到达那块大石头!"突然,塔克罗指着前方一块半截埋在地里的灰色大圆石,大声提议道。话刚说完,他就箭一般地冲了过去,厚厚的棕色毛发掩盖不了他强壮有力的肌肉。卡莉克在他后面奋力追赶,而乌朱瑞克则无精打采地跟在后面慢慢晃悠,还不时抬头观察天上的浮云。

"嘿,乌朱瑞克!"露莎叫他,"你想成为前面那两个大家伙的手下败将吗?"

乌朱瑞克仿佛被露莎的声音拉回了现实,急忙转身去

追塔克罗和卡莉克。

露莎在最后面蹦蹦跳跳地往前跑着。她知道自己根本没有机会赢得这场比赛，于是干脆安心地享受着奔跑的乐趣以及终于不用再颠簸劳顿的欢欣之情。现在，她是只真正的野生黑熊了，大自然就是她的家。如果阿希娅和尤加当初也跟着她一起来到这里，那就更好了。

塔克罗赢了，他比卡莉克抢先一鼻子的距离到达终点。"我赢了！"他欢呼道，"我是最快的！"

"你起跑比我们早！"卡莉克跳起来冲向塔克罗，将他扑倒。只见棕色毛球和白色毛球扭打成一团，相互玩闹着拍打对方。

而此时，乌朱瑞克自个儿爬到了大圆石上，凝望着远处的海以及那些他们刚刚离开的连绵山脉。露莎感觉到他很焦虑，似乎在寻找什么东西却没有找到。

乌朱瑞克怎么了？我们都已经到达这个一直寻找的地方了，他应该高兴才对啊！

"乌朱瑞克，你还好吧？"露莎问。

乌朱瑞克看着她眨了眨眼睛，那表情就像不认识她似的，"什么？哦，当然，露莎，我很好……"

空气中飘来一股诱人的香味，露莎皱了皱鼻子，嗅出了冰冷石头下散发出一丝肥美多汁的食物气息。她将前掌放到大圆石下面一块光滑的岩石上，并使劲向前推着，"快来帮帮我，乌朱瑞克！这是米奇在大熊湖畔的森林里教我

荒野新生

的捕食技巧！"

乌朱瑞克跳了下来，帮着露莎将那块岩石推开，石头滚到一边时，他俩一起跳开了，一窝肥嫩的蛴螬呈现在眼前。

"尝尝这个！"露莎说着塞了满满一嘴。真的比吃进胃里沉甸甸的肉美味多了。她嚼了一下，香滑的汁液瞬间溢满了整个口腔。这些蛴螬够他们吃一个月的了！说不定她还能在附近找到一棵住着善良黑熊灵魂的树呢。

露莎沉浸在对新家的构想中，直到听见塔克罗的一声惊叫，她才回过神来。塔克罗和卡莉克打闹着滚到了低矮的灌木丛中，突然，一只野兔从灌木下蹿出来，塔克罗立刻追了上去。他把兔子撵到一圈大石头中，可怜的小兔子无路可逃，塔克罗一掌下去，它就一命呜呼了。

露莎跟着乌朱瑞克和卡莉克跳了过去，低头看着那只死去的兔子。它深栗色的皮毛上点缀着些许白斑，让露莎想起叶季剩下的日子不多了，雪天很快就会重新降临。

"你真是捕猎高手，"卡莉克夸奖道，"但我现在肚子还不饿。"

"没关系，我们可以先把它埋起来，什么时候想吃了再挖出来。"塔克罗说，"我们棕熊都是这么做的。有一次我在树林里意外地找到了一堆食物，估计就是别的棕熊留下的。"

卡莉克点点头说："是个好办法。"

看着大家为食物吃不完而伤脑筋，露莎笑着摇了摇头，

这种感觉太奇怪了。但是不管怎样，这是好事，总比为找不到食物而头疼要好得多。

塔克罗找了个地方开始挖洞，就在这时，一只白狐冲到他脚边，眨眼间便将兔子抢走了。

"嘿！"塔克罗大喊着跳了起来，"那是我们的！"

但是那只白狐已经叼着兔子跑远了。塔克罗在后面拼命追赶，谁知那个小偷儿一头钻到了一个地洞中，灰白相间的尾巴一摇就消失不见了。塔克罗冲过去，将爪子伸进那个洞穴里，但是那家伙显然不在他够得着的范围内。"该死的小贼！"他生气地嘟囔了一句。

"没关系啦，"露莎说着轻轻拍了拍塔克罗的肩膀，"我们还可以捕到更多食物的。"

海洋上空，乌云开始聚集，寒风像鞭子一样抽打着身体，带来冰雪的气息。卡莉克深深地吸了一口气，自言自语道："冰冻期就要来了！"

他们跟着塔克罗来到水洼边喝水。这水好凉啊，味道也和内陆的口感不一样，这里的水很干净而且咸咸的，还带着一丝鱼腥味儿。露莎其实不太喜欢这种味道，但是卡莉克正贪婪地大口大口喝着。

"感觉像是回家了一样，"卡莉克的声音听上去充满了期待，"来吧，我们去岸边，我想把爪子泡进海水里！"

塔克罗从水洼中抬起头来，"你想让那些寒冷的水把你的爪子冻掉吗？"他打趣道。

"冷才好啊，"卡莉克说，"赶紧来吧！我真的很想今天就到那片海边去看看。"

"来吧，塔克罗。"露莎催促道，她已经看到卡莉克迫不及待的神情了，"会很有趣的。"

塔克罗耸耸肩膀说："好吧，反正好像也没什么别的事情可以做了。"

卡莉克连蹦带跳地在前面带路。远处的海面上，那些冰在闪闪发光，卡莉克加快了前行的速度。这里地势比较平缓，风也变得更强劲了，海风夹杂着雨雪的水汽扑面而来，露莎的眼睛一时无法适应。

卡莉克一刻都不舍得放慢脚步，眼睛直勾勾地盯着前方的海面。这时，塔克罗犹豫着停了下来。迟疑了一下之后，露莎和乌朱瑞克也都不再向前走了。

"嘿，卡莉克！"塔克罗大声叫住她，"我们别去那边了，风太冷了，我感觉像被剥了皮似的。"

卡莉克停下来，回头看着他们，"风多好啊！"她反驳道，"你们难道没有闻到风中冰雪的气息吗？"

"但是我们跟你不一样，"露莎提醒她，"冰雪是你的世界里的东西。要不我们还是先在山里待一段时间吧，等天气好点儿了再去那里，好不好？"

"可是……"

卡莉克刚要辩驳，露莎抚了抚她的肩膀，"只是暂时不去。"露莎安慰她。其实，露莎可以想象到以后会发生的事情：他们的这个小集体会四分五裂，大家会各自去寻找适合自己的地方，然后可能永远都不会再见面了。虽然他们已经到达了旅程的终点，但是露莎不想让他们的友谊也就此终结。"再等一等，等到雪天来临了再走，好吗？"露莎用恳求的语气说。

卡莉克犹豫了一下，勉强点了点头。于是，他们又起身重返山林。露莎注意到，卡莉克一路上不时回过头去，依依不舍地望着远处的海洋。

让露莎感到失望的是，这边的树不是很多，还好有不少矮小而茂密的灌木丛，可以用来躲避寒风，当然，那些部分埋进地面的大石头也是不错的选择。驯鹿在广袤的草地上悠闲地散步，还不时地抬头四处张望，当看到四只小熊从身边经过时，它们都惊愕地喷着响鼻。

"这些家伙可真不安静啊，"露莎说道，"我很好奇，难道有什么东西打扰到它们了吗？"

"我们打扰它们了，你这个小白痴！"塔克罗龇着牙回答露莎。"不，我觉得还有别的什么东西。"卡莉克喃喃地说。

突然，鹿群像涌动的海浪一样奔跑起来，但是看上去不像是朝着特定的方向在前进。跑了一段距离后，它们停了下来，再次仰着头漫步，然后又低下头去吃草。每次跑起来的时候，鹿群中都会发出一种怪怪的咔嚓声。

"那个奇怪的声音是什么？"露莎不解地问。

荒野新生

"每次跑起来都能听到。"乌朱瑞克饶有兴致地看着鹿群。

"是从它们的脚底发出来的!"卡莉克仔细观察了一会儿,突然惊呼道。她抬起自己的爪子,好奇地看着脚底说:"为什么它们的脚掌会发出声音,而我们的却不会呢?"

"谁关心这个啊!"塔克罗说,"或许就因为这样,我们偷袭猎物的时候才能不被发现。它们的'猎物'是草,你不会吃个草还偷偷摸摸的吧。"

他们一边讨论一边继续向前走,太阳升到山尖的位置又开始缓缓下落。这里的白天很短暂——跟大熊湖畔的完全不一样,那里的太阳基本上整日整日地挂在天上,常常是还没来得及落到地平线以下,就又升了起来。

"嘿,塔克罗!"露莎叫着,"你有没有想过捉只驯鹿来尝尝?一只驯鹿好大哦,够我们吃好久的。"

塔克罗看着眼前的鹿群,犹豫了一会儿说:"没想过。我不是说了吗,它们体形太大了……"他若有所思地挠着地面,像是在想象爪子划过驯鹿皮肤的感觉。

"我认为你能行。"乌朱瑞克鼓励他。

塔克罗眨了眨眼睛,一丝骄傲的神采划过他的脸庞,"那,我去找个小点儿的试试……"

在他们行进的过程中,露莎注意到塔克罗饶有兴趣地观察着鹿群。鹿群中有一些小鹿跟在成年驯鹿旁边吃草,看样子,塔克罗是想从它们中间挑选一只。

从他们所在的位置到鹿群的另一边，地势逐渐陡峭起来，最上面是一片黑色的树林。一阵风吹过，树枝像波浪一般沙沙作响，那座山看上去像是一头巨兽，而整片树林就是它毛茸茸的脊背。

"快看那边的森林！"露莎指着前面说，"咱们去那里看看好不好？求求你们了！"

"不错的建议，"塔克罗点点头，"我可以在那里开辟一片自己的领地。"他的目光异常坚定，"任何想要侵犯我的领地的家伙，最好都给我小心点儿！"他故意用鼻子戳了戳露莎，逗她说："当然，如果某些烦人的小黑熊非要来参观的话，我还是会欢迎的，确认一下她是否挨饿。"

"你才烦人呢！"露莎冲他龇出牙齿，装作很生气地低吼了一声，"太谢谢您啦！我可以照顾好自己。在大熊湖畔的时候，米奇把他的本领都教给我了。"

"米奇？就是那个被吓坏的小黑熊崽？就是被白熊偷走的那一只？"塔克罗故意提高嗓门儿，语带挑衅地说。

露莎用余光瞥了卡莉克一眼，赶紧给塔克罗使了个眼色，示意他不要提起白熊的事情，毕竟米奇是被塔奇克和他的那些坏朋友偷走的。卡莉克依然很爱自己的哥哥，不管他曾经做过什么。"米奇会的可多了！"她试图说服塔克罗，"他告诉我哪种浆果最好吃，还教会我怎么在石头下面找蛴螬……"

"浆果……蛴螬？"塔克罗皱皱眉头，眼睛里充满了不

荒野新生

信任,他嘲笑道,"对熊来说,那都不算食物好不好!"

"可是那些东西很好吃啊!"露莎辩解道,"对了,还有蚂蚁……我一直都不知道原来蚂蚁那么好吃呢。"

"有鹅肉吃我已经很知足了,"塔克罗说,"或者,偶尔来点儿驯鹿。"他盯上了一只小驯鹿,"你说得对,那足够将我们的肚子塞得圆鼓鼓的。"

"我想吃海豹,"卡莉克在一边自言自语,她再次回头看了看,那片冰面就在地平线的地方闪闪发光,"你们不知道捕捉海豹有多好玩儿!我就蹲在它们的呼吸孔旁边,等着它们出来换气!"

"好玩儿?"塔克罗小声质疑道,"除非我是鹅脑袋,才会觉得那样好玩儿。我可不想在冰面上坐一整天,然后自己也被冻成一块冰。"

露莎瞪了塔克罗一眼,转头问卡莉克:"那些海豹不知道你会等在外面吗?"

"如果你能做到不发出一丝声音的话,它们就不会发现你,"卡莉克回答,"然后等它一出现,你就要快速将它拽出来,在它逃脱之前杀死它。"她发出一声长长的叹息,"海豹肉是我吃过的最美味的东西了,我都等不及想要回到冰海那边去了!"看到卡莉克眼中期待的神采,露莎真为她高兴。只是听到她说自己一定会回去,露莎还是有些难过——看来,他们彼此分离的日子真的不远了。

"我喜欢用雪堆成的雪洞,然后蜷缩在里面睡觉,"

卡莉克继续想象她的生活,"真的很安逸,特别是当你听着外面呼呼的风声,而自己又温暖又安全的时候,真的很幸福。你知道吗,有时候我还会与白鲸一起游泳……"

"和鲸鱼一起游泳?"露莎惊愕地打断她,"可是你妈妈不就是被鲸鱼杀死的吗?"

"不是,杀死妈妈的是虎鲸。白鲸跟它们不一样。"想到妈妈的死,卡莉克的眼睛突然蒙上了一层阴影。露莎不禁自责起来。蜜蜂脑子!开口之前先好好想一想。"白鲸不会伤害我们的,"卡莉克停顿了一下,继续说道,"我真想带你去冰面上看看,露莎,你一定会喜欢的!"

我很怀疑,露莎心想。她抬头看了看辽远的海面,单是那种空旷感就已经让她兴味索然了,怎么可能还会想要在那种地方安家呢?那里连一棵树都没有!在被冻成一根冰柱之前,她宁愿被风吹跑,就像树叶被风吹落一样。

"我想,树林对黑熊来说才是最好的。"露莎认真地开口告诉卡莉克。

"对棕熊来说也不错,"塔克罗大声应和着,"雪天来临之前我先标记好我的领地,然后打个洞就可以去里面躺着等太阳出来了。"他边说边打着哈欠,就好像已经准备闭上眼睛睡觉了一样,"等醒来以后,我可以考虑去找条河抓些鱼来吃。对棕熊来说,这就是最好的生活了。对吧,乌朱瑞克?"

听到塔克罗叫自己,乌朱瑞克吓了一跳:"什么?"

荒野新生

露莎这才意识到,当他们喋喋不休地讨论新家、为未来做打算的时候,乌朱瑞克却一言不发地坐在旁边发呆。"是不是出什么事儿了?"露莎问。

乌朱瑞克困惑地看着她,"我……我也不确定,"他有些含糊其词,"我是说,是的,好像是有什么问题,但是我不确定是什么事情。"

塔克罗不耐烦地说:"乌朱瑞克,你脑子里长毛了吗?我们已经到达目的地了,这是个多么好的地方啊,想吃什么就可以去捕什么,而且这里没有扁脸,这就是我们探索之旅的终点。终点!你明白吗?"

乌朱瑞克抻长脖子,抬起头,"不,"他说,现在他的语气听起来坚定多了,"我不知道到底出了什么问题,但是我很确定一件事,这里不是终点!"

露莎不安地回想着那时的情景,当乌朱瑞克第一次站在烟雾山上眺望平原时,他从来没有明确指出,这里就是探索之旅的终点。而现在,他如此肯定地确认了这里不是他们的目的地。露莎又想起了梦里那个让她拯救大自然的声音,她感觉更不安了。她曾经努力想要把那个声音从脑海中剔除,但是现在,乌朱瑞克的一番话又将它带了回来。

"这里就是终点,乌朱瑞克!"塔克罗坚持道,"这里必须是!我们没有地方可去了。"他指着前面的冰海说,"如果你不想脚掌被冻在冰层里的话,你就必须承认,这里就是终点!"

乌朱瑞克凝视着一望无际、波涛汹涌的蓝色海洋,许久没有说话。过了一会儿,他回过头定定地看着塔克罗,眼神中充满了对被理解的渴望。他慢慢地开口说道:"我明白你的意思……但是,如果这里真的就是终点的话,为什么我感觉不到呢?"

第三章
塔克罗

塔克罗不耐烦地喊道:"别再给我看你那张苦瓜脸了!"他轻轻地推了乌朱瑞克,却差点儿把那可怜的小个子棕熊掀翻在地。

"我才不是苦瓜脸,"乌朱瑞克表示抗议,"只是……"

他没有说下去。塔克罗困惑地摇了摇头,乌朱瑞克的表现真是让他费解。他为什么执意要继续上路呢?离开这里,踏上一条未知的危险路途就是他想要的吗?

"只是什么?"塔克罗大叫道,"除了旅行,你对生活一无所知,所以你无法想象定居下来的生活是什么样的。"乌朱瑞克从没有讲过自己的诞生洞,还有他的妈妈,塔克罗也不好开口问他这些。乌朱瑞克到底有没有妈妈呢?如果有的话,她是一只熊呢,还是别的什么物种?"你会在这里过得很好的,我保证,"塔克罗试图说服他,"想想看——我们在这里会有自己的地盘,还有成群的驯鹿和鹅

可以作为猎物，我们再也不用挨饿了。"他们翻越烟雾山的时候，每天都在饥饿线上挣扎，为了填饱肚子，甚至不惜冒着生命危险去偷扁脸的食物。能够不再受饥饿之苦，对他们来说意义甚为重大。难道乌朱瑞克已经忘记那些痛苦的经历了吗？他不记得曾经挨饿的滋味了吗？

"或许你说得对，"乌朱瑞克低声应和着，他没有去看塔克罗的眼睛，"但是，我不能无视自己的感觉。有个声音在心底不断告诉我，要继续走下去。"

"那好吧，你跟那个声音说一声，让它自己去继续，我们就不跟着了。"塔克罗有些生气了，"你难道就看不出来这个地方有多好吗？"

"我们不是非要现在讨论这个吧，"露莎打断了他们，"眼下更重要的事情是找个舒服的地方过夜。再不抓紧点儿，天就要黑得什么也看不见了。"

塔克罗不耐烦地哼了一声。他不得不承认露莎是对的，太阳正在慢慢地向地平线滑落，现在确实没时间争吵了。"好，走吧。"他简短地回答。

塔克罗领头走到了山脚处的一条小山脊。山脊后面是一片开阔的山谷，尽头一道大瀑布从山上奔涌而下，汇聚到山谷地面上，形成了一条散布着岩石小岛的河流。

"看上去是个不错的地方，"卡莉克说，"睡在那些岩石小岛上比较安全，不会被偷袭。"

"说不定还可以抓到些鱼。"乌朱瑞克满怀期待地说。

荒野新生

他们走到河边的时候才发现,要蹚过这条小河根本不用费什么力气,水流又清又浅,河底棕色的卵石清晰可见,水深甚至不及塔克罗的膝盖。

"水好凉啊!"露莎尖叫着跳起来,溅起了一大片水花。

塔克罗赶紧躲开,嚷道:"拜托你看着点儿啊!身上都被你弄湿了!"

他们朝那个最大的小岛走去。岛上密布着一条狭长的草地,上游一端不整齐地围了一圈巨大的砾石。塔克罗对这个地方很满意,他慢悠悠地找了个阴影处坐了下来。

"我们休息吧,明天早餐吃鱼,"看到露莎正用期待的眼神望着自己,他赶紧补充道,"当然还可以去树林里看看,不过那都是明天的事儿了。"他一句话打消了露莎想要立刻跑去树林里玩的念头。

他们围成一个圈躺下来,塔克罗睡在中间。没一会儿,露莎就用小脚掌盖着鼻子打起鼾来;乌朱瑞克也打着哈欠,整理着身下的草丛,想让自己睡得更舒服些;卡莉克倒是睁着眼睛还没有入睡,正仰头看着天空。但是没一会儿,她的脑袋就歪向了一边,眼睛也闭上了。

塔克罗发现自己根本睡不着。他望着夕阳西下,将河水染成了红色,然后又看着那片红色伴随着太阳的最后一抹光辉慢慢褪去。他辗转反侧,试图找一个比较舒服的姿势帮助睡眠。可事实上,石头旁边的草丛又软又有弹性,身下也没有坚硬的小石头。良久,塔克罗明白过来:让他睡不着的是驯鹿,那股香喷喷的气息和着风从它们白天觅食的地方飘来,撩拨着塔克罗的嗅觉。

我自己也能过得很好,他开始在脑海中勾勒以后的生活。作为一只成年棕熊,我可以在自己的领地内悠闲地踱步,在树上做标记以警示入侵者。想象着与敌人战斗以及扑到猎物身上的画面时,塔克罗似乎听到了自己胜利的欢呼声。想到这些,塔克罗一刻也待不住了。他必须去做点什么!这里是他的家,他随便去哪里都行,并且想抓什么就抓什么。于是,塔克罗慢慢站起来,静悄悄地蹚过河流,小心翼翼地,尽量不吵醒同伴们。

月光下,小河的波纹看上去银光闪闪的,撞到石头的时候,水流还会激起一些白色的泡沫。周围静极了,只能听到汩汩的水流声。塔克罗贪婪地呼吸了一口山间清新的空气,任由清凉的溪流抚过四肢。夜幕的降临使他兴奋不已,这几个月来,他几乎没见到过真正的夜晚。而现在,他正静静地享受着河水的抚摩。它们帮他冲洗着脏兮兮的皮毛,也冲走了这趟探索之旅中一切的艰辛。

塔克罗沉浸在这种美好的享受中,如果不是肚子饿得咕咕叫,一定很难将他的思绪拉回现实。他低下头,一动不动地盯着水流,很快,一抹深灰色身影闯入眼帘。他安静地耐心等待着。那抹深灰色的身影一闪而过,当它再次出现的时候,塔克罗一头扎进水流中,用牙咬住了那个圆润、冰凉的躯体。他从河里抬起头,一条鲜嫩的大鱼挂在

荒野新生

嘴边。塔克罗将它一口吞了下去。这让他想起了另一条河流,那条河比眼前这条宽很多,并且离这里十万八千里。当时,他正小心翼翼地想要抓住生命中的第一条鲑鱼,结果被舒特卡摁倒在水里。自从被妈妈抛弃后,塔克罗变了很多,后来他又遇见了奇怪的小棕熊乌朱瑞克,他已经不再是以前那个小熊崽了。

塔克罗舔了舔嘴巴,抬头仰望星空:大角星正孤独地在天空的一角闪闪发光。

我曾经一度感觉自己很像他,塔克罗想,其他熊都找我的茬儿,想要驱逐我,那时候感觉自己很孤单、很悲惨,跟那颗孤独的熊变成的星星一样。

但是现在不一样了,他告诉自己,他比那时候强壮多了。在大熊湖的时候,他接受舒特卡的挑战,证明了自己的能力。他们的约定是,先游到爪印岛的熊才能保住自己的领地。塔克罗最终打败他的老对手,保住了自己的领地。再次想起当初舒特卡落荒而逃的样子,塔克罗不禁用力抓紧了河底的卵石。舒特卡被打败,荣誉扫地!成功夺回爪印岛让塔克罗感觉很骄傲,现在他想找回那种感觉。

他回头看看熟睡中的乌朱瑞克,他趴在脚掌上睡得正香。我保证我会照顾好你,而且,我必须照顾好你,塔克罗在心底默默地对自己说,我们互相帮助才走到了这里,这样美好的生活才是我们棕熊应该享受的。

尽管如此,塔克罗还是禁不住有些担心:乌朱瑞克一直坚持说这个冒险旅程还没有结束,如果他真的一意孤行非要离开这里,他自己能够应对吗?

塔克罗耸了耸肩膀,一旦体会到这是一个多么好的地方,乌朱瑞克就会把那些困扰抛开的。我救不了托比,但是我救得了乌朱瑞克。想到这里,他对自己点点头,我终于知道自己要怎么面对这些了,我再也不用为生活发愁了。

塔克罗从河水里走到小岛上,在同伴们的身边躺了下来。他们的呼吸声让他觉得很踏实,他慢慢地进入了梦乡。

"过一段时间我们就要分开了,"迷迷糊糊中,塔克罗心里默念着,"真高兴认识了你们,但是,现在可能是时候分开了。"

第四章
卡莉克

卡莉克在黑暗中睁开眼睛,借着银色的星光,她看见不远处的河水从光滑的灰色大石头间奔涌向前,水面上跃动着月亮和星辰洒下的光芒。在她身边,大家正姿态各异地熟睡着打鼾。

兴奋之情在卡莉克胸中激荡着,像奔腾的河水一般充满力量。她不知道是什么唤醒了自己,但是她能感觉到,似乎有重大的事情要发生了。她仰头看着斯拉鲁克——通天星永远是深蓝天幕中最亮的那颗宝石。

是你将我叫醒的吗?

她凝望着围绕在斯拉鲁克周围的星星。哪一颗才是妈妈的灵魂呢?想到妮莎很可能正在俯视着自己,卡莉克心中充满了幸福感。"谢谢你们把我安全地带到了这里,"她对着星星呢喃道,"我知道,如果没有你们的帮助,我一定做不到。"

回想这一段冒险的旅程——从消融中的冻海出发,穿越了烈日蒸烤下的大地和岩石,一路上经历了无数艰难险阻,直到现在。卡莉克也不太敢相信,他们的探索之旅就此结束了。以前的卡莉克总是感觉很孤独,如同漂浮在海面上的破碎冰块。支撑她走下去的,是找到哥哥的决心;而鼓励她勇往直前的,则是永恒的斯拉鲁克之光。想起哥哥塔奇克,卡莉克又一次感到悲伤在心中慢慢膨胀。当初好不容易在大熊湖畔找到哥哥的时候,自己是多么的高兴;而当哥哥同意跟自己一起踏上探索之旅时,她更是兴奋得整夜睡不着觉。

"可最后他还是走了。"在这宁静的夜晚,卡莉克自言自语的声音显得格外响亮。

塔奇克根本无法跟塔克罗他们好好相处,每向前走一步,他就更加坚定地想要离开。所以,他最终还是决定回到大熊湖畔,而且还试图哄骗卡莉克跟他一起回去。

"他想跟我在一起,"卡莉克嘀咕着,"只是,想要跟我在一起的愿望,没有强烈到足以让他说服自己留下来。"她在心里加了一句。

卡莉克长长地叹了口气。她没法儿再为塔奇克做些什么了,他们甚至可能没有机会再见面了,现在最好的办法就是将关于塔奇克的那部分记忆封存起来,深深地埋在心底。不管怎样,至少她知道哥哥还活着,并且能够照顾好自己。

荒野新生

"再见了,塔奇克。"卡莉克对着天空喃喃自语,"愿冰之众神与你同在。"

困倦感再次袭来,卡莉克感觉眼皮越来越重,不一会儿就进入了梦乡。梦中,她乐此不疲地在冰上蹦蹦跳跳,而妈妈则在天上望着她,眼神里充满了慈爱。

当卡莉克再次醒来的时候,天上的星光已经消失了,一条雾蒙蒙的红色缎带镶嵌在地平线上。塔克罗他们早就醒了,这会儿都聚集在河边。牛奶一样轻柔的阳光在他们身后投下浓浓的影子。卡莉克站起来抖了抖身子,朝伙伴们走了过去。

塔克罗站在河里,正紧紧地盯着河面。露莎和乌朱瑞克则蹲在岸边,嘴里都叼着鱼。

看见卡莉克过来了,露莎说:"塔克罗给我抓了一条鱼呢!你要是想吃,他也会给你抓一条的。"她的嘴巴上还沾着鱼鳞。

卡莉克刚想说她自己也会抓鱼,塔克罗就已麻利地抓住一条肥硕的鲑鱼扔到了岸上。那条鲑鱼喘着气在卡莉克面前挣扎着,她伸出爪子按住它,然后照着它的脑袋猛敲一记,结束了它的痛苦。

"这条鱼你自己吃吧。"卡莉克抬起头对塔克罗说。

"不,那是给你的。"塔克罗回答,"我再捉一条。"

卡莉克犹豫起来,她不想让塔克罗觉得她没能力养活自己。但是同时,她也看到了塔克罗自豪的表情——每当

他为他们捕到猎物的时候,就会流露出这种表情。况且,鲑鱼那鲜美的味道已经让她等不及想要开吃了,于是她简短地说了一句"谢谢你",就立刻低下头狼吞虎咽起来。

鲑鱼肉又肥又嫩,让她突然想起了什么。"今天我必须去冰海了。"她宣布。

"什么?"塔克罗抬起头来,"你脑子里进蜜蜂了吗?我们昨天说好今天去树林的,你不记得了吗?露莎想去树林里看看。"

"我知道……对不起,"卡莉克回答,"但是冰海才是我的家,就像树林是你们的家一样。"她的声音有些颤抖,"而且都盼望很久了。"

露莎急忙吞下嘴里的食物,"我理解,我理解,我跟你一起去,我们可以明天再去树林!"她宣布。

"我也跟你去。"乌朱瑞克不动声色地说。

塔克罗叼着条鱼从河里走上岸,蹲下来张开大嘴,狠狠地咬了下去。

"塔克罗,你要不要跟我们一起?"露莎问。

塔克罗看着她眨了眨眼睛,好像根本没有听到她的话似的。"不,我不去。"沉默了一会儿,他回答道,"我想去仔细看看驯鹿的情况。"

露莎赶紧扭头看卡莉克的反应。

难道这里就是我们的告别之地吗?卡莉克心里一阵难过。

荒野新生

"好吧,"露莎说,"我就猜你会这么说,既然如此,我……我希望你找到一个可以作为领地的好地方。"卡莉克听出她在努力使自己的语气欢快些,可惜不太成功。

"别这么神经兮兮的,"塔克罗嘴里含着一大口鱼肉说,"我又不是要离开。咱们回头见。"

"太好了!"露莎喜出望外,高兴地跳了起来。

卡莉克、露莎和乌朱瑞克一起穿过小河,沿着岸边向前走去,河岸蜿蜒着通向一片平原。对卡莉克来说,每一个脚步都在将她带往离冰海更近的地方,似乎连大地和河流也都洋溢着冰雪的气息。

她出神地看着脚下,再抬起头的时候,他们已经走到了平原上。一群受惊的雪鹅仓皇地飞向天空,到处都是它们拍打翅膀的声音和刺耳的尖叫声。

卡莉克停了下来,看着它们排成楔形飞过开阔的平原。她的眼睛追随着鹅群,看到了冰海边缘的轮廓。她兴奋不已——蓝色的波涛一直舒展到远处的地平线,冰层就在那里闪耀着朦胧的光泽。

"快点儿呀!"她冲着露莎和乌朱瑞克喊道,"已经不远了!"

卡莉克加快了脚步,把两个同伴甩在了后面。这里的河流蜿蜒曲折,岸边长着成片成片柔韧的野草,可爱的小花在草丛中随风起舞,高高的蓝天上,盘旋着一只金色的雄鹰……

太阳升起来了,河面也随之泛起银光。那些被树林覆盖的幽暗山坡,已被抛在了身后很远的地方,卡莉克被头顶突然传来的海鸟叫声吓了一跳。河流的前方就是海洋,卡莉克激动地跑到海滩边,任凭海水拍打着她的脚掌。空气中充斥着冰雪和鱼的味道。"家……"她喃喃自语起来。

卡莉克眯起眼睛望着远处的冰面,那里发出的微光融进了天边朦胧的雾霭中。我能不能游过去呢?她思忖着,不过这段距离似乎挺远的……

"卡莉克……"露莎的声音从身后传来,听上去很紧张。

卡莉克一回头,看见露莎和乌朱瑞克正远远地朝她使眼色。顺着他们的视线看去,她发现一只白熊带着两只半大的小熊崽正朝着自己走来。这一幕让卡莉克想起了妮莎和塔奇克,本来他们也可以这么幸福的……

露莎和乌朱瑞克慌忙跑到附近的荆棘丛后躲了起来。卡莉克站在那里一动不动,直到熊妈妈带着她的两个宝宝走近。"你好,"卡莉克礼貌地低下头说,"你们是要去那边有冰的地方吗?"

卡莉克突兀的搭讪把熊妈妈吓了一跳,她睁着圆圆的眼睛说:"你怎么这么瘦啊,小家伙?你是从哪里来的?"

"我从很远的冻海那边过来的,"卡莉克回答,"那里海面上的冰都开始融化了,所以我穿越陆地走到了大熊湖,然后又到了这里。我是来这儿找冰极世界的。"

"你走了那么远!"熊妈妈惊讶地说,熊宝宝们则直

荒野新生

勾勾地盯着卡莉克,就像看着下凡的斯拉鲁克一样,"我以前遇到过像你这样的熊。她也是从冻海来的,名叫思琪妮克,她很有智慧呢!"

"我认识思琪妮克!"卡莉克惊喜地大叫起来,"在大熊湖畔的时候我见过她,她是我的好朋友。"

熊妈妈低下了头,说:"知道思琪妮克还活着,我真的很高兴。遇到她的时候我还很小,但是我一直没有忘记过她。你一路是怎么走过来的呢?路途那么远,而你又是独自上路?"

"不是的,我和朋友们在一起,"卡莉克解释道,"开始的时候很孤独,但是后来交到了几个好朋友。"她回头用鼻子指了指乌朱瑞克和露莎,两个小家伙正紧张地从荆棘丛后面探出脑袋看着他们。

熊妈妈惊诧得连退了好几步,本能地挡在她的孩子面前。"一只棕熊和一只黑熊?"她的声音听上去有些尖利,"他们来冰海干吗?按说他们没事不会来海边的。"

"他们不会伤害你的,更不会伤害你的熊宝宝,"卡莉克向她保证,"他们只是在那边等我。一路上他们帮了我很多。只是现在,我的探索之旅已经结束了。"卡莉克若有所思地望着冰海说,"我已经找到了冰极世界。"

从这个角度看,那些冰似乎离自己也不是很远嘛!卡莉克真想马上游过去,游到那个冰雪世界中。此时此刻,她完全被这种渴望给控制住了。"你是不是要去远处的冰

面?"卡莉克又问了一遍。

"现在不去,"熊妈妈回答她,"得先等我的宝宝们长得更强壮一些才行。"

卡莉克看了看两个熊宝宝。在她看来,他们已经足够强壮了,肥硕而健康,与麦儿汀海和大熊湖畔的那些瘦弱的小家伙们比起来,眼前这两只小熊崽可算是发育得相当不错了。而且,他们有妈妈的悉心照顾,一定很快就能实现愿望——到达那片冰面的。

卡莉克再次向往地望着远处的冰面,对她来说,这种吸引力真是势不可挡。她听到冰之众神在窃窃私语,感知到冰晶在水中慢慢成形。冰面似乎变得更近了,仿佛伸长了鼻子就可以触碰得到。卡莉克的脚掌不由自主地迈向了海洋,她能感觉到海浪涌动的冰凉触感。她变得越来越激动,一步步向冰水深处走去……

就在这时,一只大脚掌轻轻搭在了她的背上。"再等等,孩子,"是熊妈妈,"海面很快就会重新结冰的。"

刹那,冰之众神的耳语声消失了,钻进卡莉克耳朵里的是海鸟的鸣叫声,还有呼呼的风声。她这才回过神来,看到了残酷的现实——那横亘在她和冰面之间的浩渺海洋。

卡莉克努力让自己清醒些,往后退了几步。海浪翻滚着跟上来,亲吻她的脚掌。她这才注意到熊妈妈正担忧地看着自己。

"对不起,"卡莉克赶忙退到了岸上,"你说得对,

等一段时间我再过去。"她继续退到海浪打不着的地方，抖动着身子，将毛发中的水甩干，然后低下头礼貌地对熊妈妈说："谢谢你。"

"不客气，孩子。说不定我们还会再见面呢，在冰面上。"

"但愿如此哦。"卡莉克高兴地应和着。

熊妈妈叫上她的宝宝们，沿着海岸继续向前走去。两个熊宝宝再次好奇地打量了卡莉克一阵，然后跟了上去。翻越大石头的时候，他们又粗又短的尾巴随着身体一上一下，看上去可爱极了。卡莉克回头去看露莎和乌朱瑞克，他们正躲在荆棘后面静静地看着这一切。

"你还好吧？"露莎在远处大声问。

"我没事。"卡莉克依依不舍地离开海岸朝他们走去。

朋友的关心让卡莉克觉得很温暖，但是她心里明白，不管他们之间的爱有多深，她都不会因此放弃在冰面上生活的机会。想到这里卡莉克禁不住心跳加速——一旦海面全部冻上了，她一定会义无反顾地离开朋友们。

我的路和他们都不一样，她告诉自己，用不了多久，我就不得不独自离开了，他们不会跟着我一起来的。

第五章
露 莎

露莎随着卡莉克和乌朱瑞克返回他们的休息地。她紧跟在卡莉克身旁，心中的不安如潮水般慢慢消退。有那么一会儿，露莎还以为好朋友会就这样离开他们，游向那片冰面再也不回来了。所以，当她看到卡莉克转身朝他们走来时，心里别提有多高兴了。

"可是，一旦海面全部结冰，她还是会走的。"心里有个声音这样告诉她。

露莎竭力将忧虑都赶出脑海，并暗自下定决心：就算真的到了卡莉克不得不离开的时候，自己也一定要勇敢面对。他们沿着海岸溜达了一会儿。乌朱瑞克嗅着一块被冲上岸的木头，这时，一个大浪打了过来，他吓得转身就跑。

"我身上都被打湿了！"他抱怨着跑向露莎和卡莉克，然后停下来抖了抖身子，水珠顿时溅了一地。

卡莉克用鼻子蹭着他的肩膀，说："现在你知道把爪

子伸进海水的感觉有多棒了吧？"

乌朱瑞克皱了皱鼻子。"可是海水的味道并不怎么样。"他舔着身上的水珠，评价道。

卡莉克笑着说："又不是让你喝它。"

走着走着，他们就回到了内陆的那些小山之间，路边生长着一些结有美味浆果的灌木丛。他们当然不会错过这些来自大自然的馈赠。露莎塞了满满一嘴浆果，还没来得及吞下去，突然，耳边传来一阵巨大的"嗒嗒"和"噼啪"声，像是有什么大家伙在跑动。

"是什么？"卡莉克大声问。

"我们去看看！"乌朱瑞克一直跑到了山坡顶上。"看！"他大叫起来，露莎和卡莉克也跟着爬了上去。

山谷中有一群疾驰的驯鹿，一个紧挨着一个，就像奔流不息的河水，看样子是从海岸边跑过来的。它们跑得很急，脚步声响亮而又怪异，完全颠覆了昨天那种悠闲自得的形象。

"它们要去哪儿？"卡莉克歪着头问，"没看到有什么东西在追赶它们啊！"

露莎耸了耸肩膀。她也不知道是什么使得巨大的鹿群像现在这样疯跑。难道它们也像乌朱瑞克那样对旅行有着莫名的偏好？或者是它们受到了一个强大力量的吸引，如同冰海深深地吸引着卡莉克？

"塔克罗肯定该失望了，"露莎说，"他还想捉一只"

驯鹿呢。"

话音未落，她突然看到山谷尽头有一个扁脸洞穴。它是由木头搭建成的，在树林里很不显眼，以至于到现在才被露莎发现。她不禁紧张起来，心怦怦地跳着，向卡莉克示意道："看那儿！"

循着露莎所指的方向看去，卡莉克大叫起来："是扁脸洞穴！这里怎么会有扁脸？"她的眼睛因为惊恐而睁得特别大。

露莎又仔细看了看，洞穴一侧的墙壁上拉了根绳子，绳子上挂着些扁脸的皮毛；洞穴顶端有个形似树干的圆柱体，一缕烟雾从中冒了出来。

"有些怪怪的……"露莎喃喃自语。

慢慢地，露莎弄明白了这个洞穴的与众不同之处——它周围没有黑路，花园里也没有那些香味浓郁的鲜花，外表与树干相似，所以不易被发现，甚至闻不到扁脸的气息。"或许这些扁脸是不危险的。"乌朱瑞克打心眼儿里希望是这样。

"不是说扁脸都很坏吗？"卡莉克不解地问。

就在他们纳闷儿的时候，洞穴门打开了，一个扁脸幼崽冲了出来，它指着奔跑的鹿群大叫大嚷着。紧接着一个年长的女扁脸和一个宽肩膀的男扁脸也走出了洞穴。它们身上都裹着与驯鹿皮一样的皮毛，小扁脸头上还戴着一顶色彩鲜亮的帽子。

荒野新生

女扁脸把小扁脸叫到自己身边,它们三个一动不动地看着远去的鹿群。露莎、乌朱瑞克和卡莉克静静地趴在高高的草丛里,眼睛紧盯着扁脸们。

"它们没看到我们,"卡莉克小声说,"我们是不是应该马上离开这儿?"

"我没看到火棍——"话没说完,露莎就被眼前的景象惊呆了——不远处的石头阴影中趴着一个熟悉的身影,是塔克罗!

乌朱瑞克也看到了他。"那是塔克罗!"他高兴地大叫着,"我们偷偷地爬过去,吓吓他!"

"你脑袋长毛啦?扁脸洞穴附近可不是搞恶作剧的地方!"露莎驳回他的提议。

一开始,露莎还以为塔克罗在那里睡觉。但是随后她就发现,塔克罗机警地竖着耳朵,眼睛盯着鹿群,肌肉紧绷,蓄势待发,一副随时准备起身捕杀猎物的样子。这时,那个小扁脸朝着塔克罗的方向跑了过去,而塔克罗正全神贯注地盯着鹿群,根本没有发现它。

"乌朱瑞克,快看!"露莎大叫着,紧张得心都要跳出来了。她想起了以前发生的一件事。那时,塔克罗饥饿难耐,又找不到食物,情急之下,差点儿就攻击了一个小扁脸。现在,万一这个小扁脸打扰了他捕猎,他会怎么做呢?

"我们得做点儿什么!"她急切地说道,"乌朱瑞克——"

她回头去找乌朱瑞克,看到的却是一只小驯鹿正跑向

山坡下的鹿群。它蹄子轻快地点地，头上的鹿角还在一点儿一点儿往外冒。

"哦，不！"露莎慌了，"乌朱瑞克又变身了！"

她又急忙回头去看塔克罗。那个小扁脸正蹦蹦跳跳地跑向塔克罗，彼此间的距离越来越近了……塔克罗惊讶地抬起头，发现自己彻底暴露在了小扁脸面前。他是不是准备一跃而起扑向那个小扁脸呢？因为离得太远，露莎和卡莉克什么也做不了，只能干着急。露莎一想到塔克罗的爪子将会伸向小扁脸就浑身发抖。然而塔克罗什么也没做，他只是好奇地嗅了嗅小扁脸身上的兽皮，而小扁脸看上去一点儿也不害怕。

"塔克罗不知道该怎么对付那个小家伙了。"卡莉克用调侃的口吻笑着说道。

确定塔克罗不会伤害小扁脸，露莎松了一口气。小扁脸伸出一只前掌拍打着塔克罗的脑袋，还发出了快乐的叫喊声，而塔克罗只是一动不动地紧紧靠着大石头。塔克罗这会儿一定在恼火地喘着粗气，却又不敢发作，想到这里，露莎禁不住笑了起来。塔克罗像只野兔一样被困住了，而对方竟是一个这么幼小的扁脸！

驯鹿群一只不剩地消失在了山谷中，"嗒嗒"声也随之渐渐远去。这下子，塔克罗彻底失去了捕猎的机会。

那个小扁脸开始往大石头上爬，突然，它一步没站稳摔了下去，立刻放声大哭起来。露莎看到小扁脸后腿处的

荒野新生

毛皮裂了个口子，鲜血从里面流了出来。塔克罗吓得惊慌失措，赶忙往后退去。

露莎一下子慌了："哦，不！扁脸一定会以为是塔克罗伤害了小扁脸！它们会回去拿火棍，然后——"

就在这时，年轻的男扁脸跑到了正在哭闹的孩子旁边，将它抱了起来。它看了看远去的塔克罗，并没有冲他大叫，也没有想要伤害他的意思。相反，它将小扁脸递到女扁脸怀里，跟女扁脸说了几句话，而小扁脸慢慢地也不再哭了。

"现在它要干吗？"露莎大声问。

不一会儿，她就知道了答案：那个男扁脸骑在一头非常小的火焰兽身上，从洞穴里出来了。那头火焰兽身体纤长，长着两个非常瘦小的蹄子，看上去就像驯鹿的骨架。男扁脸挺直上身坐在上面，抓着火焰兽的角。女扁脸将小扁脸放在了后面的座位上，那条腿还在向外渗血，露莎甚至能闻到风中的血腥味儿。紧接着，男扁脸朝女扁脸挥了挥爪子，然后带着小扁脸沿着驯鹿群的足迹消失在山谷中。

"那是什么啊？"卡莉克大口喘着气，惊愕地瞪着眼睛。

"看上去好像是……是一种没有火的火焰兽。"露莎感觉那东西用语言难以形容。

卡莉克摇摇头，说："扁脸实在是太奇怪了。"

女扁脸回到洞穴里，关上了门。它一消失，露莎和卡莉克就立刻跑去找塔克罗。

"干得好！"露莎跑到塔克罗身边大声称赞着，"你对那个小扁脸真是太好了。"

塔克罗尴尬地哼了一声，"那个小坏蛋！我正在等待机会伏击驯鹿，结果被它搅了局，它身上还有一股驯鹿味儿，"塔克罗继续说，"我没有把它当作替代品吃掉，已经算它走运了！"

"你才不会那么做！"露莎语气坚定地说，"虽然一开始我也有点儿担心你会把那个小扁脸当作驯鹿吃掉。"

"我才不要呢，"塔克罗嘟囔着，"它太吵闹了。"

塔克罗站起来，看着驯鹿消失的方向叹了口气，他提议道："我们接着追它们！只要抓住一只，就够我们吃好几天的了！"

"但是，你不能——"露莎突然想起刚才那一幕。

"为什么？"塔克罗打断了她的话，问道，"我们应该跟上它们，说不定还有机会抓住一只呢。错过了这次机会，万一它们以后再也不回来了怎么办？"

露莎跟卡莉克交换了一下眼神，"你不能捕猎驯鹿，"她耐心地解释道，"因为乌朱瑞克现在变成它们中的一员了。"

听到这儿，塔克罗咬着牙气愤地大叫起来："那就让他给我小心点儿！"

不等露莎她们再说什么，塔克罗一溜烟地追驯鹿群去了。

第六章
塔克罗

塔克罗大口地呼吸着，追踪着空气中驯鹿的香味儿。他眼睛紧盯着前方，沿着蜿蜒的山谷一路狂奔。陡峭的山脊矗立在两旁。这真是个好地方！塔克罗知道露莎和卡莉克就跟在后面，但他并没有放慢速度等她们赶上来，他把全部注意力都放在了猎物身上。

追了没多久，塔克罗就发现驯鹿的足迹与一条小河汇合了，河边潮湿的地面上挤满了蹄印儿。这个山谷的地形回环曲折，有好几次塔克罗都捕捉到驯鹿的脚步声了，就在他以为差不多要赶上的时候，山谷却又拐了个弯，脚步声也随之消失了。

愣了一下之后，塔克罗开始仔细研究驯鹿的足迹，想根据蹄印儿的深浅和距离来判断鹿群的速度。这时，他在一大片足迹中间发现了一些小小的蹄印儿。正当他沉浸在扑倒并吃掉一只小驯鹿的美好幻想中时，一股水浪冲上岸

来，浸没了他的四肢。

塔克罗激灵一下回过神来，赶紧再次朝着猎物消失的方向飞奔而去。跑着跑着，他在一个拐角处停了下来——前方有一片扁脸洞穴，都是用那种修整过的树干做成的，和刚才遇到的那个小扁脸的洞穴一样。

"这么多扁脸！"他大叫着，一股强烈的沮丧感涌上心头，"我还以为到了野外就可以远离它们了呢，没想到这帮家伙真是无处不在！"

这时候，一只棕熊轻快地朝着塔克罗跑来，是乌朱瑞克！塔克罗终于松了口气。刚才跟露莎和卡莉克说的都只是气话，无论怎样，他绝对不想把自己的好友错当成猎物给杀掉。

"嗨！"乌朱瑞克边喊边冲过来，"你看到驯鹿群了吗？是不是很壮观？"

塔克罗忽略掉这个让他不爽的问题，迎着乌朱瑞克跑过去问道："鹿群现在离这儿有多远？什么时候从这里经过的？"

"哦，走了很久了。"乌朱瑞克回答，他眼睛里闪着兴奋的光，显然非常享受刚才跟驯鹿们一起度过的短暂旅程，"你现在肯定是赶不上它们了。"

真是个黄鼠狼脑袋！塔克罗心里暗想，我们可不是来玩的，难道你就不想吃顿好的吗？

"那个讨厌鬼，就是那个小扁脸，"塔克罗低声怒吼

荒野新生

着,"要不是它半路出来打岔,我早就抓到一只驯鹿了!"

"乌朱瑞克,你回来了!"露莎和卡莉克终于跟了上来,"跟驯鹿一起奔跑感觉怎么样?"

"太棒了!"乌朱瑞克激动得跳了起来,"我们整个鹿群一起跃动。你没听到我们蹄子发出来的声音吗?"

塔克罗生气地哼了一声:"说点儿有用的吧。它们这是去哪儿?还会不会回来?"

乌朱瑞克摇摇头,说:"要到下次渔季,它们才会回来。它们在白天渐长的季节迁徙到这里,在平原上休养生息,哺育后代。冰海那边吹来的冷风会帮它们把小虫子赶跑,但是最近出现的一些苍蝇让它们不胜其扰。我想,它们就是因为这个才转移到山里来的。"

"真不知道为什么我们会追不上它们,"塔克罗抱怨着,他仍然在为错过了美味的猎物而恼火,"先前见到它们的时候,好像跑得也没有这么快啊!"

"出现了一群扁脸,拿火棍对着它们……"乌朱瑞克回答。

"火棍?"卡莉克紧张地看着周围,插嘴道,"那我们在这儿不安全了?"

"它们离这儿挺远的,在山谷那头,"乌朱瑞克打消了卡莉克的疑虑,继续说,"鹿群在扁脸的追捕下慌乱地奔逃。我想还是赶紧变回一只熊比较安全,然后我就故意放慢速度,让它们把我落下了。"

"你身上还有股驯鹿味儿呢！"塔克罗凑近去嗅了嗅瘦弱的小棕熊，火气还是没有消。不过看到乌朱瑞克安然无恙地回来了，他心里还是很高兴的。

"可是我们该怎么对付那些无爪猎人呢？"卡莉克听上去仍然很紧张，"它们肯定和烟雾山上那几个追杀我们的无爪一样，我们还是赶紧离开这里吧。"

"可是我总觉得，这群无爪对捕杀熊类并不感兴趣，"乌朱瑞克说出了自己的想法，但是听上去他自己也不太确定，"它们和我们以前遇到的那些不一样。这些扁脸可能……可能拥有动物的灵魂！"

塔克罗皱起眉头瞪着乌朱瑞克，心想：这家伙长毛的脑子到底在想些什么啊？扁脸是不可能拥有什么动物灵魂的！

"我没听懂，你的意思是？"露莎歪着头问。

"我也不确定，只是有这样的感觉罢了，"乌朱瑞克耸了耸肩膀，继续说，"来吧，我指给你们看。"

他带着大家爬到一道缓坡顶上，在那里他们可以看到山下的扁脸洞穴区。塔克罗也跟在大家后面爬了上去，怀着满心的不情愿。既然驯鹿已经没啥指望了，现在就应该开始去找别的猎物，而不是像现在这样，浪费心思去了解什么有动物灵魂的扁脸。站在山顶上，塔克罗看到下面有一只巨型火焰兽正趴在洞穴外面睡觉，旁边还有一些形状怪异的小火焰兽，看上去跟刚才那个男扁脸和小扁脸骑的火焰兽是一个样子。说不定它们是火焰兽宝宝？塔克罗猜

荒野新生

测着。

那些火焰兽旁边的空地上,有一群小扁脸围成了一个圈,把一个什么东西相互传递着踢来踢去。塔克罗竖起耳朵听着它们的高声叫喊。

"这群小家伙拥有哪种灵魂呢?"他嘀咕道,"难不成会是蚊子吗?"

乌朱瑞克没理会他,只是自顾自地说:"看下面!"他指着一个身披抢眼红色皮毛的女扁脸说。那个女扁脸正在清扫自己洞穴门前的空地,扁平的脚掌忽前忽后地挪动着。相邻的洞穴门前坐着一个年老的男扁脸,女扁脸不时抻长了脖子探过头去,急促地对它说着什么。

"女扁脸拥有鹅的灵魂,"乌朱瑞克若有所思,"而那个老年男扁脸有棕熊灵魂。"

听他这么一说,塔克罗禁不住仔细打量起那个男扁脸来。它胖胖的,蜷缩在它的座位上,脑袋和脸上都覆盖着卷曲的棕色毛发。

"它才不是熊呢!"塔克罗大叫着,彻底被惹火了。

虽然嘴上不承认,但是塔克罗能感觉到弥漫在这里的祥和气氛。这种感觉,他在别的扁脸周围从来都不曾感受到。在烟雾山所遭遇的那些来自扁脸的威胁,至今仍令他心有余悸。但在这里,他看不到丝毫危险的迹象。

或许,这群扁脸只是擅长掩饰罢了,他怀疑地想。

"我们不该待在这儿,"塔克罗大声说,"该走了。

熊和扁脸不能在同一个地方共存。"

"不要这么别扭嘛，塔克罗！"乌朱瑞克开玩笑地撞了一下他的肩膀，"这蛮有趣的啊！"

"不，塔克罗说得对，"卡莉克的眼睛写满焦虑，"以前和扁脸打交道惹上的麻烦还不够多吗？我们还是赶紧离开这里吧。"

"但是这儿没什么可怕的啊，"露莎插进来说道，"我确定这里没有危险。这些扁脸让我想起了以前熊池里那些照看我的善良的扁脸们。"

"噢，又是你那个熊池！"塔克罗不耐烦地深吸一口气。

就在这时，一个扁脸洞穴的门被打开了，先前受伤的那个小扁脸跑了出来。

露莎眼睛里立刻闪动着逗趣的光彩，"那是你的小朋友，塔克罗！"

塔克罗没好气地斜眼瞪着她，以后肯定会没完没了地被取笑了，我真希望自己当时就把这讨厌的小东西一口吃掉了。

那个小家伙看上去高兴极了，受伤的腿应该已经被治好了，它现在能轻快地跑到刚才那群小扁脸旁边了，而且追着那个踢来踢去的圆东西跑。那个带着它来到这里的男扁脸——它的爸爸，塔克罗猜想——也走了出来，身后还跟着一个年纪很大的男扁脸。扁脸爸爸个子很高，脑袋上

荒野新生

长着长长的灰色毛发,身上穿着镶了边的驯鹿皮。它走过去跟另一个成年男扁脸交谈起来,指着正在玩耍的小扁脸们有说有笑。

"让我一整天都这样看着它们也没问题!"露莎自言自语道,"我喜欢它们的声音。你看那个小家伙——它拿到那个球了!现在它要把球扔出去了!"

球?塔克罗想,一定就是小扁脸们脚下踢的那个圆东西吧。他很纳闷儿这东西是干吗用的,看上去也不像能吃的样子。忽然之间,他的记忆追回到了托比还不算太虚弱的时候,那会儿奥卡经常给他们编各种各样的游戏,然后告诉他们游戏规则。或许这个扁脸游戏就跟那些差不多吧,他努力回忆着自己是否曾见过成年扁脸玩球。

小熊们正看得出神,一个大洞穴的门开了,出来了另一个成年女扁脸,爪子里拿着什么摇了摇,那个东西发出清脆的叮当声,女扁脸边摇边大声叫喊着。小扁脸们立刻跑向那个洞穴,排着队走了进去,其中一个将球捡起来带走了。受过伤的那个小家伙则跑回爸爸身边,指着头顶上鸣叫着飞过的鹅群说着什么。

"好了,我们走吧。"看着最后一个小扁脸消失在洞穴门后,塔克罗说,"我可是看够了,更重要的是,我都快饿死了!"

第七章
塔克罗

塔克罗回头看了看乌朱瑞克,接着朝山下走去。他要去抓一些鹅来填饱大家的肚子,而乌朱瑞克却还在那儿依依不舍地望着那片洞穴。

"快点儿跟上,乌朱瑞克,"塔克罗生硬地大叫起来,"现在应该好好做我们棕熊了,记住,打猎,搭建洞穴,还有时刻照顾好自己。"

"我喜欢看着这些扁脸,"乌朱瑞克反驳道,"说不上什么理由,可我就是觉得它们与众不同。"

"你要明白,扁脸就是扁脸!"塔克罗毫不让步,"我们讨论这个完全是在浪费时间!"

"好吧。"乌朱瑞克望了那片洞穴最后一眼,转身跟上了塔克罗,"我们一起打猎去!"

塔克罗亲热地蹭了蹭他的肩膀,然后领头朝着来时的方向走去。驯鹿的气味还没有完全散去,这使他侦察其他猎

荒野新生

物的难度加大了。不过,在经过山侧一个突出的垭口时,他看到了一群鹅。

那群鹅正围在一个小湖边喝水,在周围杂草的映衬下,它们白色的羽毛显得尤为醒目。

"那儿,"塔克罗用鼻子指示出猎物的位置,"我们走!"

他们伏下身子,将自己掩藏在深深的草丛中,慢慢地穿过山谷,悄悄地蹚过一条小溪,在一块大石头后面躲了起来。

可是,他们和猎物之间还隔着一片开阔的平地,那里没有任何可以藏身的物体,看来慢慢靠近然后偷袭的那一套是派不上用场了。

"我们应该从下风向过去,这样至少它们发现不了我们的气味。"卡莉克建议。

"我知道。"塔克罗小声说。可是现在的风向偏偏对他们不利:如果要溜到对面,在半路他们就会被看到或者闻到,等他们站到下风向的时候,鹅早就会被吓得全跑光了。

塔克罗小声地命令卡莉克他们待着别动,然后独自紧贴着地面向鹅群爬去。但是,这招看样子行不通——还没等他靠近,那群鹅就拍着翅膀飞了起来,发出刺耳的鸣叫声。

那群鹅才飞出数十头熊身长的距离,然后就又停下来继续进食和休息,这让塔克罗感到很窝火。露莎他们也跟了上来。

"或许我们应该分散开！"露莎提议说，"那样的话，不管它们逃往哪个方向，我们中应该至少有一个能成功！"

"嗯，是个好主意！"塔克罗表示赞同。

意见达成一致之后，他们立即分散开来，从不同的方向向鹅群爬去。谁知这套战术仍然不奏效，早在他们跳起来扑上去之前，鹅群就已经飞向了天空，他们爪子里抓住的只有空气。当鹅群再次降落在不远处淡定地踱步时，小熊们又试了一次，结果仍以失败告终。

"真是蠢到家了！"塔克罗生气地大叫着。

他肚子里装的已经不仅仅是饥饿感，还有熊熊燃烧的怒火。现在，他只有一个念头，那就是将这些傻鹅撕成碎片，然后看着它们的羽毛四处飞散。

"我们得再想个办法！我有个主意，"塔克罗一开口，小熊们立刻围了上去，"乌朱瑞克，这种新的捕猎方法就全靠你了。你先变成一只鹅，混到它们中间，然后再变回熊迅速将它们抓住。"

"塔克罗，你简直是个天才！"露莎惊喜地大叫着。

"嗯，值得一试！"卡莉克点着头表示赞许。

然而，让塔克罗失望的是，乌朱瑞克居然一脸犹豫的表情。这家伙又怎么啦？

"我不知道……"乌朱瑞克的语气听上去有些内疚，棕色的大眼睛蒙上了一层忧伤，"每次当我变身成某种动

荒野新生

物时，我……我都是真的把自己当成了那种动物，我会跟它们有一样的思想和感受。你让我怎么变成一个猎手，去捕杀自己的同类呢？我做不到。"

"太荒唐了！"塔克罗不以为然地说，"你一直都是熊，不是吗？即使你的形态变成别的动物，你的灵魂也依然是熊。所以，你必须做熊该做的事情。现在，我们四只熊正在猎捕这群鹅，你明白吗？"

乌朱瑞克不情愿地耸了耸肩膀。

"去吧，乌朱瑞克，"卡莉克用哀求的语气说，"肯定会很有意思的！"

"去试试吧。"露莎轻轻撞了撞他的肩膀，"我特别想看你突然在鹅群中变成熊，把它们吓得惊慌失措的样子。"

乌朱瑞克默默地凝视着自己的脚掌，又犹豫了一小会儿。然后，他深吸一口气，看了看天空说："好吧，我试试。"

"好样儿的！"塔克罗松了口气。乌朱瑞克总得给自己的特异功能找点儿存在的理由吧，不是吗？那么还有什么理由会好过捕猎呢？

乌朱瑞克盯着鹅群一动不动地站了很久。

他的脖子开始变细拉长，鼻子缩成一张扁嘴，身体也变小了，前腿舒展成了翅膀，变得瘦长的后腿还长出了带蹼的脚掌。一阵风吹过，他浑身的棕色毛发变白了。最终，伴随着一声尖利的鸣叫，通体雪白的乌朱瑞克起飞了，他在同伴们头顶上盘旋了一圈后，朝着鹅群飞去。

"我还是无法对这种景象习以为常。"露莎恐惧地小声说。

塔克罗没有出声,只是紧张地盯着鹅群。它们彼此挨得很近,根本认不出来哪一只才是乌朱瑞克。等了好久,鹅群中也没有出现他们预想中的"鹅变熊"的景象。

"他还在等什么呀?"塔克罗急躁地大声嚷嚷着,"难道他又不记得自己是只熊了吗?"

卡莉克将那群鹅挨个儿细看了一番,指着一个方向眯起眼睛说:"我猜那个就是乌朱瑞克,最大的那一只,背上有个棕色的斑块。"

露莎摇了摇头,说:"乌朱瑞克变成鹅飞起来的时候,没看到他背上有棕色斑块啊。"

塔克罗用爪子使劲地挠着地面,鹅群中还是没有任何动静。

"塔克罗,我们是不是应该喊他的名字——"

露莎的话被鹅群发出的一阵惊叫打断了,鹅群慌慌张张地冲向了天空。这次它们没有像前几次那样飞上一小段距离便停下来,而是径直飞向了远方。

"这是怎么搞的?"塔克罗愤怒地大声吼道。

"看!"卡莉克竖起了耳朵,"是狼来了!"

顺着卡莉克的视线,塔克罗看见一个瘦骨嶙峋的灰色身影出现在湖对面。

是那匹狼,它潜近了鹅群,当它跳起来准备攻击的时

荒野新生

候,那些鹅却全都飞了起来。它沮丧地低吼着,对那些盘旋在头顶的雪鹅毫无办法。

我知道那种功亏一篑的感觉,塔克罗想。

鹅群排成了不规则的楔形,径直飞向远方的海滩。看到这里,塔克罗顿时慌了——湖边一只鹅也没有留下。

"乌朱瑞克跟着它们飞走了!"卡莉克大叫着。

"哦,不!"露莎也慌了,"但愿他不会一直这么飞下去。"

"这个松鼠脑子的笨家伙!"塔克罗抱怨着,"总有一天他会迷失方向,再也找不到我们了!"

卡莉克叹了口气说:"我们是不是应该跟上他呢?"

"或许吧,"塔克罗话音未落便拔腿向前冲去,奋力追赶鹅群,"跟上!"

露莎和卡莉克立刻冲到他身边。看见三只熊径直朝着自己跑来,那匹灰狼吓得掉头就跑,逃进了树林里。

这个惹事的家伙总算走了!塔克罗在心里恨恨地说。他想起以前在山里和乌朱瑞克还有露莎一起被狼群追赶的窘境。现在他已经强壮到足以吓跑一匹成年灰狼了,这感觉真不错!

"乌朱瑞克!乌朱瑞克!"塔克罗边跑边大声呼喊着,"赶快停下来!"

第八章
乌朱瑞克

乌朱瑞克用力地拍打着翅膀,从湖面上空飞过,那只狼很快便被他远远地抛在身后,最后变成了水边的一个小灰点。记忆如潮水般涌进他的脑海(尽管这并不是他的记忆):闪闪发光的贪婪的眼睛、锋利的牙齿、张开的血盆大口,还有飞溅在雪白羽毛上的鲜血。他模模糊糊地记起自己的牙齿穿透鹅肉的画面,但是感觉起来,那又像是发生在另一个生物身上的事,而且是在很久很久以前……

突然,陆地上传来了微弱的叫喊声,乌朱瑞克低头向下看去。下面有三个小小的奔跑着的身影:黑色的、白色的、棕色的……一时间,乌朱瑞克陷入了迷茫。不知为何,他觉得自己本应该记得他们是谁,也应该知道他们为什么一直在呼唤着自己。然而,"狼口脱险"的成就感和翅膀用力划破空气的愉悦让他沉醉其中,于是这股莫名的困惑很快就被他抛到九霄云外了。

荒野新生

鹅群不断地调整位置，排成不规则的三角形队列，朝着海洋飞去。乌朱瑞克看到自己大概处于鹅群中部靠边的位置。

"飞吧！飞得更远！把那只狼远远地甩在后面！"鸣叫声包围了乌朱瑞克。这个指令是领头鹅发出来的，它将信息传给身后的鹅，那只鹅将信息继续向后传……飞行中的鹅群就是这样传达信息的。

"飞吧！飞得更远！"信息传到乌朱瑞克这里时，他也跟着大声喊道。

群山在身后慢慢远去，鹅群继续朝着海洋飞去，渐渐可以看到前方的海岸平原了。

"现在可以下去吃东西了！"另一个指令传来，"赶快飞到新家，去感受那暖暖的太阳！"

"新家……太阳……丰富的食物……"这些词在鹅群之间回荡着。乌朱瑞克仿佛已经能感受到沐浴在阳光下的温暖了，飞往新家的愿望像一只爪子般牢牢地攥住了他。

阳光普照大地，一切都显得那么温暖柔和。乌朱瑞克完全被眼前的美景所吸引，忘记了集中精力好好飞行，结果一不小心撞到了他前面的同伴。两只鹅都失去了重心，在空中翻转扑腾着，竭力想要找回平衡。乌朱瑞克好半天都处于眩晕之中，只觉得天旋地转，全然不知道接下来该往哪里飞。跟在他后面的那只鹅也失去了方向感，拼命拍打着翅膀试图重新回到队伍里。

"毛虫脑袋！"领头鹅恼怒地朝乌朱瑞克嘶鸣道，"你是刚孵出来还是怎么的？"

毛虫脑袋……毛虫脑袋……这个侮辱性的词语在他耳边回响着。

"对不起！"乌朱瑞克挣扎着恢复了平衡。他用力扇动翅膀，想要飞回自己原来的位置，结果更糟糕的事情发生了——由于用力过度，他不小心冲到了队伍外围，一股强劲的气流立即裹住了他，将他在空中推来搡去。乌朱瑞克费了好大劲才追上队尾，重新在队列中找到一个空位钻了进去。他这才意识到，原来独自飞翔是那么吃力，而跟在队伍里飞行就容易得多，他可以乘着前面的鹅带起的气流轻松前进。

另外两只倒霉的鹅也各自找到了新的位置，它们狠狠瞪了乌朱瑞克一眼。"等会儿落地之后，一定要跟那两个家伙保持距离。"乌朱瑞克提醒自己。

跟在领头鹅后面，乌朱瑞克尽情享受着飞翔的快乐。这时，一团阴森的黑影出现在地平线那边，看上去就像一团沉向地面的积雨云。黑影里闪烁着跃动的光，还有个固体结构的东西，他看不太清楚。

"糟糕的地方！"领头鹅叫喊着转换了方向，"没有食物！苦涩的水！"

"糟糕……苦涩……"其他的鹅相互传着话。

"吵闹的野兽！地面行走的家伙！不去那边！"领头

荒野新生

鹅又发出了指令。

"不去那边……"

虽然乌朱瑞克听不懂这些鹅在说些什么,但是它们的话唤起了他心底的一丝恐惧。他想起自己的脚掌第一次接触这片大地时——脚掌?难道不应该是翅膀吗?——感觉到的那种不安。他那时就已经知道了这里并不是旅途真正的终点……现在,不安的感觉变得更加强烈了:他只想奋力向前飞去,让强壮有力的翅膀带着自己远离这里,永远地摆脱心中那些不祥的预感所带来的阴影。

事与愿违的是,他现在只能紧随着鹅群,降落到一片靠近海水边缘的洼地上,水洼和海洋的边界处长满了海草。乌朱瑞克一边寻找着那些绿色或棕色的美味草籽,一边不安地拍打着翅膀。飞了这么远的路,他现在感觉饿极了。他低低地掠过泥泞的草地,从拥挤的鹅群中间挤了出来,开始进食。

囫囵吞下第一口食物之后,他突然想到这里也可能有危险,于是抬起头迅速地往周围扫视了一圈,警惕着任何可能出现的敌人。但是附近似乎并没有狼,也没有熊、狐狸或者其他的捕猎者,目前看来这里是安全的。

乌朱瑞克低下头继续找东西吃,几口草籽下肚之后,饥饿感慢慢消失了。他仰起脖子将一大团海草吞了下去。突然,他感到海草里面裹着一个坚硬的东西。他慌忙干呕了几下,想将那东西吐出来,结果不但没有成功,反而使

得咽喉一阵剧痛——那个坚硬的东西刺破了他的喉咙!

他低下头继续干咳,一根又细又长的卷须从嘴巴里垂了下来。一定是刚才吃东西时太心急了,没有看到这玩意儿缠在海草里。乌朱瑞克试图把卷须弄出来时,不由自主地爆发了一阵剧烈的咳嗽。他感觉喉咙都抽搐起来,鲜血从嘴里溅出,喉咙疼得越发厉害了。

"救救我!"他哽咽地向同伴们求救,"我不能……不能够呼吸了……"

身边的那些鹅奇怪地看着他,眼睛里充满了疑惑。当它们发现他正身处困境的时候,不但什么都没有做,反而远远地躲开了。乌朱瑞克绝望地意识到,不会有谁来帮助自己了。他举起一只脚掌,努力想要拉出那根卷须,但是有蹼的脚掌根本不管用。一个趔趄,乌朱瑞克重重地倒向一边,恐惧地扑腾着翅膀。

海浪冲了上来,退去的时候差点儿将乌朱瑞克也一起卷走。世界突然变得一片昏暗,乌云在头顶翻滚着。

"变身……"乌朱瑞克感觉心底有个声音在命令自己,"再这样下去你就活不成了。"

他不太明白那是什么意思,只是本能地舒展着身体。不一会儿,他身上的白色羽毛就被棕色的毛发取代了。与此同时,他感觉体力在急剧衰退。乌朱瑞克最后剧烈地咳嗽了一声,整个身体随之颤抖。然后他垂下脑袋,瘫倒在浪花中,鲜血流进海里,变成了浪尖的红色泡沫。

第九章
卡莉克

卡莉克沿着山谷奋力奔跑，绝望地追赶着渐渐远去的鹅群。虽然它们目前还在视野之内，但离小熊们却已经有接近一重天的距离了。塔克罗与卡莉克并肩跑着，露莎则在他们身后一只熊身长的地方努力跟随。为了在追赶的过程中节省力气，塔克罗已经不再朝乌朱瑞克大喊大叫，叫他快回来。

脚下的小石头和沙砾硌疼了卡莉克的脚掌。鹅群在天上盘旋着前进，她在地上也不得不随着它们变换方向，沿着曲折的路线吃力地向前跑去。她的胸腔因为用力呼吸而疼痛难忍。

万一它们飞得看不见了怎么办？乌朱瑞克还能找到回来的路吗？

鹅群离开小山后，朝着海洋的方向飞去。它们沿着海岸线飞了一段路，终于降落在靠近海岸的一片平坦的草地

上。卡莉克这才松了口气。

"谢谢你,斯拉鲁克。"

塔克罗停下来在原地徘徊,卡莉克走到他身边坐了下来。片刻之后,露莎也上气不接下气地赶上了他们。

"我们现在怎么办?"露莎问,"如果我们再贸然冲上去的话,这群鹅又该飞走了。"

"这我知道,"塔克罗说,"不管怎样,我们还是得想办法靠近它们。这样我们喊乌朱瑞克名字的时候,他才能听到,并有可能记起自己是只熊。"

他的眼睛里似乎燃烧着熊熊怒火。每回看到塔克罗的这个表情,卡莉克都觉得有些害怕。但是她也知道,塔克罗生乌朱瑞克的气只是因为太担心他了。

"我们是不是有点儿担心过头了啊,"卡莉克试着说出了自己的想法,"毕竟乌朱瑞克以前都记得回到我们身边的。"

"说得没错!"露莎黯淡的眼神顿时一亮,接过她的话说道,"他以前变成过海鸥、老鹰……还有,塔克罗,你还记得他曾经变成一只长耳鹿帮我们引开狼群吗?"她又对卡莉克补充道:"那是我们遇到你之前的事情。"

"记得,"塔克罗咬牙切齿地说,看上去余怒未消,"每一次我们都只能像白痴一样地等着他,永远等着他。直到他想起自己是一只熊,再变回来!"

"但是不管怎样,他以前的确是这么做的。"露莎坚

持道,"而且,如果他当时没有变身的话,我们很可能都已经成了那群狼的盘中餐了。我相信,这次他也一定会记得变回来的,就像一直以来那样。"

塔克罗哼了一声:"我只希望他至少记得当时我们是让他去捕猎,而不是去干别的!"

"好啦,我们可以偷偷地靠近他,"露莎提议,"那边的灌木丛正好可以掩护我们。"

"可以试一试。"塔克罗说。

他抬起头,蹑手蹑脚地钻进灌木丛里,一步一步地爬过去,就好像他真的是在靠近猎物一样。卡莉克和露莎紧跟在他身后。终于,他们爬到了水洼旁一片高高的草丛后面。如果要靠近鹅群,还得想办法通过前面那一大片开阔的平地。

塔克罗低头喝了一口水。"这次我们必须暴露自己了,"他说着抖了抖身子,将沾在鼻子上的水珠甩掉,"我们等下就直接冲进鹅群,然后大喊乌朱瑞克的名字,这样一来其他的鹅都会被吓走。如果幸运的话,留下来的那只就是乌朱瑞克。"

"万一不幸运呢?"露莎担心地问。

"那就让他永远做他的鹅去吧,我管不了了!"塔克罗大声说。

露莎与卡莉克交换了一个眼神。"他并不是真的这么想的。"露莎小声说。

塔克罗哼了一声,从水洼中跳出来大声叫道:"乌朱瑞克!乌朱瑞克!"

"乌朱瑞克,是我们!"卡莉克跑到塔克罗身边呼喊着。露莎也跟了上去。

正如塔克罗预料的那样,鹅群纷纷飞了起来,头顶的天空几乎被一双双疯狂扑腾的白色翅膀遮蔽了。卡莉克紧张得心都提到了嗓子眼儿里——地上真的什么都没有,乌朱瑞克没有留下来……

就在卡莉克已经绝望的时候,露莎突然大叫起来:"乌朱瑞克!"

顺着露莎指的方向,卡莉克看到海浪中躺着一个棕色的身影。那个身影的背部高高地隆起,放眼望去,卡莉克还以为那是一堆沙子,好一会儿才看清楚那是一只小棕熊,乌朱瑞克正一动不动地侧躺在翻涌的海浪中。

"他怎么了?"露莎慌忙朝那边跑去,"他是不是摔下来了?是不是一下子忘记怎么飞了?"

塔克罗第一个跑到乌朱瑞克旁边,细心地帮他检查身体。卡莉克和露莎则站在一旁紧张地等待结果。他们靠近的时候,乌朱瑞克连眼皮都没有动一下。

"他没死,"过了一会儿塔克罗说,"我能感觉到他的呼吸,但是我不知道到底发生了什么事情。"

卡莉克弯下身子围着乌朱瑞克闻了闻。他双眼紧闭,必须很仔细地观察才能发现他的胸口在随着呼吸微微起

荒野新生

伏。鲜血从乌朱瑞克嘴里流出来，在海水的映衬下显得格外黯淡。

卡莉克看到一条亮晶晶的东西随着血液从乌朱瑞克的嘴巴里流了出来。"看！"她惊呼起来。

"这是什么？"露莎伸着脖子嗅了嗅那条闪闪发光的东西。

塔克罗也凑了过去，抓起那根卷须一样的东西看了看。"他一定是吃进了什么危险的东西，"塔克罗说，"我看看能不能帮他抽出来。"

"不，不要！"塔克罗正要动手，卡莉克惊恐万分地尖叫起来，还下意识地向后退了一步。她的反应让塔克罗感觉很是不解。"妮莎跟我说过这种东西。我们以前在冰原地带也见过。是叫什么……鱼线？扁脸就是用这种东西将鱼从海里拉出来的。妮莎说那东西很危险。"

塔克罗仔细端详着那根丝线，"用这东西怎么抓鱼啊？"

"它的另一端有一个钩子，"卡莉克眨着眼睛解释道，她描述着乌朱瑞克可能受伤的过程，"乌朱瑞克一定是把那个钩子吞进去了，然后钩子划破了他的喉咙，伤口流了好多血。"

"那我们现在怎么办呢？"露莎焦急地问。

"不能拉，反正一开始不能拉，"卡莉克说，"否则钩子会嵌得更深。"

"那你是准备看着他死在我们面前了？"塔克罗低吼着。

"当然不是了……露莎，你的爪子最小，你试试看能不能把它伸进乌朱瑞克喉咙里。"

"好，我来试试。"

卡莉克帮着露莎将乌朱瑞克的嘴巴掰开，她看见卡在他喉咙里的那根线缠在一团海草中。露莎试着将爪子伸进乌朱瑞克的嘴巴，但是很快她就发现自己根本够不着那个钩子。

"不管用。"卡莉克把乌朱瑞克的嘴巴合了起来，然后轻轻地用自己的胳膊垫在他的脖子下面。乌朱瑞克猛地咳嗽了一声，那声音听上去粗哑又痛苦，然后就又一动不动了。卡莉克无助地看着露莎和塔克罗。他们的朋友正在死亡线上挣扎，可是他们却什么也做不了。只有乌朱瑞克知道怎么用草药，说不定他还知道怎样把钩子从喉咙里拿出来不会弄疼伤口。可是乌朱瑞克救不了自己，而没有他的建议，他们根本无计可施。

"我们救不了他，"露莎说出了卡莉克的心里话，"但是我想扁脸肯定知道该怎么做。"

"你可真会找帮手，"塔克罗抱怨着，"难道扁脸会在乎一只熊的死活吗？"

"它们会的！"露莎的语气听上去很坚定，这让卡莉克心中重新燃起一线希望，"熊池的扁脸就会救治我们。

荒野新生

我妈妈生病的时候它们把她带走,然后治好了她。"露莎说。

"我们现在不是在熊池!你是不是一直还活在过去啊?"塔克罗有些不耐烦。

"而且我们也不知道这里有没有会医治伤口的扁脸。"卡莉克说,她心中升腾起的那一簇希望的小火苗熄灭了。

"但是我们已经见识过它们的医术了,"露莎满怀希望地说,"还记得那个摔倒的小家伙吧,它腿上有伤,但是后来我们不是看到它又跑又跳的吗?那么快就好了。它爸爸带它去找的那个扁脸洞穴一定就是可以救助的地方。"

"可是这对乌朱瑞克有什么帮助?"塔克罗没有被说服。

不过卡莉克已经明白了露莎的意思。"如果乌朱瑞克可以变成扁脸的话——"她慢慢地说出了自己的建议。

"我们就可以把他带到扁脸那里了,"露莎帮卡莉克把计划补充完整,"那个医生会帮助他的。"

塔克罗迟疑了一会儿,说:"我第一次见到乌朱瑞克的时候,他就是个扁脸,可是我不确定他现在是否还有力气变身。"

卡莉克轻轻地拍了拍乌朱瑞克的肩膀,说:"振作点儿,乌朱瑞克,醒醒!你现在需要变成扁脸!"

但是什么也没发生。塔克罗将卡莉克推到一边,冲着乌朱瑞克的脸尖声大叫起来:"快醒醒!"

这次管用了，乌朱瑞克轻声呻吟着，一张嘴，更多的血又从他的嘴里流了出来。他半睁半闭的眼睛里流露出无限的痛苦，那眼神就好像根本不认识他们一样。费了好大劲，他才从喉咙里挤出一个嘶哑的声音。

"别说话，"卡莉克弯下身子趴在他耳边轻声说，"你受伤了，但是你现在必须变成扁脸，这样我们才能救你。"

乌朱瑞克慢慢地眨了眨眼睛，像是根本听不懂卡莉克的话似的。卡莉克看着他，焦急又耐心地等待着。可是良久之后，躺在眼前的仍是一只完整无缺却又伤势严重的小熊。

"没用的，他不能——"塔克罗刚开口就被打断了。

"他能！而且他一定会那么做的！"卡莉克不想让任何一个同伴放弃希望，"加油，乌朱瑞克。你知道扁脸长什么样的。求求你，努力一下试试看。"

"你想象一下，身上没有毛发，皮肤是粉色的，"露莎补充道，她在乌朱瑞克身旁趴了下来，而卡莉克则趴在另一边，"脸应该是扁平的。"

"别担心，我们会紧紧跟在你后面保护你的。"卡莉克将脸贴在乌朱瑞克的肚子上，小棕熊的身体被海水泡得冰凉，"我们不会让扁脸伤害到你的。"

一个嘶哑的声音从乌朱瑞克的喉咙里传出来。慢慢地，他身上的棕色细毛一点点褪去了，最后身上只留下了几小块补丁一样的棕色毛发映衬着粉色的肌肤；他的四

荒野新生

肢慢慢变细、变长，身体痛苦地扭曲着。看着这一切，卡莉克的心情复杂极了，一方面，她感觉眼前的这一切很神奇，但是同时，当看到乌朱瑞克这么痛苦，她难过极了。乌朱瑞克的前腿慢慢变长，末端长出了扁脸的爪子。他禁不住痛苦地呻吟了一声，这次声音比前几次都要大一些。与此同时，他的脖子也开始收缩，耳朵则变得又扁又平。最后，那仅剩的几块棕色细毛也消失了，只有头顶上还有一些留着。

海浪一波接一波地冲上岸来，卡莉克低头看着躺在她脚边虚弱的扁脸小家伙。完成变身的最后一步，乌朱瑞克又一次失去了知觉。他的呼吸微弱而短促，唯一不变的是那根鱼线仍然顽固地挂在乌朱瑞克的嘴边。

"快来，"露莎催促着，"我们得抓紧时间，否则他就撑不住了。"

"如果你们没意见的话，我来背他好了。"卡莉克自告奋勇。

"不，我来。"塔克罗上前一步说。卡莉克读懂了他的表情——塔克罗又心疼又震惊。变身对乌朱瑞克来说从来都不是一件难事，而且他好像还很享受变身的过程；但是这次不一样，这次变身让他很痛苦，并且耗尽了他仅剩的一点儿气力。

"好，塔克罗，趴在这里。"露莎指挥着。

塔克罗趴在了地上。卡莉克和露莎小心地将乌朱瑞克挪到塔克罗的背上。塔克罗慢慢站起来，稳稳地迈出了这次艰难营救的第一步。现在，他们要经过长途跋涉回到那个山谷，也就是刚才经过的那片扁脸洞穴区。夕阳西下，阴郁的红色光辉穿透了孕育狂风暴雨的灰色云层。卡莉克本能地意识到她得帮乌朱瑞克找个遮雨的东西。一个受伤的扁脸小家伙，身上没有长着可以保暖的皮毛，在这样寒冷的夜晚是会冻死的。而她不能让这个躯体死去，因为这对他们来说不是一个扁脸的躯体，而是等待营救的乌朱瑞克。但是此时的乌朱瑞克看上去虚弱得不堪一击。

卡莉克和露莎分别护在乌朱瑞克的两边，这样不管乌朱瑞克从哪边滑下来，她们都能接住他。这让卡莉克想起了小时候，她和塔奇克总是喜欢骑在妮莎的背上。但是那时他们很快乐，和现在的悲伤心情完全不一样，所以现在的情形倒是更像塔克罗背着露莎翻越烟雾山的那次。那时候他们的心情也和现在一样，担心露莎随时会死掉。再一次，他们不得不孤注一掷地和死神赛跑——一定要救活乌朱瑞克！

乌朱瑞克向右边倾斜了一下，卡莉克立即用鼻子推了推他的腿，让他重新保持平衡。那个躯体是多么冰冷啊！卡莉克一直认为扁脸的皮肤是粉色的，然而现在的乌朱瑞克却浑身苍白，毫无血色，屁股上还有一小片淡淡的蓝色。他一直昏迷不醒，头低低地垂着。

"他的灵魂是不是已经准备好要与身体分离了？"卡

荒野新生

莉克害怕地小声嘀咕着。

"他会好的。"露莎试着让她恢复信心,"那个扁脸医生知道怎么救他。"

但是卡莉克仍然做不到像露莎那样乐观,对扁脸的医术她也没有露莎那样的信心。她曾亲眼看着妮莎和娜努克在她面前死去,自己却无能为力;而现在,乌朱瑞克也正在为自己的生命独自奋战。

天公不作美,当三只小熊吃力地走到一个扁脸的小棚屋旁边时,雨点落了下来,眨眼就变成了大暴雨。狂风携带着雨点狠狠地打在他们的脸上,他们浑身湿透了。先前他们追踪的驯鹿足迹现在已经变成了一条泥河。

塔克罗抱怨道:"这雨来得可真是时候!"

雨点敲打着乌朱瑞克毫无遮掩的身体,他头上的毛发贴在了头皮上。卡莉克紧紧握了握爪子,终于她忍不住难过地大吼了一声。眼前这个虚弱的小扁脸需要一些温暖的东西蔽体,如果继续让雨这么冲刷的话,可能他最后一丝活下来的希望也会被冲走。乌朱瑞克还在呼吸吗?

"扁脸倒好,总是有地方躲着,风吹不到雨淋不着。"卡莉克不满地嘟囔着。

"可是我们要怎么让乌朱瑞克不被雨淋到呢?"塔克罗问,"我们得赶紧找个东西给他遮雨。"

"上次那个小扁脸就是从这里出来之后伤就好了。"露莎指着前面的那个木头小屋说,"那个医生一定就住在

这里。"

塔克罗什么也没说，他拖着沉重的步子走向了木屋的门，然后转过身慢慢蹲下。露莎和卡莉克走过去轻轻地将乌朱瑞克从他的肩膀上抱下来。他们把乌朱瑞克放在了洞穴门口的地面上。让卡莉克感到欣慰的是乌朱瑞克还在呼吸，只是比刚才更加微弱和急促了。

"快，"塔克罗说，"我们离开这儿吧，不要让扁脸发现我们。"

他说完便朝驯鹿足迹旁边的大石头后面跑去，露莎也赶紧跟在他后头。在加入他们的队伍之前卡莉克拖长了声音大喊道："救命啊！我们的朋友受伤了！快！快来救救他！"

然后卡莉克便头也不回地追上露莎他们。一跑到大石头后面，她就赶紧探出头向洞穴那边张望，那扇门仍然紧闭着。

"万一扁脸不在家怎么办？"她担心地问露莎。

"它们会在家的！它们必须在！"露莎一字一顿地说。

但是依然没有任何动静。卡莉克眺望着乌朱瑞克瘦弱苍白的身体，难过极了。他静静地躺在地上，那裸露的苍白的身体就浸泡在雨水中。

斯拉鲁克！卡莉克祈祷着，请帮帮我们吧！我们不能没有乌朱瑞克！

第十章
露 莎

乌朱瑞克仍然一动不动地躺在紧闭的门口，雨水无情地打在他瘦弱的身体上。快点儿来啊，扁脸们！你们都去哪儿了？

卡莉克紧张得浑身发抖，眼睛一眨不眨地盯着那扇门，仿佛在用目光祈求着它立刻被打开。塔克罗静静地站在她身后，沉着脸一言不发。

我们已经做了所有能做的事情，露莎想，现在也只能等着扁脸出现了。

突然，刺耳的咯吱声从洞穴区传来，露莎立刻全身紧张起来。旁边的一扇门打开了，那个顶着一头灰白毛发的老年扁脸走了出来。它正穿过外面的空地朝自己的洞穴走去，就在这时，它看到了躺在地上的乌朱瑞克。只见它弯下腰，将一只前掌放在乌朱瑞克的胸口，然后抬起头看了看四周。露莎发现自己很难读懂扁脸的表情，但是她能猜

到这个扁脸此刻应该很困惑吧。

"把他带到洞穴里去啊!"塔克罗在露莎身后紧张地嘟囔着,"你在那儿干吗呢?"

有那么一会儿,露莎有些担心扁脸会不会把乌朱瑞克扔在那儿不管,任由他死在雨中。扁脸会在乎这个与自己毫无关系的陌生访客吗?很快,她就发现自己的担心是多余的:那个扁脸将胳膊伸到了乌朱瑞克的脖子下面,将他抱了起来,然后用肩膀推开自家的门走了进去,又顺便将门关上了。

"快看!"卡莉克欢呼着,"他得救了,对吧,露莎?"

塔克罗抢先答道:"我不知道,我还是很难信任扁脸。你不记得在烟雾山上追杀我们的那些扁脸了吗?"

他的担心并没有扑灭露莎心中的希望。她看到扁脸将乌朱瑞克带到了洞穴里,心里非常高兴。"这些扁脸不一样。乌朱瑞克也是这样说的,"她提醒塔克罗说,"乌朱瑞克说过这些扁脸拥有动物的灵魂。"

"那纯粹是胡说。"塔克罗立刻回嘴。

露莎知道,塔克罗其实是不想让自己抱太大希望。过于乐观的话,他怕万一真的失去乌朱瑞克时,自己会无法接受。露莎轻轻地靠在塔克罗身上,希望这样可以将自己的信心分一些给他。

"熊池的那些扁脸就照顾了我们,"她又开始讲那个故事,"那时候我妈妈真的病得很重,我还以为她会那样

荒野新生

死去。但是那些扁脸将她带走,还给她喂了些药,等她再回来的时候病就好了,身体和以前一样健康。"

"再说了,如果那个扁脸不想救乌朱瑞克的话,它为什么还要白费力气将乌朱瑞克抱到洞穴里去呢?"卡莉克满怀希望地补充道。塔克罗只是嘟囔了几声,就没再说什么了。

露莎盯着那扇关上的洞穴门一动不动,她多希望自己可以看到里面发生的一切啊。她又回想起在烟雾山上做过的梦,梦里妈妈告诉她,她必须拯救大自然。等她醒来的时候,乌朱瑞克就已经知道她做了什么梦了。

后来他们再也没有谈论过那个梦。但是从那以后,露莎相信乌朱瑞克比他们所知道的还要神奇得多,精灵们不会让他死的。大自然太需要他了。

她闭上了眼睛,试着用"心灵感应"的方法跟乌朱瑞克说话。"扁脸会照顾你的,"她想象着乌朱瑞克可以听到,"我们会在这儿一直等到你好起来,然后我们就可以继续拯救大自然了。"

说完之后,像有一股新的力量在露莎的身体里膨胀起来。说不清为什么,她觉得乌朱瑞克一定能听到她的话。露莎长长地嘘了一口气,睁开眼睛。"我饿了!你们饿不饿?"她对塔克罗和卡莉克说。从他们说服乌朱瑞克变成鹅去捉猎物到现在,一下子发生了太多的事情,感觉好像已经过了好几天似的。

塔克罗点了点头。"我们得去找点儿吃的来。"他迟

疑着说，"可是——"

"可是我们不能离开这儿把乌朱瑞克独自留下，"卡莉克帮他说完了后半句，"因为我们现在都还不确定他是不是已经脱离危险了。"

三只小熊你看看我，我看看你，脸上都是担心的表情。露莎抬起头嗅了嗅，空气中飘来一丝淡淡的奇怪味道。她发现洞穴区附近很安静，大概所有的扁脸都正躲在洞穴里避雨吧。

她开玩笑地用爪子挠挠卡莉克，说："别担心，洞穴周围总是能找到食物的，只看你会不会找。"

塔克罗皱皱眉头："我宁愿自食其力去捕猎。"

"不，露莎说得对，"卡莉克打断他的话，"这样比较省事，而且我们也可以离乌朱瑞克近一些。"

塔克罗耸耸肩膀，说："好吧。不过要是被扁脸抓住的话，可别怪我事先没警告你们。"

这时候，夜幕已经降临，雨势却没有减弱，扁脸洞穴的门仍然紧紧地关闭着。露莎带着塔克罗和卡莉克小心翼翼而又充满自信地朝洞穴区走去，寻找那些闪耀着金属光泽的装满垃圾的大盒子。一般情况下，它们都是被放在洞穴后面的。

最大的那个洞穴里面传出了微弱的音乐声和扁脸的说笑声，先前那个扁脸医生就是从这个洞穴里走出来的。露莎蹑手蹑脚爬到一扇窗户旁边，朝里面张望着。一些扁脸

荒野新生

围坐在桌子四周,桌上摆放着几堆肉。它们龇牙咧嘴高声交谈着,但是看上去很友好。

这时,一个扁脸站了起来,露莎立刻低下头,将塔克罗和卡莉克推到了角落里。过了一会儿,那个扁脸打开门,走了出去。它将一顶帽子戴在头顶上,冒着雨快速跑向了拐角处的那个洞穴。

"我们赶紧找吃的吧!"塔克罗趴在露莎耳边低声说,"如果再这样晃悠下去的话,我们迟早会被发现的。"

塔克罗说得对。露莎离开了窗户旁边,继续寻找金属箱。让她吃惊的是,这儿竟然一个也没有。"那它们把垃圾都扔到哪里呢?"她失望地抱怨着,"它们好歹也该考虑一下,这儿可能会路过几只饥饿的小熊崽嘛!"

当他们终于走到这一排洞穴的尽头时,塔克罗停住了。空气中飘来的气味吸引了他。"什么味道?"他问。

露莎也赶紧深深吸了口气,长这么大她第一次闻到这么富有诱惑力的气味。那气味好像是从不远处一个独立的小洞穴里飘出来的。"这次一定得尝尝!"露莎喜出望外地说。

"小心一点儿!"卡莉克快速走到露莎身边,提醒她,"我还闻到了烟火味儿,所以很可能有危险。"

"我会小心的。"

不等塔克罗和卡莉克再说什么,露莎快速地瞄了一眼四周,确定没有扁脸之后,她便溜到了那个小洞穴的门口。她轻轻推了一下那扇门，没有任何动静。正当她万分沮丧的时候，门和门框之间的一个亮亮的金属小棍映入了眼帘——就是它把门卡住了。

露莎将爪子挤进那个缝隙中，试着戳了一下那个金属小棍。只听咔嚓一声，她差点失去平衡冲了进去。一股烟雾夺门而出，那种美妙的气味儿更加浓烈了。

露莎回头看了看卡莉克和塔克罗，他们正在不远的地方等着她。"帮我看着点儿扁脸！"露莎小声说。

露莎说着便溜了进去。小洞穴里满是烟雾，她感觉眼睛一阵刺痛。但是那个香喷喷的味道一直引诱着她，直到看见了挂在屋顶横梁上的长条形肉块。

它们为什么把肉挂在那里？露莎纳闷儿地想，我真是搞不懂扁脸的行为！

露莎后腿直立起来，尽量伸展前肢，终于将一块肉从横梁上拽了下来。这个小小的成功让她倍受鼓舞，紧接着又拽下了第二块肉。她将两块肉紧紧咬在嘴里，冲出洞穴去找她的同伴了。

"露莎，你真是太聪明了！"卡莉克高兴地夸奖她。

塔克罗则显得有些不安，这种不安的情绪并没有因为美味食物的出现而消失。"我们还是带回大石头那边再吃吧，我怕在这儿待的时间长了，扁脸会发现我们。"不等有任何回答，他就转身带头跑开了。

露莎嘴里叼着两大块肉追了上去。她警觉地竖着耳

荒野新生

朵，准备随时接收身后响起的扁脸喊叫声。但是什么声音都没有，一切都很安静。

"就在这儿吃吧。"露莎说着将肉放在了石头后面。

卡莉克满意地咬了一大口，但是塔克罗仍然犹豫着。他围着大石头团团转，不安地眺望着远处扁脸医生的洞穴。

露莎轻轻地撞了撞他，催促道："赶紧吃东西吧。如果全都饿得虚弱无力，我们更没办法救乌朱瑞克了。"

塔克罗点了点头，犹豫着坐下来咬了一大口。"驯鹿肉，"他嚼了两口说，"虽然味道有点儿奇怪，但还是很好吃的。谢谢你，露莎。"

"不客气。"

露莎弯下腰把自己的那份吃了，这种美味可真是世间极品！露莎瞥见塔克罗仍然一副闷闷不乐的样子，每隔一会儿就停下来朝四周仔细观望一番，就好像他急需得到乌朱瑞克的消息，哪怕只有一点点。

"我知道我们现在可以做什么，"看到大家都吃饱了，露莎说，"跟我来。"

卡莉克和塔克罗困惑地对视了一眼，跟了上去。雨快要停了。由于是深夜，扁脸洞穴的门都紧闭着。露莎带着他们偷偷往洞穴前面的那片空地溜去。突然，一个扁脸从洞穴里走了出来。当它经过他们身边的时候，露莎吓得大气都不敢出。它离他们只有两只熊身长那么远的距离！尽管雨现在已经变小了，那个扁脸还是低着头匆匆地跑了过去，根本没有注意到躲在屋檐阴影下的三只小熊。

"好险！"卡莉克松了一口气。

塔克罗点点头，说："我们接着往前走吧。"

露莎再次跑到前面领路，小心翼翼又迅速地穿过黑暗，好像她是一抹轻灵的影子。终于，他们走到了那个医生的洞穴后面，灯光透过窗户在地上投下一束金色的光。

露莎蹑手蹑脚地走到窗户旁边，前掌扒在窗沿上朝里面张望着。

第十一章
塔克罗

　　塔克罗小心翼翼地走近那个扁脸洞穴，墙上有一块像凝固的水一般闪亮亮的东西，透过它就可以看见里面的情形了。洞穴的一角燃烧着一堆火，散发出奇怪的气味，让塔克罗感觉有点儿头晕，他忍不住眨了眨眼睛。除了那个怪味儿让他有点儿郁闷之外，洞穴里的一切看上去既温暖又舒适。洞穴里还有一些扁脸皮毛，有的铺在地上，有的挂在墙上。

　　露莎和卡莉克分别站在塔克罗两侧，她们也将鼻子贴在窗户上，朝里面张望着。塔克罗仔细观察起那个将乌朱瑞克抱进洞穴的扁脸。它正背对着窗户，挡住了他们的视线，塔克罗只能隐隐约约看到乌朱瑞克紧贴着墙躺在那里。扁脸医生不时伸出它那光滑无毛的爪子，去取一些小小的金属器件。

　　可能它还在努力将钓鱼线从乌朱瑞克喉咙里取出来

吧，塔克罗想，它的爪子那么小，看上去比我们熊的爪子灵活多了，或许露莎坚持要将乌朱瑞克带到这里来是对的。

过了一会儿，那个扁脸医生站了起来，这下塔克罗终于可以清楚地看到乌朱瑞克了：他仍然保持着扁脸模样躺在床上，身体大半被一种扁脸皮毛给盖住了。

"他看上去像是死了！"卡莉克的声音充满了恐惧。

塔克罗紧张得肚子发疼，好不容易咬紧了牙关才没有大叫出声。乌朱瑞克躺在那里一动不动，脸色苍白，双眼紧闭。塔克罗根本看不出来他是不是还在呼吸着。

"他没死，"露莎安慰他们说，"不然的话扁脸是不会再花这么多工夫救他的。"

可是塔克罗觉得自己很难相信她的话。扁脸能知道些什么？再说了，即使乌朱瑞克现在还没死，但他看上去也是奄奄一息的，说不定不久他还是会死，而塔克罗什么都做不了。他恨透了这种无助的感觉，就像当时捕捉那些鹅的情形：当他正要扑上去的时候，鹅群却一只不剩地飞走了——事态的发展超出了他的掌控。

只有在独自捕猎驯鹿的那会儿，塔克罗有过一阵短暂的平静。然而现在，一切似乎都在一个错误的轨道上运行着。塔克罗一直被一种内疚的心情困扰着，让乌朱瑞克变成鹅真是个天大的错误，如果我当初没有提出那个愚蠢的想法……

想到这里，他不禁心跳加速。托比和奥卡的死已经让

他悔恨不已，他再也没有力气承受乌朱瑞克的死了……

"不，这不是我的错，"他努力使自己心情平静下来，"这不是我的错。"

慢慢地，他感觉心跳终于恢复到了正常状态，那种莫名的恐惧感也渐渐消失了。"我又不是乌朱瑞克的妈妈，"塔克罗在心底劝自己，"我没有责任保证他的安全。"

回忆涌进了他的脑海，他想起了上一次乌朱瑞克受伤的情景。那是在去大熊湖的路上，他们穿过一座桥的时候，一只过路的火焰兽将乌朱瑞克给撞倒了。看着瘦弱而痛苦的小棕熊，塔克罗感觉自己就像是那颗最孤独的星星，躲在天空中最黑暗的角落里。他觉得自己特别没用，没能保护好乌朱瑞克。

这回不能再那样了，塔克罗告诉自己，他深深地吸了口气。乌朱瑞克应该能照顾好自己的，可他为什么总是这么蠢呢？他为什么接二连三地让自己陷入困境呢？

这时，微弱的咳嗽声从洞穴里传了出来，塔克罗的思绪被打断了。他不禁屏住了呼吸。"是乌朱瑞克！"他失声叫了出来，"他没死！"

那个老扁脸弯下腰静静看着乌朱瑞克，手里拿着一个闪闪发光的金属小爪子。乌朱瑞克四肢抽搐着，过了一会儿，又一动不动了。那个扁脸医生站了起来，温柔地抚了抚乌朱瑞克脑袋上乱糟糟的毛发。

塔克罗将视线从窗户上移开，回头便看到了明月照耀下被森林覆盖的山坡。一种想要纵情奔跑的欲望像锋利的狼牙一样紧紧咬住了他——那是我的家！无边无际的森林天生为棕熊而存在。他应该是在那里，而不是像现在这样，躲在扁脸洞穴区的阴影中。

塔克罗的思绪又飘回了童年。那时，年幼的他和弟弟托比跟妈妈奥卡一起生活在他们出生的地方。他想起了妈妈第一次带他们去打猎的情景。

"看到这根棍子了吗？"奥卡说着将棍子丢在他们面前，"我要你们将它想象成一只野兔。好了，现在你们该怎么做呢？"

"追着它跑？"托比眼睛一亮，说出了自己的猜测。

那时候托比病得还不是很严重，尽管托比一直都没有他那么壮实，但是塔克罗和妈妈都没有意识到托比的病情会逐渐恶化。奥卡只是很担心，不知道托比什么时候能好起来。而塔克罗也不会经常被托比的虚弱惹火，还有耐心去疼爱弟弟。

"真是愚蠢，你这个松鼠脑子！"塔克罗对托比说，"你怎么追赶木棍的啊？看我的！"

说完塔克罗跳到了那根木棍上，将牙齿插进去用力撕扯着，最后将它丢在了奥卡脚下。"我杀死了它，对吧，妈妈？"他喘着粗气自豪地问。

"是的，塔克罗做得很棒。"奥卡鼓励他，"加油，托比，你也来试试看。"

荒野新生

托比跳到那根木棍上,学着塔克罗的样子伸出前腿想要抓住它。但是托比最终还是不小心滑倒了,摔了个四脚朝天,那根木棍也滚到一边去了。

"你的兔子跑了。"塔克罗打趣道。

奥卡有些生气地叹了口气。"托比,你一点儿都不努力!"她批评道,"不学点本领,你长大以后怎么可能养活自己呢?"

托比爬起来,抖掉挂在身上的落叶,说:"我可以一直跟着塔克罗啊。塔克罗你不会让我挨饿的,对不对?"

"当然不会啦,"塔克罗大声保证道,"我可以捉到足够我们两个吃饱的猎物。看着!"塔克罗说着又跳到那根木棍上,这次他干脆利落地将它折成了两段。

"不,"奥卡严厉地说,"你们两个都不对。棕熊历来不是群居动物。我们都有强大的力量,所以根本不需要互相依靠来生存。我们都要对自己负责,谁对谁都没有责任!"

奥卡坚决的语气显得有些无情。虽然那时候塔克罗还很小,但是他已经开始思考:到底是什么让妈妈这么坚持独立生活呢?即使到了现在,当他知道独立生活是大部分棕熊选择的生活方式之后,塔克罗仍然觉得,对奥卡来说,这不仅仅是为了遵从族类的传统和习性,那种对伙伴关系的反感和拒绝源自她的内心深处。

露莎朝塔克罗身边挤了挤,把他拉回现实。那个老扁脸已经离开了,洞穴里只有乌朱瑞克躺在床上。

那个扁脸一定是在竭尽全力救治乌朱瑞克，塔克罗猜想，但是在尚未确定乌朱瑞克脱离危险之前，我还不能离开这里。

他叹了一口气，再次回头望了望山坡。月光给它披上了一层银白色的外衣，看上去是那么祥和。塔克罗感觉自己的脚掌已经控制不住要跑向那个地方了。他是多么渴望能躺在那些层叠密布的树枝下面啊！

"快了，"他自言自语道，声音小得身边的朋友都没有注意到，"我马上就来。"

第十二章
乌朱瑞克

乌朱瑞克在一个洞穴的地板上蹲了下来,他的影子也随之汇成一个黑色的圆圈。他的喉咙痛苦地抽搐着,四肢软弱无力。好几次他挣扎着想要站起来,却都以失败告终。他感觉脑子昏昏沉沉的,身体像是被周围黑暗的旋涡吞没了一般。

突然,一束刺眼的光芒划破了眼前的黑暗。乌朱瑞克眨了眨眼睛,想让自己集中注意力。一只野兔从洞穴的入口冲进来,站在了他的面前。它浑身皎洁如玉,就好像月亮的光辉全都吸附在它身上一样。

"跟我来,"那只野兔说话了,"你得赶紧离开这个地方。"

"我走不了,"乌朱瑞克声音粗哑地回答,"我一点儿力气都没有了。"每说一个字都让他的喉咙疼痛难忍。

"你必须离开这里。"野兔的语气听上去异常坚决。

它转身朝洞口跳了两步，回头看了看乌朱瑞克，用警告的语气说："你不能留在这儿。"

乌朱瑞克感觉那野兔身上有一股强大的力量，让他不由自主地跟了上去，就好像两者之间有一条看不见的线在牵引着他。他努力在石头地面上挣扎着，终于站了起来。可是他的四肢像灌了铅一样，根本无法挪动。他多么想回去躺在那片舒适的黑暗之中啊！

"跟上来，"野兔催促道，"离开这里，一切都会好起来的。"

乌朱瑞克忍着痛苦一步一步地向前挪去。洞口慢慢地靠近了，就在眼前了。原来那束耀眼的光芒就是从这个洞口径直射进来的。

他挣扎着一步步靠近洞口，那束光也越来越强了。他感觉眼睛里溢满了金色的光线，他看不清那只兔子了。洞口有些凉意，新鲜的空气灌进来包裹着他，空气中携带着夏日暖暖的气息。

终于，乌朱瑞克迈出了走向洞口的最后一步，那片黑暗被他抛在了身后。虽然眼前的金色阳光灿烂得让他睁不开眼睛，但是依稀还能看到那只兔子的身影在阳光中欢乐地跳跃着。

"做得好！现在你什么也不用怕了，你在这儿很安全。"是那只兔子的声音。

乌朱瑞克惊醒了，他眨了眨眼睛，发现自己正躺在床

荒野新生

上,身上盖着暖和的扁脸皮毛。洞穴的一角有一堆火在燃烧着,还冒着灰蒙蒙的烟雾。一股浓浓的草药味儿冲进了乌朱瑞克的鼻子,是他以前用来治疗伤口的那种草药。乌朱瑞克很熟悉这个味道,以前他总是将草药放在嘴里嚼碎再敷到伤口上。他从空气中还辨认出了另外两种草药,一种是用来麻醉伤口减缓疼痛的,另一种味道他也很熟悉,但是叫不上名字。

多亏了那堆火和盖在身上的扁脸皮毛,否则他此刻一定会冻得发抖。他感觉喉咙疼得像是有火在烧一样。他努力回忆着发生的一切,不然他真不知道接下来该做什么了。他感觉自己像是置身于云里雾里,完全摸不着头脑。

过了一会儿,乌朱瑞克听到床的另一边传来了嘟囔声。由于火堆发出剧烈的噼里啪啦声,他根本听不清那个声音在说什么,其实他也听不懂。他慢慢转过头去,这才发现身边坐着一个扁脸。它有着宽阔的肩膀和一张枯皱的脸;干草一般的灰色毛发从额头向后梳成一个辫子,辫子的末端则用亮晶晶的珠子和羽毛绑着;它的两只爪子十分宽大,看上去很有力量。这个扁脸看上去怎么那么眼熟?过了好一会儿,乌朱瑞克才想起来,这就是那个治好小扁脸的扁脸。

"你醒了,"这次扁脸的话听上去清晰了很多,它微笑地看着乌朱瑞克继续说,"欢迎来到我家,我叫廷臣。"

"发生了什么事情?"乌朱瑞克声音嘶哑地问,"我怎么会在这里？"

"你吞下了一个鱼钩，"那个扁脸告诉他，"它差点儿要了你的命，但是我变成一只野兔把你的灵魂召唤了回来。你身体里有很强的动物精神力量。"

原来那只野兔就是它……乌朱瑞克有点儿困惑，心想：它跟我一样吗？它也能一会儿变成野兔，一会儿又变成扁脸吗？

乌朱瑞克挣扎着想要坐起来，这才发现自己是多么的虚弱。所以当廷臣将一只爪子温柔地放在他的肩膀上，并示意他不要动时，他乖乖地躺下了。

"不要动，小熊，"廷臣说，"你很快就会康复的。"

小熊？乌朱瑞克更加困惑了。这又是怎么回事？火堆上传来的浓浓的草药味让他无法集中精力思考。慢慢地，他的视线变得模糊不清，洞穴里的一切东西看上去都像在晃荡，让他感觉自己正身处水中。他仿佛看到墙上出现了一张色彩斑斓的面孔，但是眨眼间，那个面孔又消失在了迷雾中。

"尽量别说话，"廷臣继续说，"我已经帮你把渔线取出来了，但是伤口还没有愈合。"

它拿过一只小碗给乌朱瑞克看。那小碗里面放着一根长长的、几乎透明的鱼线，鱼线的一头有一个钩子，上面还有星星点点的血迹。回忆冲进乌朱瑞克的脑海中，他又想起了嗓子里那种疼痛感和喘不上气的绝望挣扎。

荒野新生

"都过去了，"廷臣安慰他，"我已经帮你用荠菜止了血，还用海胆消炎了。"

它说完从床上站了起来，走出了乌朱瑞克的视野。再回来的时候，爪子里端着另一只小碗，里面盛着一些白色的东西。

乌朱瑞克吓得向后靠了靠："这些是干吗的？"

"别害怕，"廷臣笑了笑说，"它们有很多种治疗效果。看这些药丸，它们能跟那些草药起反应，让你好得快些。"

它慢慢扶着乌朱瑞克坐起来，让他枕着自己的胳膊。乌朱瑞克猜测着，它是希望我做点儿什么吧？可是到底要我做什么呢？

"拿起一个药丸，放在舌头上，"看乌朱瑞克愣着没动，廷臣解释道，"然后喝口水将它吞下去。"它说着从旁边的桌子上拿过来一杯水。

乌朱瑞克紧张地捏起一颗白色的小药丸。他还不习惯用这么小的扁脸爪子捏东西，差点儿将药丸弄掉了。

"咽的时候嗓子可能会有点儿疼，"看到乌朱瑞克犹豫了，廷臣盯着那个药丸说，"但是你必须把它吞下去，过一会儿就会感觉好很多的。"

乌朱瑞克将信将疑地点了点头，将药丸放在舌头上。廷臣把杯子送到他嘴边。乌朱瑞克强忍着喉咙的剧痛将药丸咽了下去。

"很好，"廷臣鼓励他，"等会儿再把这些都吃了。"

吞下了那颗白色的药丸并没有让乌朱瑞克感觉到什么异样，但是廷臣说它对伤口愈合很有效。那么，那颗白色药丸是不是从一种很特别的药草上摘下来的呢？真的有能结出这种硬硬的白色小果实的药草吗？乌朱瑞克决定等身体好了去找找看。

帮着乌朱瑞克重新躺好后，廷臣从床上爬了下来。乌朱瑞克听到它在洞穴里四处走动的脚步声。那声音有节奏地律动着，温柔得像是乌朱瑞克体内相互融合的冷气和暖流。

到底是怎么回事呢？乌朱瑞克想不通。他只是感觉自己不属于这个地方，冥冥中他觉得自己应该是生活在外面的，生活在开阔的天空下，和他的朋友们一起嬉戏玩耍……"朋友？哪些朋友？我一定是失去了部分记忆，而那部分记忆又是非常重要的。我不是扁脸，我是……我是……"当他感觉就要有些眉目的时候，那些记忆却不争气地像冰雪融化在水里，瞬间消失得无影无踪，"在温暖而香气弥漫的洞穴中醒来，这一定不是我一天生活的开始，那么在此之前到底发生过什么呢？在被疲劳和疼痛夺去意识之前，我到底是什么？"

廷臣端着一个杯子走了进来，一股香气飘来。

"把这个喝了，"它说着坐到了床边，"这是鹿蹄草茶。它能帮你减轻疼痛，帮助睡眠。我还放了一些接骨木，能帮你退烧。"

荒野新生

它说完扶着乌朱瑞克坐起来,把杯子送到他的嘴边。乌朱瑞克看着杯子里那暖暖的液体,觉得舒服极了。但是当廷臣靠近他的时候,他还是难免很紧张。

"这就对了!"看着乌朱瑞克喝下了杯子里的药液,廷臣夸赞道。过了一会儿,它若有所思地问道:"你不是这儿的人,对吧?"

乌朱瑞克摇了摇头。

"我想也不是。那有没有谁可以照顾你呢?比如你的父母或者朋友?"

这个问题再次将乌朱瑞克扔进了焦虑不安的情绪中。他努力赶跑"瞌睡虫",想让自己清醒些,心想:那个扁脸似乎对我的身世很感兴趣。我倒也挺想知道我的身世是什么样的呢。

他张了张嘴,不知道要说什么,廷臣抬起头示意他不要说话。

"休息吧,不要说话了。"它命令道,"等你好了我们有大把的时间聊天儿。"

它将杯子放在桌子上,让乌朱瑞克重新躺好,帮他披了披盖在身上的扁脸皮毛。这个动作让乌朱瑞克感觉一股暖流袭上心头,他缓缓地闭上了早就该合拢的双眼。

"你该睡觉了,"廷臣说,"但是睡觉之前,我要给你看一些东西,它们有让你强壮起来的魔力。"

它说着,在乌朱瑞克手心里放了三个小小的雕塑。

乌朱瑞克仔细端详着，是三只小熊，一只棕色的，一只白色的，还有一只黑色的。虽然这三个雕塑很小巧，但是看上去却活灵活现。他们正担心地望着乌朱瑞克，眼神里充满了关切。这些雕塑是那么栩栩如生，乌朱瑞克隐隐感觉这三只小熊是有名字的。这时，那些模糊的记忆碎片再次涌进乌朱瑞克的脑海中。三个缓缓而行的身影、地平线、被刺鼻的烟味儿笼罩的山谷、浩渺的黑色大河中无助的挣扎、紧紧拽着毛发的水流、又苦又涩的味道、睡觉、打猎、前进、继续前进、无数个炎热的日日夜夜……

塔克罗！

卡莉克！

露莎！

"而我呢？我和那个塔克罗有着一样的棕色毛发，我也是他们中的一员！"顺着这个思路继续追溯，乌朱瑞克想起了那个不断回响的声音：这里不是终点，要拯救大自然的话，还有很多事情要做。

是熊！我是熊！

乌朱瑞克终于不再那么困惑了。他抬头看着廷臣，它怎么会知道这些呢？

"你……你刚才叫我'小熊'？"乌朱瑞克小声地问。

廷臣意味深长地眨了眨眼睛，抬起爪子指着窗户。顺着它的爪子望去，乌朱瑞克看到贴在窗户上的三个湿漉漉的熊鼻子。

荒野新生

"他们是你的朋友吧?"廷臣问。

那正是露莎、塔克罗、卡莉克!认出他们的时候,乌朱瑞克欣慰地笑了起来。他高兴得不知道该说什么才好,嚷道:"他们离我那么近,就在我身边!"

乌朱瑞克心满意足地紧紧握住那三个小小的雕塑,闭上了眼睛。迷迷糊糊中他还在想,用光秃秃的爪子抓东西真奇怪,以前是用毛茸茸的爪子……

疑团解开了,朋友们都陪在身边,乌朱瑞克安心地睡去了。

第十三章
卡莉克

"他还活着!"卡莉克欢呼道,"乌朱瑞克活过来了!"

"赶紧下来!"塔克罗一把将高兴得忘了形的卡莉克从窗户边拽下来,"那个扁脸已经发现我们了。"

"别担心,"露莎跟着跳下来说,"它不会伤害我们的。你看它那么热心地救助乌朱瑞克呢!"

"是啊,"塔克罗点点头,"看样子乌朱瑞克马上就会好起来。"他的语气听上去还是有些勉强。"也许不是所有扁脸都那么坏吧。当然了,说不定那个扁脸只是看在乌朱瑞克是扁脸才救他的。我正发愁万一它发现乌朱瑞克是一只小熊该怎么办呢。"他补充道。

卡莉克从窗户上爬下来看了看四周。这时候雨已经完全停了;风渐渐大了起来,天空中的残云被风追赶得到处跑;月光穿过重重障碍在地上投下不规则的影子;而通天星还是那样永恒不变地在天空中闪耀着明亮的光芒。

荒野新生

"我们还是赶紧离开这儿吧,"她若有所思地对露莎和塔克罗说,"万一扁脸看到我们该怎么办?还是不要冒险了。"

"我觉得这里的扁脸都很友善啊,"露莎走到她旁边,"那个扁脸正在救治乌朱瑞克。它都知道我们躲在这儿了,但还装作没看见一样。"

塔克罗哼了一声,有些不信:"谁知道那个扁脸心里在打什么鬼主意。"

"还有啊,并不是所有的扁脸都一个样子。"露莎反驳道。

但是不管露莎说什么,卡莉克都发现她很难说服自己。待在扁脸洞穴周围总是让她感觉很不安,于是她冲露莎摇了摇头。

"好吧好吧,我们走。"露莎似乎并不介意卡莉克和塔克罗对自己看法的否定,"只是不要走得太远就好,我们等会儿还要再过来看看乌朱瑞克怎么样了。"

沿着洞穴区的边缘,露莎带头朝着驯鹿的足迹跑去。卡莉克突然感觉脚掌一阵剧痛。刚才由于担心乌朱瑞克,她并没有留意到自己早已体力透支。而现在,当知道乌朱瑞克获救之后,她才发现自己又累又饿。他们得找个地方休息休息,再吃点儿东西。

当他们拖着沉重的四肢走过灌木丛的时候,一只野兔恰巧从树枝中跳了出来,近得就在卡莉克爪子旁边。

她立刻跳起来，两步就追上了那只野兔，然后猛地一击将它敲晕。

"干得好！"塔克罗高兴地跑过来，对着卡莉克脚下的猎物自豪地哼了一声。

"谢谢精灵们，"卡莉克又开始做"餐前祷告"了，"他们永远知道我们最需要什么。"

她捡起那只野兔，将它拖到石头后面的阴影中。过了一会儿，露莎咬着几根灌木枝也赶了上来。那些灌木枝上缀着些熟透了的浆果。看到地上的野兔，露莎眼睛一亮："好丰盛的大餐啊！"

"可能对你来说算是大餐啦，你个子只有那么小嘛。"卡莉克开玩笑似的推搡了露莎一下，"而塔克罗和我长得越来越壮了，所以也越来越难填饱肚子了。"

她说着扭头去寻找塔克罗的身影。他正蹲在几只熊身长以外的地方，盯着那个被树林覆盖的山坡出神。"嘿，塔克罗！"卡莉克大声叫着，"你不饿吗？"

这只年轻的棕熊跳了起来，立刻跑回来跟卡莉克和露莎分享他们的晚餐。夜晚变得越来越冷了，大块的岩石帮他们挡住了瑟瑟寒风。卡莉克能闻到风中裹挟的冰雪气息。"用不了多久，我就可以回到冰面上了。"卡莉克高兴地计划着。

"我们太厉害了！"吃完晚餐后，露莎高兴地说，"我们同心协力救了乌朱瑞克，多么温暖的集体啊！"

荒野新生

卡莉克嘴里嚼着浆果点了点头,然而塔克罗却陷入了沉默。看到塔克罗那遥远又陌生的眼神时,她不由得担心起来。

"乌朱瑞克不再是我们的责任。"塔克罗宣布。

露莎不解地说:"可是他毕竟是我们的朋友啊!"

"我知道,只是……"塔克罗声音渐渐变小,最后什么也不说了,只是长长地叹了口气。"乌朱瑞克已经脱离危险了,"过了一会儿,他继续说,"他安全了,我们也走到了目的地。现在这个地方就是我们可以安心生活的地方,有足够的食物和睡觉的地方,我想我该去走自己的路了。"

"什么?"露莎大叫起来,她的眼睛因为惊愕而睁得圆滚滚的,"你不能离开我们,塔克罗,你不能!"

"我必须这么做。"塔克罗不动声色地说。

犹豫了一会儿,他向前走了两步,亲了亲卡莉克,又亲了亲露莎,然后转身沿着驯鹿足迹向前走去。这条长长的路一直通到前面的山林中。露莎一下子慌了,她不知所措地大叫着跳到塔克罗面前,挡住了他的去路。

"塔克罗,求求你不要走。"她哀求道。

卡莉克愣在那里半天没有反应过来。她也不想让塔克罗走,但是她可以理解塔克罗的想法。那片森林对他有强大的吸引力,就像那些冰雪对自己具有吸引力一样。

可是露莎不能明白这些。他们将要一个一个地离开她,露莎该会多么伤心啊!一想到这些,卡莉克就觉得非常难受,"我要怎么解释,她才会理解我必须回到冰原上去呢?"

露莎和塔克罗仍然面对面地僵持着,定定地看着彼此。

"求求你,"露莎嘴里不停地重复着,"我们都还不知道乌朱瑞克有没有真的好起来呢。"

塔克罗朝旁边闪了一步,像是准备不理会露莎的百般挽留了。然而就在这时,他紧绷的肌肉瞬间又松弛下来。

"好吧,"他终于说,"我就再等等吧。"

"太好了!"露莎高兴得跳了起来,冲过去将脸埋在塔克罗的脖子里,"谢谢你,塔克罗。"

可是他终究要走的,当三只小熊躺在岩石后面挤成一团互相取暖时,卡莉克这么想着。温馨的氛围反而让卡莉克觉得更加伤感了。她知道塔克罗迟早会选择离开,到时候露莎再说什么都没有用了。

第十四章
乌朱瑞克

乌朱瑞克在耀眼的阳光下醒来。他下意识地摸了摸盖在身上的扁脸皮毛，突然警觉地坐了起来——这是什么地方？我怎么会在这里？乌朱瑞克打量着洞穴里的摆设：燃烧的火堆上放着一个锅，锅里的水一直沸腾着；对面的墙上挂着几个色彩斑斓的面具……乌朱瑞克这才想起来发生的一切。变身成鹅之后的悲惨遭遇仍然历历在目，咽下鱼钩时喉咙里的剧痛也还清晰地记得。他还想起自己变身成扁脸之后，救助他的那个医生——廷臣。他也没忘记廷臣知道自己是一只熊。

喉咙里的刺痛感并没有消失，每次呼吸乌朱瑞克都能感觉到那个伤口一阵阵地疼。他感觉燥热和寒冷交替袭来。他把盖在身上的扁脸皮毛往上拉了拉，然后躺下了。

我必须离开这儿去找露莎、卡莉克还有塔克罗。

洞穴门打开了，廷臣走了进来。它笑着对乌朱瑞克说："你醒了，现在感觉怎么样？"

"好一些了，谢谢你。"乌朱瑞克的声音听上去像是爪子在划拉石头，他每说一个字伤口都疼痛难忍。

"太好了。我又给你准备了些鹿蹄草茶。"廷臣说着从火堆上的那个锅里倒了些液体。它熟练地将一只胳膊放在乌朱瑞克的肩膀上，帮他坐起来，然后把手中的杯子递了过去。

"来，"它柔声说着将杯子放在了乌朱瑞克嘴边，"烧就快退了，你会好起来的。"

乌朱瑞克能感觉到廷臣那慈爱的眼神，还有它的爪子的温暖。慢慢地，乌朱瑞克不像先前那么紧张了，他知道这个扁脸不会伤害自己。

"你叫什么名字，小熊？"廷臣问。

"乌朱瑞克。"

"你是怎么找到这里的？"廷臣倾斜着杯子，将剩下的一点儿茶倒进他嘴里，然后转身将杯子放在了一边。它帮乌朱瑞克放好枕头，让他躺下来。

"说实话，看到你光着身子躺在我门前的时候，我可是吓了一跳，"它继续说，"你是不是从星星上掉下来的？"

乌朱瑞克吃惊地瞪着圆圆的眼睛。廷臣真的是这样想的吗？但是很快，廷臣的眼神就告诉了他，这只是句玩笑。于是乌朱瑞克努力冲廷臣笑了笑。

"你从哪儿来的？"那个医生继续问，这次语气认真

多了。

这个问题让乌朱瑞克迷茫了。"我不知道我从哪儿来的,"他坦言,"我……我想不起来了……"

"嗯……"廷臣转身离开,很快拿了一块浸湿的布又走了过来。它坐在床边帮乌朱瑞克擦了擦脸和脖子。丝丝凉意让乌朱瑞克倍感轻松,他舒舒服服地松了口气。

"你不是人类,是吗?"廷臣突然很认真地看着他。

乌朱瑞克想起那个旋涡一样的黑暗洞穴,还有门口透过来的灿烂的金色阳光,当然还有那只将他带到光明中的野兔,它将乌朱瑞克从黑暗中解救出来。那只野兔精灵就在这儿,乌朱瑞克能感觉到它就存在于廷臣的体内,它既是一只野兔又是一个扁脸……

"是的,"乌朱瑞克说,"我是熊。"

他说完紧张地等待着廷臣吓得跳起来,或者开玩笑地表明它根本不相信自己的话。但让乌朱瑞克意外的是,廷臣只是眨了眨眼睛问:"所以,你吞下鱼钩的时候是一只熊?"

"不,那时候我是一只鹅。"

这次廷臣倒是惊讶极了,睁圆了双眼问:"你拥有不止一种动物的灵魂?"

乌朱瑞克点了点头:"大多数时候我是熊,但是有时我必须变身成鹅,或者老鹰,或者驯鹿——"

"那么你是个'变形金刚'了?"廷臣打断了他的话,紧紧盯着乌朱瑞克的脸,眼神里充满了带有探索意味的期待。

"我……我想算是吧。"乌朱瑞克歪着头想了想说，"那你呢？你的洞穴里有个野兔精灵……那是你，对吧？"

廷臣点点头，说："你可以变成很多种动物，但是我只有两种身份：一种是人类，和你现在看到的一样；还有一种是野兔。大部分时间我是人，但是在做梦的时候，我感觉自己就是只野兔，而且因此知道了很多作为人类永远不可能知道的事情。"

洞穴里宁静的气氛让乌朱瑞克觉得似曾相识："这里的扁脸都有这样的能力吗？"

廷臣哈哈大笑起来："扁脸？哦，我想我大概知道你说的是谁了。不，小熊，我是这儿唯一一个拥有动物灵魂的人。"

廷臣坐到床边，看着乌朱瑞克的脸，问："那你怎么会来到这儿的呢？"

乌朱瑞克发现这个问题更难回答了，连他自己都还搞不清楚。"我……我有时候能听到一种奇怪的声音……"他吞吞吐吐地说。其实乌朱瑞克一直认为那个声音来自斯拉鲁克，但是他不知道应不应该把这个判断告诉廷臣。廷臣一定不会相信斯拉鲁克是什么变成星星的熊，当然更不会相信那颗星星还能跟自己讲话。

还好廷臣并没有继续追问"那个声音来自哪里"。医生站起来走到火堆旁边，用长柄勺舀了一勺美味的浓汤到

荒野新生

碗里。

"那个声音跟你说了什么呢?"回到床边后,廷臣继续问。

"他说……他说我应该拯救大自然。"

听罢,廷臣深深叹了口气,摇摇头说:"这可是个艰巨的任务。"它坐下来,将一只小勺放在碗里,然后开始喂乌朱瑞克喝汤。那浓汤喝下去暖暖的,很舒心,混合着驯鹿和草药的味道。那种温暖蔓延到乌朱瑞克的全身,他开始犯困了。但他现在还不想睡觉,他还有更多关于自己的问题想问廷臣。他迫不及待地想弄明白自己现在到底在哪儿,又是谁将自己带到这里的。

或许是斯拉鲁克将我带到这儿的吧。

"这里是什么地方?"咽下嘴里的汤,乌朱瑞克问。

"这里是北极村,"廷臣一边回答一边又给乌朱瑞克喂了一勺,"我们是驯鹿猎人。我们很喜欢和山谷中的各种生灵一起生活在这个驯鹿谷。这里是最后的大荒野。"

最后的大荒野?听到这个名字,乌朱瑞克感觉又来了精神。"我以前好像听到过这个名字,"他说,"库……库帕克曾经告诉过我。"乌朱瑞克感觉没有必要跟廷臣说明库帕克是一只熊。

廷臣点点头,说:"这里的人们——"它的话被一阵巨响打断了,那个声音是从洞穴外面传来的,响了好久才停下来。

乌朱瑞克想要坐起身看看发生了什么事情,廷臣将手放在他的肩膀上,示意他不要动。"我得出去一趟,"它说着站起身来,"你就在这里好好睡觉吧。"

"你去哪儿?"乌朱瑞克问。

"今天村子里有几个远道而来的访客,"廷臣回答,"听动静应该是它们到了吧。我得出去接它们了。"它说这话的时候语调冷冷的。乌朱瑞克意识到廷臣似乎对这次会面并不期待。

"访客?"

"这世上有些人是尊重我们的生活方式的,"廷臣解释道,它看上去有些闷闷不乐,"但是也有一些家伙,并不愿意去保护野外的生态环境。"

"那是些什么样的人呢?"乌朱瑞克声音粗哑地问。

"那些对动物之灵不尊重的猎人。"廷臣继续说,"那些总想要占用荒野来建造高楼大厦和马路的人,还有那些……"它皱了皱眉头说,"那些为了自己的利益想要把地球的心脏都挖出来的人。"

乌朱瑞克的眼睛睁得大大的。他无法理解廷臣的话,但它所说的那些事情好像都很恐怖。

"别担心,"廷臣说,"只要我还有一口气在,我就会勇敢地对抗将要来临的一切破坏行为。而且,我不是一个人在战斗!"

第十五章
塔克罗

这一夜,塔克罗又梦到自己置身于一片茂密的森林中。树枝在头顶交错成一个拱形的盖子,灌木丛发出的"沙沙"声暴露了藏身于其中的小猎物的行踪。他紧紧抓住树干咆哮着。

这是我的领地!有谁想要找麻烦的,尽管来好了!

一只驯鹿从灌木丛中跳了出来,站在了他面前的空地上。塔克罗绷紧浑身肌肉,正要向前扑去时,却被自己给绊倒了……

原来是个梦……塔克罗醒来,发现自己正躺在石头后面的阴影中,露莎和卡莉克还在身边熟睡着。微弱的晨曦照亮了天际。

塔克罗站起来,打着哈欠伸了伸懒腰。真是个奇怪的梦,他想。卡莉克也睁开了眼睛。她看看塔克罗,爬起来说:"真高兴你还在这儿。"

塔克罗点点头："只是暂时而已。"

塔克罗知道卡莉克能理解他的难处，这让他多少有些欣慰。很快他就要有自己的生活了，他要在这片森林里雄霸一方！但是他也知道，不管自己怎么费力解释，露莎都不可能明白，这是他唯一的选择。

"我饿了，我们去打猎吧。"他大声提议道。

他说完便朝山谷下面走去，在空气中捕捉猎物的气息。不一会儿，他就发现水洼旁的草丛中藏着一只野兔。卡莉克也看到了它。她心领神会地冲塔克罗点点头，从他对面偷偷溜了过去。一旦那只兔子发现了卡莉克，它就会转身往回跑，这样塔克罗正好能捉住它。

卡莉克吼叫着扑了上去。那只兔子吓得立马转身逃走，结果径直闯到了塔克罗的爪子下面。他一掌击中兔子的脊背，那兔子便一命呜呼了。

"漂亮！"卡莉克欢呼着跳起来，"以后有机会我们还要用这种方法试试！"话音未落，她的眼中就浮起了一层乌云——可能以后再也没机会一起打猎了吧。

塔克罗将兔子捡起来带回去了。露莎刚睡醒，当他走近时，小黑熊正哼哼着伸懒腰。她凌空挥了一爪子，打着哈欠爬了起来，"这么快就到早上了！我们赶紧去扁脸洞穴那边看看乌朱瑞克吧。"她回头兴奋地看着卡莉克，"说不定他今天已经好多了，可以跟我们出去走走呢！"

"等等，"塔克罗打断她，"先吃东西。"

荒野新生

"哦,谢谢你。我都快饿死了。"露莎满足地咬下一大块肉。这家伙估计已经把昨晚的不快忘得一干二净了吧?看着她无忧无虑的样子,塔克罗猜测着。

吃完早餐之后,塔克罗和卡莉克跟在露莎身后跑到了扁脸地盘。塔克罗心里一直七上八下的,万一被扁脸发现了怎么办?直到露莎在洞穴后面停了下来,他才松了口气。

"我们能信任那个扁脸,"她嘟囔着,"可是——"

"是你信任它,"塔克罗打断她的话,"不包括我。"

"我同意塔克罗的观点,"卡莉克插话说,"它帮助乌朱瑞克,是因为它以为乌朱瑞克是它的同类,但是它对熊怎么样我就不知道了。"

露莎耸耸肩膀说:"我想你们是对的。而且,就算它很善良,也不能保证别的扁脸不会伤害我们,所以还是小心点儿好。"

太阳已经升得很高了,在外面走动的扁脸却寥寥无几。有一个扁脸端着个大大的、亮闪闪的东西走了过来,那个闪亮的东西发出很大的声音。三只小熊赶忙慌慌张张地低着头潜进了屋檐下的阴影中。那个扁脸大声叫着什么,这时候,另一个洞穴的门打开了,那个乌朱瑞克说"拥有鹅的灵魂"的女扁脸走了出来,跟先前出来的那个扁脸说着什么。

趁着它们说话的时候,塔克罗、卡莉克和露莎悄悄地溜到了医生的洞穴后面。塔克罗爬到了窗户上,用前掌支撑着身体，将鼻子贴在玻璃上朝里面张望着。露莎挤在他后面，卡莉克则挤在另一边。

乌朱瑞克靠着扁脸的皮毛坐在床上。那个医生则坐在床边，端着一只碗给他喂东西，彼此还时不时地交谈着。但是塔克罗听不懂扁脸的语言。

"快看，乌朱瑞克好多了！"露莎欢呼着，"不久他就可以回到我们身边了。"

"是的，很快他就会好了。"塔克罗点点头说。他叹了口气从窗户边跳了下来，"乌朱瑞克现在没事了。"露莎和卡莉克也跟着跳了下来。他继续说："他已经脱离危险了。我也该走自己的路了。"

"什么？"露莎的喜悦一扫而光，她惊讶地看着塔克罗，"昨晚你还说你会留下来的！"

"昨天我说的是'暂时'，"塔克罗提醒她，"但是现在，既然乌朱瑞克没事了，我就可以放心地走了，从今以后我对他没有任何责任了。"其实，塔克罗心里很清楚，乌朱瑞克一路上为大家做了很多。只是现在他必须离开这个小团体去过独立的生活了，就像当初妈妈告诉他的那样。

"可是……"露莎有些哽咽了，"我会想你的。"

卡莉克走过来亲了亲露莎。"天下没有不散的筵席。"她温柔地安慰着露莎，"当初塔奇克离开的时候，我也是逼着自己坚强起来的。如果他执意要走的话，挽留

荒野新生

是没有用的。"她看着露莎的眼睛,"让他走吧。"

露莎什么也没说,黑色的大眼睛里溢满了悲伤。她退后几步,站在了卡莉克身边。

"谢谢你,卡莉克。"塔克罗说。一想到要离开亲爱的朋友们,塔克罗心里就像被针扎了一样疼。但是他知道,这是迟早都要面对的痛苦。"我的心永远跟你们在一起。"他补充了一句。

"嗯,永远在一起。"卡莉克回应着。

露莎伤心地点点头,说:"再见了,塔克罗!"

塔克罗转身朝着山林那边走去。走到洞穴区尽头的时候,他停下来回头看了看,露莎黑色的小身躯已被吞没在阴影中,但是他能看见白色的卡莉克,她正定睛看着自己。

塔克罗抬起前掌,向好友道别,然后转身飞奔而去,消失在群山中。

第十六章
卡莉克

"但愿他能过得很好。"看着塔克罗远去的背影,卡莉克难过地说。

"我担心他,"露莎抽泣着,"我们为什么非得要分开呢?"

卡莉克耸耸肩膀,解释道:"这就是棕熊的生活方式吧。不管怎样,我会想他的。"

说完她转身走回了窗边,看着乌朱瑞克。当她将鼻子贴在窗户上的时候,耳边突然传来嘈杂的巨响。

卡莉克赶忙跳开了。循着那个声音望去,她看见山谷中盘旋着一只金属鸟,看样子似乎是要降落在洞穴前面的空地上。它在洞穴上空鸣叫,顶部的翅膀高速旋转着,然后猛冲了下来。

"那是什么?"露莎吓得大叫道。

卡莉克不禁心跳加速,呼吸也变得急促起来。悲伤的

荒野新生

记忆淹没了她——娜努克就是被这种金属鸟害死的!那只金属鸟将她和娜努克叼到空中,但是之后它又坠毁了。即使现在想起来,那团火还是那么真切地在眼前灼烧着,还有之后突如其来的暴风雪。娜努克就是在她眼前死去的。从此,她只得独自做一切事情,直到遇上了新朋友。

"金属鸟又要来把熊带走了!"她的声音听上去既气愤又恐惧。

"我们是不是该快点儿躲起来啊?"露莎紧张地问。金属鸟降落在空地上,翅膀也停止了旋转。

两只小熊紧贴着墙壁溜到了洞穴区的尽头,然后朝昨晚休息的地方飞奔了过去。她们决定躲在大石头后面偷偷观察金属鸟的动静。

金属鸟的侧腹部划开了一道口子,三个男扁脸从里面走了出来。它们披着一身光滑黑亮的扁脸皮毛,手里拿着薄薄的方形袋子。卡莉克紧张地深吸了一口气,结果肚子里灌满了刺鼻的气味,她禁不住一阵反胃。

"我还从没有见过这么难闻的扁脸呢。"她小声对露莎说。这时,一阵风吹来,更多奇怪而刺鼻的气味涌进了卡莉克的鼻孔。这些气味都是她在野外从来没有闻到过的。

"它们是谁?"露莎问。卡莉克也不知道该怎么回答。

三个扁脸停了下来,它们互相用很客气的语气说了一会儿话,仿佛完全没有看到等在下面的扁脸们。这三个陌生扁脸的皮毛看上去与这里的扁脸大不相同，它们脑袋上的毛发被修剪得又短又齐。是不是这只金属鸟将它们带到这里来的呢？不管怎样，卡莉克只希望它们从哪儿来回哪儿去。

这时，所有的洞穴门都打开了，扁脸们全都走了出来。卡莉克赶忙推了推露莎，示意她向里躲一躲。"别让它们看见我们了。"她小声对露莎说。

"说不定它们要打起来了，"露莎猜测着，"就和棕熊一样，如果有陌生访客闯进自己的领地，双方就会打起来。"

卡莉克偷偷探出头去，朝扁脸的方向张望着。她看到有些扁脸跟来访者握住彼此的爪子摇晃着，看上去不像是很生气要打架的样子。

在几个扁脸的带领下，来访者走进了那个最大的洞穴。救治乌朱瑞克的那个扁脸医生也跟着走了进去。

"这好像就是扁脸聚会的方式吧，"卡莉克对露莎说，"我想知道它们聚会的目的。"她的眼睛紧紧盯着大洞穴。那个医生会不会已经发现乌朱瑞克不是真的扁脸了？那它现在是不是准备让这些来访者将乌朱瑞克带走呢？

"我们压根儿就不应该把乌朱瑞克带到这里来。"想到这里卡莉克有些后悔了，"但是又有什么办法呢？那时候他就快要死了……"

"我们现在得想办法把乌朱瑞克带走。"露莎说。很

荒野新生

明显,她和卡莉克有着同样不祥的预感,"赶紧,趁它们正忙着说话。"

卡莉克看了看周围:空地上一个扁脸都没有。她猜想它们应该都进了大洞穴吧。"行动!"她小声说。

她们快速溜过了那片开阔的空地,在扁脸医生的洞穴前面停了下来。露莎认真研究着挡在她们面前的那扇紧闭的门。

"抓紧时间!"卡莉克催促露莎。

"帮我掩护!"露莎眼睛一刻也没有离开门。看了一会儿,她将一只爪子伸进了门和门框之间的缝隙中,轻轻地摆动着。但是过了好久,那门依然没有任何动静。露莎急得嘴里不停地嘟囔着什么,而卡莉克心都跳到嗓子眼儿了:万一某个扁脸走出来看到她们怎么办?

终于,卡莉克听到了咔嗒一声。"搞定!"露莎松了一口气,迅速打开门。

卡莉克跟在露莎后面走进洞穴,不禁紧张得全身毛发都竖立了起来。这一切简直太离奇了:熊类怎么能走进扁脸的洞穴呢?而露莎看上去则镇定多了,她只是小心翼翼地一步步向前走着。卡莉克想,我不能让露莎孤军奋战。

她看到了墙上的那扇窗户,以前就是透过它向洞穴里面张望的。卡莉克讨厌这种被禁锢的感觉,而且更糟糕的是,现在她们四周都是扁脸的东西。还好洞穴里弥漫着驯鹿肉的浓香和草药的气息,这让她们刚才被金属鸟刺鼻味道荼毒过的嗅觉多少有些安慰。

"关上门，"露莎小声说，"但是别关紧，我们不能被困在这儿。"卡莉克很快执行了命令，让门留了一条缝隙，但愿经过此处的扁脸不会发现有什么异常。她跟着露莎的脚步朝乌朱瑞克的床边走去。洞穴里堆得满满当当的，她们要费好大工夫才能挤过去。卡莉克蹭着一张木制的桌子走过去，就在这时，放在桌上的一个圆圆的白色东西掉在地上摔烂了，锋利的碎片溅得到处都是。卡莉克一下子吓懵了，还好没有扁脸冲进来看发生了什么事情。这之后，她尽量小心谨慎地选择每一个落脚的地方，好不容易走到了乌朱瑞克身边。

他看上去那么瘦小！当看到缩在扁脸皮毛下面瘦成皮包骨头的乌朱瑞克时，卡莉克心疼极了。乌朱瑞克脸色苍白，只有两边的脸颊上还能看到一点点红晕，乱糟糟的毛发紧紧贴着他的脑袋。但是他的呼吸很有规律，眼睛紧闭着，看上去睡得正香。

"他现在身体已经恢复到能跟我们走了吗？"卡莉克小声问。

"他必须走，"露莎举起一只爪子晃了晃乌朱瑞克的肩膀，"乌朱瑞克！醒醒！我们得赶紧离开这儿！"

乌朱瑞克轻微地嘟囔了一声，往盖在身上的扁脸皮毛里缩了缩，并没有睁开眼睛。

"乌朱瑞克！"露莎又推了他一把，"赶紧醒醒！"

这次乌朱瑞克眨了眨眼睛醒了过来。他看着露莎和卡莉克惊讶了好一会儿，就像根本不认识她们似的。

这家伙不会已经把我们忘得一干二净了吧？卡莉克伤心地想。

就在这时，乌朱瑞克突然一脸恍然大悟的神情。他伸出爪子放在露莎的毛发上，用扁脸的语言说了些什么。他的声音听上去非常嘶哑，张嘴说话一定让他痛苦极了。

他现在根本无法与我们交流！卡莉克这才反应过来，他听不懂我们说话，这可怎么办？

"你还记得我们吗？"露莎焦急地问，"驯鹿足迹旁边的那个扁脸洞穴，你还记得吗？"

乌朱瑞克的表情看上去很困惑。露莎绝望地看了看卡莉克，然后继续说了些什么。就算乌朱瑞克听不懂她的话，至少应该听得出她绝望的语气吧？虽然语言不通，露莎还是努力想要跟他沟通。

"有一只金属鸟落在这儿了，还来了一些陌生的访客，它们现在正在那个最大的洞穴里面聚会。"

"我们现在得想办法离开这儿，"卡莉克补充道，多留一刻，她的恐惧就要多增加一分，"我总觉得这里一定会发生些什么事情的，在这里已经不安全了。"

乌朱瑞克坐起来，看了看露莎，又看了看卡莉克，然后又重新审视了她们俩，他脸上的疑云慢慢化解开了。再开口的时候，乌朱瑞克竟然能用熊类的语言说话了，只是

他的声音还是那么的嘶哑模糊："是的，我记得。"

他摇摇晃晃地从床上站起来，蹒跚着朝火堆那边走去，火堆后面的墙上挂着几件扁脸皮毛。乌朱瑞克拿了一件慢慢地披在身上。这些扁脸皮毛对他来说太大了，他挽了几下，爪子才露出来。卡莉克留意到他将几个小东西放在了扁脸皮毛的口袋中。

"他为什么要穿扁脸的皮毛呢？"卡莉克不解地问露莎，"如果他变身为熊的话，他会有自己的'皮毛'的。"

露莎耸耸肩膀，说："或许是他还不够强壮，暂时不能变身吧。这些扁脸皮毛能让他感觉暖和些，毕竟他现在还保持着扁脸模样呢。"

此时，乌朱瑞克还不能完全站稳。他摇摇晃晃地慢慢走到门口，然后向外张望着。

卡莉克跟在他后面。突然，乌朱瑞克瞪圆了眼睛。原来，他看到了停在外面的金属鸟。扁脸的声音持续不断地从那个最大的洞穴内传出来。乌朱瑞克指着金属鸟诧异地看着露莎和卡莉克，眼睛里满是疑问："就是那个吗？"

"是的，"露莎语速飞快，她快急死了，"赶紧走吧，在扁脸发现我们之前赶紧走。"她说着推了推乌朱瑞克，想要让他赶紧行动起来。

乌朱瑞克终于迈出了关键性的一步——走到了那片空地上。由于他保持着扁脸模样往前走，赤裸着两只脚掌，所以一点儿脚步声都没有发出。

荒野新生

"终于!"露莎松了口气,转身朝着山谷方向走去,她要带着大家回到之前生活的那片平原上,"跟上!"

但是乌朱瑞克并没有听她的话跟上去,他独自走到了那个大洞穴的前面。洞穴里扁脸正在举行聚会。乌朱瑞克紧紧贴着墙,躲在敞开的门边仔细聆听着。"等我一下!"他对露莎说。

"不!"说时迟那时快,没等露莎过去将他拽回来,乌朱瑞克已经溜了进去,并且随手关上了门。

卡莉克赶紧扭头惊恐地看着露莎:"他在干吗?"

"我怎么知道,"露莎的声音听上去有些绝望,完全不像她乐观的风格,"估计变成扁脸之后,这家伙的脑袋开始长毛了。"

她只得跑回先前藏身的那块大石头后面,卡莉克跟了上去,直到安全跑回那里了,小熊们才松了一口气。

"我们不能把乌朱瑞克丢在那儿不管!"卡莉克小声说。

露莎点点头表示同意:"这我知道,但是我们去把他抓出来肯定会被发现的,所以现在只能等了。"

第十七章
乌朱瑞克

乌朱瑞克悄悄关上门，迅速溜进了洞穴里的一片阴影中。他感觉身上忽冷忽热，不禁有些担心自己是不是生病了。脚下的木头地面又凉又硬，他下意识地将身上的扁脸皮毛裹紧了一些。

这个洞穴很大，其中一端有个隆起的平台，上面坐着那三个来访者。它们旁边坐着三个扁脸——除了医生廷臣之外，还有一个男扁脸和一个女扁脸，这两个扁脸乌朱瑞克从没见过。

高台下面，也就是洞穴的中央摆放着一些长椅，挨挨挤挤地坐着很多扁脸，还有一些靠着墙站在那里。它们都密切关注着台上的动静，根本没有谁留意到偷偷溜进来的乌朱瑞克。廷臣的眼睛好像亮了一下，乌朱瑞克心想：难道它发现我在这里了？不管怎样，它似乎并没有要把我赶出去的意思。

荒野新生

突然,一个扁脸来访者站了起来,手里握着一叠纸。"这是议案,"它开口说,"你们知道的,这片沿海平原地下蕴藏着大量的石油。我所代表的公司想对这里进行开发,它们会为开采权付给你们一笔很可观的补偿金。"

它始终面带微笑,语气也很温和。乌朱瑞克觉得它看上去很友善。听起来,它似乎是在向这里的村民提供什么东西,并且这东西原本也正是它们想要的。如果是这样,那廷臣出门到这里来开会的时候,为什么一脸不情愿的样子呢?

"这些钱肯定比你们一辈子所见过的还要多。"另一个来访者说道。

话音一落,扁脸们面面相觑,你看看我,我看看你,纷纷用手掌捂着嘴巴窃窃私语起来。从它们的表情来看,乌朱瑞克感觉大部分村民对此"议案"并不欢迎。它们嘴里重复着一个词:石油?石油?这应该就是问题的关键吧。

乌朱瑞克皱了皱眉头,心中很是困惑:钱是什么东西啊?石油又是什么呢?这些来访者为什么想要石油呢?

他突然感觉头疼得厉害,像是有一只啄木鸟把他的脑袋当成树干在啄。随着疼痛加剧,扁脸的声音变得模糊不清,乌朱瑞克漏掉了中间的一些对话。

"……这里的贫穷生活,"当他终于能够再次集中精力时,乌朱瑞克听到来访者如是说,"你们需要工作;你们需要医院;你们需要享受社会进步带来的各种福利。只要你们同意我们的石油公司进驻,就能轻松地得到这一切。"

廷臣双手紧握着坐在那里,一言不发。过了一会儿,它抬起头说道:"参议员先生,我们并不贫穷。"它的语气很平静,"在真正重要的东西方面,我们是富裕的。我们喝的水是纯净的,我们呼吸的空气是新鲜的,这片土地生气勃勃。我们——"

突然,那个廷臣称为"参议员"的来访者恼火地哼了一声,晃动着手里的那叠纸,就像在打苍蝇似的。乌朱瑞克突然间觉得,它并不像表面上看到的那么温和善良。

"我们的内心是富裕的,"廷臣并没有在意来访者的反应,它继续说,"这种富裕不是一个石油公司可以购买得起的。"

"请等一下,"站在墙边的一个年轻扁脸向前走了一步,"你不能代表我们所有人说话,廷臣。在这边生活真的很艰难,并不是每个人都愿意过这样紧巴巴的日子。"

"说得对,"另一个年轻扁脸跳出来说,"参议员说的也是对的,就算不考虑自己也得考虑家人啊。我就在东海岸的石油公司任职,那边的生活要比这里好得多。"

"既然这样,那你还回来干吗?"扁脸中有一个声音质问道。

"你明明知道它为什么回来,"另一个扁脸回答,那

荒野新生

个声音听上去有些恼火,"它得回来照顾上了年纪的父母。"

紧接着,洞穴里乱成了一锅粥,大家都在抢着发表自己的观点,乌朱瑞克完全听不清它们在说什么。这时,有个扁脸大喊了一声:"坐下!"

"我们有发言权!"最开始说话的那个年轻扁脸反驳道。

听到这个愤怒的声音,乌朱瑞克下意识地向后缩了缩。万一它们打起来了怎么办?它们会不会拿出火棍?嘈杂的叫喊声充斥着整个洞穴。乌朱瑞克都搞不明白这帮扁脸在说什么了,但是他能感觉到空气中浓浓的火药味儿。

那三个来访者似乎对扁脸们无休止的争吵有些不耐烦了。看到参议员正想开口说什么的时候,乌朱瑞克突然感觉一股热浪涌上脑袋,然后就什么也听不见了。他只觉得膝盖发软,要不是靠着墙,差点儿就倒下去了。

"你们这群伪君子!"高台上的那个女扁脸突然站了起来,对着参议员愤怒地大喊道。但是它的身高只及参议员的肩膀,这种反差让乌朱瑞克想起了露莎站在塔克罗身边的情形。那个参议员似乎被这突如其来的指责吓了一跳,大概是根本没料到会出现如此激烈的反对吧。

然后,廷臣开口了,它的语气比其他人都要冷静得多:"我们脚下的石油不是取之不尽的,到了枯竭的时候,我们该怎么办?如果有一天驯鹿不再迁徙到这个地方，我们该吃什么？我们古老的传统也会被遗忘。"

"你的想法不代表这里所有居民的选择，"参议员反驳道，"时代已经不同了。"

廷臣摇了摇头，"我没有说我代表所有人。在这儿，每个人都有说话的权利，而且我们都会听的。这样，我们来投票吧。"它平静地说，"同意石油公司到这里来开采石油的，请举手。"

人群中没有动静。过了一会儿，那个刚才最先站出来的年轻扁脸举起了手，随后，又有几个扁脸也举起手。它们扭头四下张望着，眼神里有一丝犹豫和愧疚——跟它们站在同一边的实在是太少了。

廷臣点点头说："现在，不同意的请举手。"

话音刚落，洞穴里就像雨后春笋一般举起了很多手臂。"现在我们的态度很明确了吧？"廷臣看着那几个来访者说。

参议员的嘴巴紧紧地抿成了一条缝，"我早就料到会这样，我知道你们这帮人有多么顽固。你们以前也拒绝过开采石油的事，现在看到这种情况我丝毫也不惊讶。只是我很抱歉，如果你们不同意的话，我们只能用强制手段来达到目的了。"

乌朱瑞克感觉到，扁脸们都震惊得僵住了。

廷臣抬起眉毛，问道："你这话什么意思？"

"我们是为石油来的，无论如何我们都要得到它，这

荒野新生

是为了我们整个国家的利益着想。"

乌朱瑞克心中不禁害怕起来,这片最后的大荒野最终也陷入了危险之中。很明显,那些扁脸拥有破坏它的能力。而且现在看来,它们已经不会去考虑居住在这里的扁脸们的反对了。

"拯救大自然!"乌朱瑞克发出一声粗哑的呼喊。但是洞穴里太吵闹了,根本没有人听到他的声音。

此刻扁脸们都激动地站了起来,冲高台上的那些来访者挥舞着拳头。

"你们不能这么做!"

"这块土地是我们的!"

"滚出这里,不要再来烦我们了!"

但是,那三个来访者对它们如此强烈的抗议视若无睹。参议员将手中那叠纸塞进了一个方形的袋子里,示意另外两个来访者跟它一起离开。

看见那三个来访者朝门口走来,乌朱瑞克下意识地向后退了退。但事实上,墙角处根本没有他可以后退的空间了。突然,那个参议员停住了,它的表情看上去很惊讶,那双灰色眼睛里冷冷的目光也变得柔和了一些。

"这位是谁?"它指着乌朱瑞克问。

洞穴里的人全都扭过头来看着乌朱瑞克,他不禁往后一缩。

"不认识,我从来没见过他。"那个"拥有鹅的灵魂"的女扁脸一边说，一边抻长脖子凑近了打量着乌朱瑞克。

幸好这时廷臣从人群中挤了过来，轻轻地抚摸着乌朱瑞克的肩膀，为他解围。"我是在门口发现这个小家伙的，那时候他已经失去意识了。"它告诉来访者，"我已经给他的伤口进行过治疗了，他正在康复之中。我现在把他带回去休息。"

它拥着乌朱瑞克向门口走去，不料，被参议员挡住了去路。"这太荒唐了！"参议员大叫道，"这个小家伙病得很重，我一眼就能看出来。他现在需要紧急治疗。"

"他已经得到了应有的治疗。"廷臣坚定地说。

"治疗？"参议员轻蔑地哼了一声，继续说，"我说的治疗是现代的医疗技术——就是你们所缺乏的那些！"

那个参议员走近乌朱瑞克，将他抱了起来。乌朱瑞克吓得大叫了一声。廷臣赶忙上前抓住参议员的胳膊，但是另外两个来访者一把将廷臣推开了。

"我会保证这个男孩得到他所需要的救助。"参议员边说着边用肩膀推开了门，抱着乌朱瑞克走到了空地上，"至于你们这些人，是时候从你们的世外桃源中走出去了，你们应该加入外面的现实世界！"

第十八章
露 莎

露莎从藏身的岩石后面探出头来。"扁脸们已经在里面待了好久了，"她担心地抱怨着，"但愿乌朱瑞克没事。"

卡莉克越过露莎的肩头也向前张望着，露莎在她眼中看到了跟自己一样的焦虑。"或许我们把乌朱瑞克带到这里就是个错误。"卡莉克说。

"如果没有那么做的话，乌朱瑞克现在都已经死了。"对于这点，露莎很确定，"住在这里的扁脸不会伤害乌朱瑞克的，我只是不喜欢那几个新来的。"她吸了一口气，浓烈的金属鸟的气味刺痛了她的鼻子。一想起那三个皮毛光滑黑亮的来访者，露莎就不禁浑身发抖。

"我们是不是应该过去看看情况？"卡莉克建议道。

听卡莉克这么一说，露莎也很想去，但是大洞穴里面的扁脸实在是太多了，她们过去的话一定会被发现的。"我不觉得——"露莎的话被打断了，大洞穴的门被甩开

撞到了里面的墙壁上，发出"砰"的一声巨响。三个披着黑色皮毛的扁脸来访者走了出来，其中一个将乌朱瑞克抱在怀里。看到这一幕，露莎吓得差点儿瘫倒在地。

她们看到乌朱瑞克在挣扎，嘴里还嘟囔着什么，但是声音太微弱了，露莎根本听不清楚。就在这时，乌朱瑞克看到了躲在不远处的露莎和卡莉克，他挣扎着朝她们的方向奋力挥手："露莎！卡莉克！救救我！"

"他在叫我们！"露莎大叫起来，"它们一定是要将他带走了！卡莉克，我们可能从此再也见不到乌朱瑞克了！"

顾不了那么多了，管它会不会被发现呢！露莎起身冲了出去，径直跑向山下的那三个来访者，嘴里发出可怕的怒吼。"给我住手！"露莎大叫着，"别碰他！放开他！"

那三个来访者被这突如其来的一幕吓呆了，拔腿就朝那只金属鸟跑去。

"停下！"露莎大叫着，"乌朱瑞克是我们的！"

它们并不理会她，径直跑到金属鸟旁边，然后爬了上去。乌朱瑞克被它们带到了金属鸟上面。很快，伴随着一声号叫（那声音听上去像极了火焰兽），金属鸟旋转着头顶的翅膀，慢慢地飞向了天空，掀起的气流用力地冲击着露莎的毛发。

她愤怒地挥舞着爪子，跟在飞走的金属鸟后面边跑边大叫着："回来！回来！他是我们的朋友！"她的叫喊声淹没在金属鸟发出的嗡嗡声中。

荒野新生

不管她怎么喊，金属鸟还是渐渐地飞高了。过了一会儿，露莎才听到了身后的叫喊声——洞穴里的扁脸都冲了出来，将她包围了，四周全是扁脸的声音和气息。她陷入了恐慌之中，无助又愤怒地大吼一声，将前爪高高抬起，然后猛烈地拍打着地面，试图将围观的扁脸们吓跑。

突然，从围观的扁脸那里传出一声尖叫，露莎听到了卡莉克的声音。"露莎！露莎！"但是由于被一圈扁脸包围着，露莎根本看不到卡莉克的身影。

她绝望地想要找到一个缺口冲出去。这时，她看到了那个救治乌朱瑞克的医生，它正从外围挤进来。露莎趁机从它推开的空隙冲了出去，卡莉克正在外面等她。

"快！"卡莉克大叫着，"我们得赶紧离开这儿。"

露莎一边跑向卡莉克，一边仰头看着那只飞走的金属鸟。它越飞越高，看上去也越来越小了。它沿着一条与海岸线平行的路线飞走了。露莎愤怒得毛发竖立。她已经失去了塔克罗——她离开熊池之后找到的第一个朋友，而现在，她又失去了乌朱瑞克。她意识到，尽管以前总觉得自己适应了野外的生活，能独自面对一切，但是她其实并没有真正弄明白，要做到这些是多么难。而现在，她心里只有一个念头：我不能再失去朋友了！

"快，卡莉克！"她央求道，"我们得跟上它们！"

不等卡莉克回答，露莎已经拔腿往山上跑去。她暗自下定决心，就算拼了命也要追上那只金属鸟。但是很快她

就跑得气喘吁吁了,好不容易爬上那个陡峭的山坡,露莎明显感觉到体力不支。

"露莎,停下来吧!"卡莉克在后面叫住了她,"这样做是没有用的!"

肌肉开始抽搐,爪子也被硌疼了,但是露莎并没有停下来,而是一直朝金属鸟飞走的方向跑去。她跌跌撞撞地冲到了一个峡谷中,然后又摇摇晃晃地爬上了另一个山坡,一边跑一边还要避开挡在路上的大石头和杂乱的灌木丛。而筋疲力尽的卡莉克也并未松懈,一直在后面吃力地挣扎着跟上她。

终于坚持不住了,她们停下来喘了口气,可是,就那么一会儿工夫,那只金属鸟看上去就变小了许多。照这样下去,它很快就会消失不见了,到那时,她们的一切努力都白费了!

"不!"露莎哽咽的叫喊声听上去充满了无助。

她拖着疲惫的四肢继续朝更高的地方爬去。穿过一片奇形怪状的树丛之后,露莎和卡莉克终于跑到了平原上,而那只带走乌朱瑞克的金属鸟已经远得像镶嵌在云层中的黑点了。这时,一群翱翔的鸟儿挡住了露莎的视线,等它们离开的时候,那个黑点也不见了。

"它们走了!"露莎哀号着,绝望地瘫坐在地上,"我们把乌朱瑞克弄丢了!哦,乌朱瑞克,我没想到会是这样的结果。"

荒野新生

卡莉克紧贴着露莎坐下,胸腔一起一伏,大口喘着气。她累得一句话也说不出来了,只能看着绝望在露莎眼中无声地弥漫。

我失败了!失败了!失败了!露莎悔恨极了。昨天我们还是四个,现在却只剩下两个了。

第十九章
乌朱瑞克

乌朱瑞克躺在金属鸟肚子里的一张床上。金属鸟起飞时,他感觉胃里翻江倒海般难受。他拼命地呼喊露莎的名字,可是喉咙还是很痛,他发出的微弱声音根本没法儿让露莎听到。

露莎和卡莉克现在怎么样了?扁脸们会伤害她们吗?塔克罗又在哪里呢?

他挣扎着试图坐起来,想要透过窗户看看外面,哪知一动就头晕目眩。他不得不放弃,还是躺了下来。他感觉喉咙里似乎燃着一团火,身上像是有千只蚂蚁爬过。

这时,一只爪子绕过他的肩膀搂住了他。乌朱瑞克极不情愿地嘟囔着想要挣脱,这才发现那个参议员坐到了他旁边。它是不是又想对我厉声大喝,就像刚才在大洞穴里面那样?

让乌朱瑞克感到意外的是,参议员的声音十分温柔:

荒野新生

"别紧张，小乖乖，你会慢慢好起来的。来，把这个喝了。"

它拿过一杯水，递到乌朱瑞克嘴边。乌朱瑞克万分感激地喝了下去，清凉的液体流过喉咙，缓解了那种火辣辣的痛楚。

他靠着参议员坐了起来。这下子他能看到窗外了，只不过外面的景象实在很单调，除了云彩就是天空。露莎和卡莉克一定还留在那片洞穴区，离自己已经千里之遥了。

"躺下吧，"看着乌朱瑞克将水喝完，参议员轻轻地帮助他躺下，替他掖了掖搭在身上和枕在颈后的扁脸皮毛，"就这样，好好睡一觉。"

金属鸟在空中忽上忽下，不停地变换方位，弄得乌朱瑞克很不舒服。他伸爪子掏出廷臣给的那三只小熊雕塑，将它们紧紧地握在爪心里，那些棱角把他的爪子都硌疼了。我是只熊！熊不会飞……熊是不会飞的……我的朋友们怎样才能找到我呢？想到这里，他心急如焚。以前每次变身成鹅或者老鹰的时候，乌朱瑞克总能感觉到，身体里面有股力量在拉着自己回到地面，虽然连他自己都不知道那是怎么回事。然而现在，在金属鸟体内的他根本没有办法控制这次飞翔。我会不会就这样永远地离开了地面呢？如果真的成了那样，我该怎么办呢？

慢慢地，他控制住了自己的恐惧——金属鸟曾经着陆过，或迟或早，它肯定会再次落地的。乌朱瑞克决定保持警觉，一有机会就立刻逃跑。

他仔细地打量四周，认出了跟着参议员一起走进洞穴的那两个扁脸。金属鸟的最前端还坐着另外两个陌生扁脸，它们身上披的皮毛看上去很臃肿，但是颜色挺鲜亮，头上还戴着一顶看上去硬硬的黑色皮毛。它们的爪子一直在前面的按钮和操作板上忙活着，那儿的灯光明暗交错，一闪一闪的。

"好好休息吧。"参议员说。

乌朱瑞克听到金属鸟体内深处发出阵阵轰鸣，头顶的翅膀有节奏地拍击着。他曾经变身为蹒跚的海鸥，也曾经以鹅或老鹰的形态在空中飞翔，但是这次的飞行体验跟以前完全不一样，感觉不到气流围绕在身边，也不用做出任何飞翔的动作：不用俯冲滑翔；不用寻找合适的气流好让自己飞离地面……

恰恰相反，周围的一切都是静止的。金属鸟就这样翱翔在高高的蓝天之上，飞过了高山，说不定还穿越了海洋。乌朱瑞克渐渐发现，金属鸟很可能跟火焰兽一样，是没有生命的。只不过，能从黑路上腾空而起并飞入云霄的火焰兽，他倒是从来没见过。

它们要把我带到哪里去呢？

参议员探着身子，对前面两个扁脸说："赶紧通知医护中心我们已经在路上了。"其中一个回过头来，竖起一根爪子向参议员示意了一下。片刻之后，那个扁脸开口说话了,至于说了些什么乌朱瑞克听得不太清楚,因为声音实在是太小了。很快就有另一个声音回复了它的话,听上去像是从远处传来的"噼啪"声。

乌朱瑞克微微抬起身子,想弄明白那个回复的声音是从哪里传来的,金属鸟前面并没有藏着别的扁脸。那个声音来源不明,然而奇怪的是,扁脸们居然对此都是一副处之泰然的神色。

参议员面带微笑地低头看着他:"你叫什么名字,小伙子?"

"乌朱瑞克。"

"是哪里人呢?"

乌朱瑞克看着它,不知道怎样回答才不会让对方觉得很荒唐。

现在轮到参议员困惑了,它说:"你的家人呢?你的爸爸妈妈在哪儿?"

这次的问题乌朱瑞克听懂了,只是他仍然不知道该怎么回答:"我想应该已经去世了。"

"你没有妈妈了?"参议员挠挠头说,"你是美国人吗?听口音不像啊。"

这个问题让乌朱瑞克再次陷入迷茫,他只好再次选择沉默。

参议员摇了摇头,笑着说:"你可真是个谜啊,小家伙。你病成这样子,还没有亲戚朋友,可是你却一点儿也不害怕，对吧？一点儿也不。"它说着又摇了摇头，把视线从乌朱瑞克身上移开。"一个小家伙。"它自言自语道。

这时，乌朱瑞克感觉金属鸟开始下降了，发出的轰鸣声也跟着变了调。

"你们要带我去哪儿？"乌朱瑞克声音嘶哑地问。

"我们要治好你的病。"参议员笑了笑。

完全是答非所问嘛，乌朱瑞克想。透过窗户，他能看到金属鸟越过一些高大的白色建筑，然后逐渐下沉，最后重重地降落在地面上。

好吧，无论这地方是哪儿，反正已经到了。

第二十章
塔克罗

地面上铺着厚厚的一层松针,头顶的树枝在风中沙沙作响,汩汩的水流声从远处的某个地方传来,塔克罗深吸一口气,然后心满意足地呼出来。森林里的空气是多么清新啊!

熊就应该生活在这样的地方嘛,他想。

塔克罗就这样漫无目的地四处闲逛,享受着独处的清静自在。他不用再忍受露莎的喋喋不休,不用再焦躁地等待乌朱瑞克对着一块石头寻找征兆,也终于摆脱了卡莉克那双对空旷冰原如痴如狂的眼睛。

塔克罗没有急于界定自己的领地,而是警觉地查看四周,看那些树干上是否有爪痕(那些爪痕是用来警告入侵者),但是这儿什么也没有。塔克罗心想:一旦认定了合适的地方,我就要给所有的树都做上我的专属记号。

他还想进一步深入森林时,突然发现这种感觉不太像在探索，而像某种奇怪的熟悉感萦绕在他周围。一个念头闪过，塔克罗惊讶地停下脚步，就是这里！就像回到家的感觉！

"我脑子里长毛了还是怎么的？"他自言自语道，一股舒适安全的暖流涌遍全身。以前，妈妈总是带着他和托比四处迁徙，所以一直以来，他对"家"都没有什么概念。他们马不停蹄地从一个洞穴转移到另一个洞穴，只为找到一个可以安身的地方，不用担心被那些凶悍的大棕熊驱逐。在塔克罗看来，这里比以前见过的任何地方都更亲切，更像"家"。

"我认识这些灌木，"他一边穿行在茂密的矮树丛中，一边回忆着，"它们暗绿色的叶子光滑发亮，奥卡说过这东西不能吃。"

突然，树枝上传来一阵鸟鸣。"听那个鸟叫声，"奥卡的声音在塔克罗耳边响起，"那意味着树下面有很多幼虫可以吃，当然，你得抢在这些鸟前面。"

塔克罗走到那棵树下嗅了嗅，翻开了乱糟糟的残枝败叶，一团肥嫩的白色蛴螬扭动着暴露在阳光下。他伸出舌头舔了一口，好吃极了！

接着往前走了一阵，塔克罗听到了溪流的哗哗声。他站在一块灰色大石头上面，望着那浅棕色的溪水。他又想起奥卡曾经告诉过他和托比：不要攀爬那些被潮湿苔藓覆盖的石头，很容易滑倒的。

荒野新生

塔克罗低头喝了一点儿水,然后跳过溪流继续他的探索。记忆涌进了他的脑海中。他奔跑起来,感受着肌肉伸缩带来的简单快乐,还有风儿拂过身体的愉悦触感。灌木叶子轻轻地擦过他的皮毛,森林之歌就回响在耳边。塔克罗甚至能感觉到有两只熊就在自己身边奔跑,一只体形庞大,另一只则小得多。

奥卡!托比!我们回家了!

一只受惊的鸟从塔克罗的脚下冲向了天空,落在一根树枝上,冲着塔克罗大声尖叫起来。塔克罗停下来,喘着粗气看看左边,又看看右边:"没有别的熊看到我刚才那副开心的样子吧?算了,奥卡和托比已经死了,现在只剩下我自己。"

塔克罗深深吸了口气,将爪子插进土里。"不错,我喜欢独处。"他安慰自己。

一切都让他很满意,唯一的遗憾是,没有一条可以捉到鲑鱼的大河,或许是还没有找到那儿吧。不过,至少这里有一些小溪流可以饮水,而且周围布满了各种猎物的气息。他随便挑了个松鼠的气味追过去,一想到鲜美多汁的食物,他就口水直流。

塔克罗正沿着山坡往下走,头顶蓦然传来一阵刺耳的嗡嗡声。他紧张地抬起头,浑身的毛发都竖了起来——是金属鸟!直到看着它慢慢消失在视野中,森林重新恢复平静之后,塔克罗才松了一口气。

他满意地看着眼前长满荒草的洼地，很快就将金属鸟的事儿忘得一干二净。"这些都将是我的领地！"他快乐地计划着，"这就是我的家。"

就在这时，一个粗哑的叫声从身后传来，吓得塔克罗差点儿灵魂出窍。原来是一只啄木鸟，正趴在一棵离他很近的树上。那灰白色的脑袋、布满斑点的鸟类羽毛与粗糙的树干形成了鲜明对比。

"呃……你好！"塔克罗小声跟它打招呼，跟一只鸟说话还真够尴尬的，"你知道自己是在我的领地里吗？"

"呱克！"这个回答塔克罗可听不懂。

"我想你大概是不知道，或者是压根儿不在乎，"塔克罗自顾自地说，"可这是真的。"历经几个月的艰难跋涉，穿越许多毫无生气的荒僻之地，他终于来到了这个地方。在这里，他可以过上真正属于棕熊的生活。"不是黑熊，也不是白熊，"他跟那只啄木鸟解释道，"而是作为一只地道的棕熊，按照我一直向往的方式来生活。"

"呱克！"啄木鸟仍然用鸟语作答。

当它那沙哑刺耳的声音消失时，森林再次恢复了寂静。塔克罗不禁打了个寒战，说："这片森林真大啊，要整个儿探索一番得花上几年时间吧……"

"但这样不是挺好的吗？"他大声说道，希望能给自己增加些信心，"反正我现在有大把的时间。"

他能想到的第一件事，就是给自己弄个舒适的窝，而

荒野新生

不是以前那种灌木丛或者岩石堆之类的临时"避难所"。他回想着奥卡以前为他们搭建洞穴的情景。那时的他总是暴躁不安,为自己必须留下来学习,托比却可以出去玩儿愤愤不平。

那会儿他只顾着抱怨,根本没留心看妈妈是怎么做的。他没有想到奥卡会这么快离他而去,还以为来日方长呢。

妈妈并不是偏心,她爱我,就像露莎说的那样。

或许奥卡早就已经明白,托比根本撑不到独立生活的那一天,更别说让他独自去盖自己的窝了。

塔克罗抖了抖身上的毛发,关于建造洞穴的方法,他大致还是了解的。以前学习本领的时候,他总是被托比玩耍的欢快叫声弄得心烦意乱,几乎没有认真听过妈妈的讲解。不过即使没怎么用心,他多少也听进去了一些。他嗅了嗅脚下的树根,啄木鸟在旁边看着他。

"不是这种,"他告诉自己,"奥卡找来的那些树,即使到了冬天树叶也不会掉落。只有那种树才能遮风挡雨,还能让我免受暴雪袭击。"

他继续朝森林深处走去。一排深绿色的松树斜斜地长在溪流边,那只啄木鸟饶有兴趣地一路跟了过来,似乎对塔克罗将要做的事情充满了好奇。

这地方不错:有水、有灌木丛、有猎物,说不定在远处的平原上还能捉到些山羊呢。

那些长在山坡下面的树是绝对不宜居住的,因为一

旦暴雨来临，溪流里的水就会溢出来，将洞穴淹没。在山坡较高的地方有一棵很粗的大树，但是那树的树根长得极为错综复杂，根本没有足够的空间做窝，所以它也被排除了。终于，在靠近山坡顶端的地方，塔克罗找到了一个完美的安家之地。这棵树的根部有很大的空间，长长的树枝一直垂到了地面，正好可以将洞穴很好地遮掩起来。他围着那棵树转了一圈，挑了个既避风又向阳的方位。"要考虑的事情还真多啊，不过也没什么嘛，这都是熊的分内之事。"他自言自语起来。

那只啄木鸟还在旁边看着，塔克罗完全当它是空气，专心致志地挖起洞来。然而，他万万没想到，树下的地面是如此坚实，想要将草根和硬土挖起来可不是件容易的事。可是奥卡做这些事情的时候看上去很轻松啊，她总是挥舞着巨大的手掌和尖利的爪子，几下就搞定了。

一定是我的爪子太钝了，塔克罗嘟囔着扭头看了看四周。奥卡以前总是先找些被鹿蹭掉树皮的树，把爪子磨得更锋利些，我想我还是先磨磨爪子吧。

塔克罗转了一圈才找到一棵表皮剥落的树。他尽量抬高前掌，仔细地磨着爪子，直到疼痛难忍了才停下来。

"这都是必须做的事情。"他喘着气安慰自己。

当塔克罗无意中抬起头时，一阵喜悦让他忘记了爪子上灼烧般的疼痛。我在这棵树上做记号了！现在这儿真的是我的领地了。他看着那些自己无意中留下的爪痕，自

荒野新生

豪感在体内冲撞着：这个爪痕的高度足以证明我的高大，而痕迹的深浅也能够显示我的强壮，还有那锋利的爪子！哼，看哪个家伙敢惹我！

他一边往回走，一边在路过的树上做记号。每次做记号的时候，他都要将爪子尽量向上伸。而那只啄木鸟也一路跟着他，不停地鸣叫着，像是对塔克罗做的那些标记很有意见似的。

"你这只傻鸟，叫什么叫！"塔克罗大声嚷嚷着，"这是我的地盘，这些树也都是我的！"

塔克罗回到他选中的那棵树，继续挖洞。这次他干得更加卖力了，可是那地面仍然显得很坚硬。没一会儿，他就感觉腰腿酸疼，爪子像要掉了一样，有一些土粒溅进了眼睛里，疼得他忍不住流出了眼泪，身上则像是淋了个"泥土浴"。

森林里的光线开始由白变红，太阳渐渐落下去了，可他的洞穴仍然只有勺子那么浅，还不够把肚皮躺进去的。

我饿了！他一边想，一边从那个树洞里钻出来，弄干净身上的泥土。我得休息一会儿，找点儿吃的来。

爪子因为挖洞摩擦得疼痛难忍，所以每一步他都要小心翼翼地选择落脚的地方。他慢慢地爬下山坡，朝溪流走去。跳过一块又一块的大石头，他看到了一个小水塘。

他跳了进去，美滋滋地享受着水流的冲刷，一些银色的身影从他身边溜过。塔克罗感觉自己重新活了过来，他一跃而起，将爪子插进水底，抓住了一条鱼。猎物在掌心里奋力挣扎的感觉真不赖！他伸嘴咬住那条鱼，然后一口吞了下去。

这条鱼分量不大，刺倒不少。塔克罗往水塘中心走去，又抓了一些小鱼。最后，所有的鱼都被他吓得游到了水塘边缘，躲进了石头缝里。

塔克罗从水塘中爬出来，累得都快走不动了。他顺着溪流往上游走去，爬到了山坡上，蜷缩在还没有挖好的洞里。他对现在的状态很满足，洞穴没有挖好也不是什么大问题，重要的是这是他的洞穴，在他的地盘上，更何况他刚刚享用完自己抓到的猎物。

没有卡莉克、露莎和乌朱瑞克的陪伴，这个洞穴显得多少有些凄凉和冰冷。塔克罗扭动着身子缩成了一团，尽量避开刺骨的夜风。大地的气息、树叶的清香、树根的味道让他感觉舒服极了。慢慢地，他闭上眼睛安然睡去了。

第二天醒来之后，塔克罗从树洞里爬出来，准备继续昨天未完成的工作。但是很快他就发现爪子依然疼得厉害，肩膀也像被火烤了一样。再去扒土的时候，他发现进度似乎更慢了。扒着扒着，还会有树根露出来，他不得不伸出头去将它们咬断。

我真是受够了！他心里打起了退堂鼓，干脆停下手中的活儿，叼着一根长长的树根退了出来。他把树根丢在一边，又抹抹嘴巴将泥土拭去。我得歇会儿，再去前面转转。

荒野新生

他动身往山上爬去，晨光从树叶中透下来，照在身上暖暖的。不一会儿，他就嗅到了鹿的气味，那个气味很浓，而且好像离自己很近。往前继续走几步，他又捕捉到了松鼠的气息。

山顶上的树林茂密了很多，和塔克罗选来做洞穴的那棵树一样，这里也都是墨绿的松树。路很不好走，他时不时地需要从灌木丛中挤过去。几声清脆的鸟叫穿透安静祥和的上空，塔克罗突然发现，自己竟然在左顾右盼地寻找那只啄木鸟！

"蜜蜂脑子！"他埋怨自己，"找什么找，那不过是一只蠢鸟！"

阳光照不到的地方温度比较低，踩在阴冷的地面上，塔克罗甚至能听到霜屑在脚下咯吱作响。他觉得有点儿渴，于是四处寻找小溪。但他没有找到，附近甚至连水流声都没有。

我决定将这片土地划到我的领地之外，他计划着。

在一些树上做了标记之后，他转身朝着山脊上的另一个方向往下走，准备返回自己的洞穴。他循着空气中野草的清香，走到了一块开阔的洼地边缘，就在几只熊身长以外的地方，有几只兔子在草丛中觅食。

塔克罗本想偷袭它们，但是疼痛的脚掌使得他的动作笨拙了许多，机灵的兔子很快就发现了他的阴谋，立刻四散逃跑了。它们短短的白色小尾巴摇晃着消失在草丛中。

熊武士

塔克罗想要追上去，却因为肌肉酸疼很快被甩在了后面。

他恼羞成怒，大口喘着粗气放弃了追赶，转身朝树林走去。没走几步，他就差点儿踩在一只松鼠身上。这只松鼠已经死了，身上还有伤口，像是被老鹰抓住后又从天空中扔下来的。塔克罗谨慎地嗅了嗅，闻起来还很新鲜，他毫不犹豫地将它吃了下去。

"还是自己抓到的猎物味道好。"他嘴里塞得满满地自言自语道，"不过有总比没有好。当然这也更加说明我选的这块地盘是个好地方，"他对自己说，"猎物充足到可以不劳而获了。"

吃饱后，塔克罗找了块树荫趴在脚掌上打起盹儿来。一个哼哼唧唧的声音惊醒了他。塔克罗眨了眨眼睛，抬起头，看到不远处有一只棕熊正边走边嗅着——是一只年轻的公熊。他看上去比塔克罗个子要小一点儿，但是也有着强壮的肌肉，毛色像是落了一层霜的金子。这家伙竟然没有注意到塔克罗。

"嘿！"塔克罗站了起来，"你在这儿干吗？"

那只熊警觉地转了一圈，身上的毛发都竖立了起来："你什么意思？"

"这是我的领地，"塔克罗告诉他，"你没有看到树上的那些爪印儿吗？"

那只棕熊轻蔑地哼了一声，不屑地说："什么？你是说那些小小的抓痕？对不起，我还以为那是松鼠留下的呢！"

荒野新生

愤怒如潮水般淹没了塔克罗，我的爪子分明又强壮又有力！

"我想你一定是眼睛有毛病吧？"他龇着牙说，"你没看到站在你面前的对手吗？"

"如果你认为你的小爪子能吓到我的话，那你才是眼睛有毛病！"这位不速之客根本不打算退让。

"我得给你点儿颜色瞧瞧！"塔克罗说着向前逼近了一步，"从这儿滚出去，否则我就剥掉你那该死的皮！"

"那你就试试看呀！"那只棕熊露出了锋利的牙齿，"你从哪儿来的？"

"这不关你的事！"塔克罗又向前逼近了几步，直到与入侵者几乎脸贴着脸了才停下，"关键是我现在站在这里。"

"我也是。我好不容易才一路走到这里，不会因为某个松鼠脑袋的家伙吆喝几句就离开的！"

塔克罗挥舞了一下爪子。"这是我的地盘！"他威胁着。

"哦，是吗？"新来的棕熊眼睛里怒火翻腾，"事实上，我以为这是我的地盘呢！"

塔克罗终于忍不住怒吼一声，扬起前掌朝那只棕熊扑过去，将他撞倒在草地上。那家伙马上起身反击，紧紧咬住了塔克罗的肩膀。他疼得没办法，不得不放开了那只棕熊。

他俩就这样扭打成一团，喉咙里不时发出咆哮声。就在双方相持不下的时候,那只新来的熊一个箭步冲上去,在塔克罗的腿上狠狠咬了一口,然后不等塔克罗反击,灵敏地躲开了。

塔克罗大叫一声,冲向了入侵者,这让他想起了跟舒特卡在大熊湖畔打斗的那次经历。眼前的这只熊比舒特卡小很多,应该更容易对付才对啊。可奇怪的是,塔克罗发现自己的速度和体形优势完全派不上用场,对手的速度一点儿也不比他慢。

塔克罗渐渐发现用牙齿和爪子根本没有胜利的希望。两只熊像这样你一口我一拳地打,最后的结果只能是两败俱伤。他还要挣扎着让自己在松动的小石头上站稳脚跟。

"再这样下去,我肯定坚持不了多久。"塔克罗心里犯嘀咕。随后,他又发起了新的攻击,在对手的侧腹部狠狠地挠了一爪。他再次鼓足了勇气,这是我好不容易找到的家,我不能就这样被他赶走!

塔克罗使出全身力气再次扑向对方。入侵者接连退了好几步才站稳脚跟,然后怒视着他。

"还没结束呢!"这位不速之客开口了,他的肚皮随着喘息而急促地起伏着,"你是新来的吧,我从你的气味中能辨别出来,而且你毛发的颜色太深,根本不适合这片墨绿色的松林。这些山永远不会属于你。"不速之客说完,转身走开了。走了几步他又停了下来,回头望着塔克罗说:"咱们后会有期!"语气中似乎带着威胁的意味。

荒野新生

"如果你觉得捞不到什么好处的话,咱们还是别'后会有期'了!"塔克罗绝不愿在气势上输给对手。

塔克罗一直盯着那只棕熊爬上山脊消失在树林中,才转身回到洞里。他浑身都是伤痕,有些还在流血。他一边舔舐着伤口,一边回想着乌朱瑞克用来疗伤的草药。

好像是一种开着黄色小花的草药……

但是塔克罗实在太累了,根本没力气再去找什么草药。他蜷缩起身子,很快就睡熟了。

第二十一章
乌朱瑞克

金属鸟的翅膀转得越来越慢，最后彻底停了下来。坐在前面的一个扁脸起身移开了侧面的一块壁板，跳了下去。一阵冷风趁机钻了进来，带来许多陌生的气息，乌朱瑞克不禁皱了皱鼻子。

"好了，乌朱瑞克，"参议员说，"我们到了。"

乌朱瑞克透过窗户向外张望着。金属鸟停在了一片宽阔的平地上，地面铺着与黑路路面一样的东西，旁边矗立着一座高大的扁脸洞穴。许多条黑路从这里延伸到四面八方。其中一条路上，有只白色的火焰兽正轰隆隆地朝这里跑来。

周围怪异的气味让乌朱瑞克头皮发麻——金属的气息，火焰兽的浓烈烟味，参议员身上的柔和香气，还有它脸上那种刺激性的气味……这里什么奇怪的味道都有，唯独没有大地、水流和绿色植物的气息。

荒野新生

不知道它们要把我带到哪里去。

乌朱瑞克想象着朋友们翻山越岭焦急地寻找自己的情形。不用说,领头的一定还是塔克罗。想到这里,他笑了笑,尽量不去想身体的虚弱和喉咙的灼痛。快点儿来啊,我的朋友们。

他将一只手伸进口袋,摸出了一个在北极村时廷臣送给他的"护身符"。

这时,一只白色火焰兽已经从黑路上跑进了平地,吼叫着停在了离金属鸟不远的地方。两个扁脸从里面跳了出来,其中一个打开火焰兽后面的门,另一个则走到金属鸟旁边,向里面张望着。

"你就是乌朱瑞克吧?"那个走过来的扁脸问。

乌朱瑞克点点头。眼前的这个扁脸看上去非常和蔼可亲:高高瘦瘦的,脑袋上长着卷曲的红色毛发。

"你好,乌朱瑞克,我叫汤姆。"它继续说,"从现在起就由我们来照顾你了,好吗?"

参议员将乌朱瑞克递到了金属鸟门口,汤姆抱起乌朱瑞克朝火焰兽走去。乌朱瑞克趁机将一只小熊雕塑扔在了地上。

拜托了,精灵们,指引我的同伴们来到这里吧。

汤姆走到白色火焰兽后面,将乌朱瑞克放到里面的一张台子上。乌朱瑞克紧紧抓住盖在身上的扁脸皮毛,抑制着心里的恐惧。这只火焰兽身上一个窗户也没有,而且看

上去那唯一的一扇门也要被关上了。这是不是就意味着我要永远被困在这里了？乌朱瑞克不禁有些担心，它们是把我喂给火焰兽当午餐了吗？

参议员从门前斜着身子探进来，微笑地看着乌朱瑞克。"这些都是很好的人，"它的声音听上去很温柔，比起在北极村的洞穴里时像变了个人似的，"别担心，你很快就会好起来的。放松点儿，孩子。"

乌朱瑞克稍微放心了一些。"我知道了。"他小声说。

参议员将脑袋缩了回去，挠着头顶乱糟糟的毛发说："我过些时候再来看你。"

乌朱瑞克勉强挤出一个微笑。他想参议员一定希望自己做出的决定——将乌朱瑞克从北极村带到这里来——是正确的。说实话，乌朱瑞克真的很怕再看到它发火。

参议员向后退了一步，看着汤姆说："这孩子的身世还不太清楚。"

汤姆点点头爬了上来，坐在乌朱瑞克身边，另一个扁脸从外面把门关上了。又过了一会儿，这火焰兽吼叫着动了起来，像是突然活过来了一样。

乌朱瑞克不知道这段路程要走多久。当他逐渐适应了火焰兽跑动的声音和节奏以后，倒觉得十分平静了。他实在是太累了，很快便打起盹儿来。

火焰兽停下的时候，一阵冷风从打开的门中灌了进来，乌朱瑞克一下子清醒了。

荒野新生

"我们到了,小家伙。"汤姆说。

乌朱瑞克挣扎着想要坐起来,但是汤姆轻轻地按住了他。"躺着不要动,"它说,"你什么也不用做。"

汤姆和另一个扁脸将乌朱瑞克连着台子一起抬了下去。这张台子竟然能自己走路!这让乌朱瑞克大为惊讶,他这才发现台子下面长着四个圆形爪子,看上去像是火焰兽爪子的缩小版。

世界上居然有长着爪子的台子!我一定要把这个新发现告诉塔克罗他们!

过了一会儿,汤姆推着这张奇怪的台子朝一座巨大的白石头房子走去。乌朱瑞克抻长脖子仔细观察起来:它比自己以前见过的任何洞穴都要大得多,墙壁铺满闪闪发光的方块,亮得可以倒映出灰白的天空了!

"欢迎来到艾森豪威尔医护中心。"汤姆说。

乌朱瑞克突然感到一阵恐慌,一旦扁脸把他推进去,他的朋友们肯定再也找不到他了。想到这里,乌朱瑞克赶紧从兜里又摸出一只木雕小熊,扔在了医护中心门外的地上。随后,大门在身后吱呀一声关上了。

汤姆将会动的台子推到了一个停放点。乌朱瑞克感觉自己被温暖和光明包裹着。他吸了吸鼻子,空气中有一股陌生的混合气味:有鲜血、恐惧,甚至死亡散发出来的气息……乌朱瑞克将光滑的扁脸爪子紧紧地握成拳头,努力让自己镇定下来。

两个披着白色皮毛的女扁脸走到了乌朱瑞克旁边，低头看着他。

"欢迎你，"其中一个开口说，"什么也别担心，我们是来照顾你的。"

扁脸又回头低声跟汤姆说了一会儿话，乌朱瑞克没听清它们在说什么。他一边静静地等待着，一边环顾四周：医护中心里面的墙壁也全是白色的，跟外面的一样；不远处有一些扁脸正在一个大笼子里面忙碌着，那个大笼子是用洞穴窗户上的那种透明材料做成的；墙边摆放着一排椅子，椅子前面又放了张桌子，上面还有一大束花——乌朱瑞克从来没有见过那么大朵的花，它们的颜色看上去也比野外的那些亮丽多了。

扁脸世界里的东西就是不一样，连花都这么特别！

一只大爪子放在乌朱瑞克肩膀上，将他从沉思中拉了回来。他抬头看见汤姆正微笑地看着自己。"我现在得走开一会儿，乌朱瑞克。"它说，"等下就来看你。"它轻轻地揉了揉乌朱瑞克的肩膀，转身走开了。它的脚掌摩擦地面时发出了急促的咻咻声。

一个女扁脸弯下腰帮乌朱瑞克掖了掖掉落的扁脸皮毛。"你一定就是那个神秘的男孩儿了！"它笑着说。

另一个女扁脸也笑了："你好啊，乌朱瑞克。"声音听上去很温柔。

先开口的那个女扁脸推着乌朱瑞克走到了一条过道

荒野新生

里,另一个女扁脸则跟在旁边。它们一边走一边交谈着,由于它们说话太快而且声音很小,乌朱瑞克根本听不懂它们在说什么。过道两边还有一些小洞穴,从敞开的门向里望去,乌朱瑞克看到一些扁脸跟他一样躺在床上,身上盖着白色的皮毛。

"这里真安静啊!"他将心中最后一丝恐惧压了下去,暗暗鼓励自己,"没什么可害怕的!"

在过道的尽头处,他被推进了一个狭小的洞穴里面,这个洞穴的四壁都是金属做的。门滑动着关上了,他和那两个女扁脸一起被困在了里面。刚才的那种宁静瞬间消失得无影无踪。他的心慌乱地狂跳起来。他挣扎着想要坐起来。

"别紧张,乌朱瑞克,"其中一个女扁脸说,"是电梯。"

它按了一下墙上的某个东西,随即乌朱瑞克便察觉到这"电梯"动了起来,不过他并没有看到周围有什么变化。过了一会儿,那扇紧闭的门又自己滑开了,女扁脸推着他走了出去。居然又回到了过道里——可是,这竟然不是刚才的那条过道!乌朱瑞克瞪圆了眼睛,惊讶地看着这一切——这些扁脸真是太神奇了!

沿着这条过道走了好长一段,他被推进了另一个小房间。这里有一张白色台子,墙上还挂着很多扁脸皮毛。

"好了,"一个女扁脸说,"现在,我们可以好好地给你做个检查了。"

那两个女扁脸动作轻柔地帮他脱下从北极村披来的扁脸皮毛，换上了一身完全不一样的。它非常柔软精细，不知道是用什么做成的，淡淡的绿色像是新长出来的嫩叶，看上去非常漂亮。女扁脸扶着他躺到台子上，然后又给他盖上了一层白色皮毛。

乌朱瑞克躺好后，其中一个女扁脸转身离开了。"一会儿见，乌朱瑞克。"它朝他挥挥爪子承诺道。

留下来的女扁脸弯腰握着乌朱瑞克光溜溜的爪子，眼睛盯着别在它身上的什么东西。"嗯嗯……"过了一会儿，它小声嘟囔着松开了他的爪子。

她拿起一条带子绕在乌朱瑞克的胳膊上，那带子又长又黑，看上去像被拍扁的蛇。乌朱瑞克非常不解地看着这一切。他熟稔熊族的医疗知识，在北极村的时候，又跟那个医生学了点儿扁脸的救治方法，但是他从来没有见识过这么奇怪的东西——长得像蛇一样的东西怎么能救命呢？

女扁脸不知道做了什么，使那条"黑蛇"缠得更紧了。乌朱瑞克的心跳也随之加速，这玩意儿是不是要把我的身体勒破啊？

"好了，"它安抚道，"只需要一小会儿。"

说完，"黑蛇"发出了一声长长的鸣叫，乌朱瑞克感觉被绑处的压力也缓解了很多。他困惑地眨着眼睛，看着女扁脸将那条"黑蛇"收了起来。

这都是干吗用的啊？

荒野新生

"现在张开嘴巴,"女扁脸弯着腰说,"让我看看你的喉咙。"

乌朱瑞克听话地把嘴巴张到不能再大了。

"你发生什么事了,小伙子?"

"我吞了一个鱼钩。"乌朱瑞克的声音听上去还是很沙哑。

听到这个回答,那个女扁脸瞪大了眼睛吃惊地问:"真的?你当真吞下了一个鱼钩?稍等一下。"

它说完便离开了房间,再回来的时候,身后跟着一个脑袋上稀稀疏疏长着白色毛发的男扁脸。就扁脸的身高来说,这个男扁脸算是偏矮的了。"让我看看你的喉咙,乌朱瑞克。"它说。

乌朱瑞克再次张大了嘴巴。那个男扁脸举起一根小棍,小棍的末端散射出一束明亮的光。借助那束光,它仔细地查看着乌朱瑞克的喉咙。"伤口愈合得很好,"过了一会儿它说,"你在北极村的时候吃药了吗?"

"是的,吃了很多。"乌朱瑞克很想让它们知道那个医生对他有多好,"不过大部分时间我都在睡觉,所以廷臣具体为我做了什么我也不知道,但是我记得它用海胆给我消炎,还用接骨木帮我退烧。"

那个男扁脸点了点头,眼神发亮,像是对乌朱瑞克的话很感兴趣:"好,很好。还有吗?"

"还有一种小小的白色东西,廷臣说那是药丸。我得

喝水才能将它们吞下去。"

那个扁脸再次点点头。"你还得再吃点儿药丸。"它说着，转身对那个女扁脸说了点儿什么，乌朱瑞克听不懂。

它的话是什么意思呢？乌朱瑞克很好奇这两个扁脸在他眼前合计什么。它们为什么把我晾在一边了？不过他没力气再担心什么了。虽然他一直挣扎着不想让上下眼皮"亲密接触"，无奈这个地方实在是太舒适了，不一会儿他就进入了梦乡。

第二十二章
卡莉克

卡莉克迷迷糊糊地睁开眼睛,朝身旁的山坡扫了一眼。一觉醒来,她还是感觉非常疲惫。她试着挪动了一下,肌肉立刻发出抗议的尖叫。更要命的是,她实在是饿得不行了,肚子一阵阵地绞痛。虽然并不见周围有什么威胁——只有空荡荡的山脊和鸟儿寂寞的鸣叫声,卡莉克还是没来由地感到害怕,皮毛刺痛不已。

好不容易坐了起来,她开始环顾四周,发现满身泥巴的露莎就躺在自己身边。小黑熊看上去安静得有些异常,卡莉克不禁紧张得心跳加速。不过,随即她便看到露莎的胸口正有节奏地起伏着,这才松了口气。

卡莉克又想起了前一天的可怕遭遇,扁脸最终还是用金属鸟将乌朱瑞克带走了,露莎的努力全泡汤了。

"你真的非常勇敢,我的朋友,"卡莉克小声说,并用鼻子拱了拱露莎的肩膀,"可是这样也无济于事啊。"

她想起了昨天的疯狂奔跑。为了追赶金属鸟，她和露莎翻越了一座又一座山坡；可是越跑她们就越绝望，金属鸟轻而易举就将她们甩在了身后，消失在远方的天空。

"乌朱瑞克……"卡莉克的声音有些哽咽，"那些可恶的扁脸把你怎么样了？我们还能再见到你吗？"

这时，露莎也醒了，喘着粗气坐了起来。

"露莎？"卡莉克关切地问，"你还好吧？"

露莎愣愣地注视着她，就好像根本不认识她似的。过了好一会儿，她才放松下来，眼睛里雾一样的迷茫神情也随之消失了。"我没事，卡莉克，"她回答，"我刚才做了一个奇怪的梦，梦见我们拼命地追赶那只金属鸟，可它却突然变成了乌朱瑞克，"她犹豫了一会儿，用爪子抓着地上湿漉漉的草丛，"我们把他弄丢了，是不是？"

"我想……是的。"卡莉克小声回答。

她不愿再谈论乌朱瑞克的事儿了。看着露莎坐在地上抱成一团，带着满脸凄然的神情，呆呆地盯着远处，卡莉克心里一阵发酸。

"打起精神来，"她用鼻子轻轻蹭了一下露莎，"我们得吃点儿东西。一起去找吃的吧。"

刚说完她就后悔了，露莎一定会拒绝的。没想到瘦弱的小黑熊只是叹了口气，慢慢地点了点头。"好吧。"她无精打采地回答道。

一阵冷风吹过山脊，淡淡的阳光照在她们面前的山

荒野新生

坡上。

"我们可以往下走一点儿，"卡莉克建议道，"低处可能会暖和一些，而且冷风也吹不到那里。"

卡莉克说完就带头朝山坡下的谷地走去，露莎也跟了上去。山谷中有一个小湖，蓝天倒映在湖面上。湖边生长着茂密的树林和高高的野草丛，她们可以很容易找到休息的地方，说不定灌木丛里还有些美味的浆果呢。

卡莉克仔细地搜寻着浆果，露莎跟在她身后。虽然她们曾无数次像现在这样一起觅食，但是这次一切都不一样了，卡莉克无法逃避心中那种怅然若失的感觉。连浆果都似乎变得没什么滋味了，她实在没有心情去打猎。我们需要塔克罗和乌朱瑞克，她在心里念叨着，我们应该是四个，而不是两个。

一条鹅卵石小路直抵湖心，卡莉克沿着它走了过去。她低头看着湖水，心想，我是否能捕到一条鱼呢？可是水里似乎看不到任何银色的身影，这里的水太清透，鱼儿都不敢游过来了。

卡莉克低下头喝了点儿水，回头看到露莎正茫然地站在湖边一动不动，她赶忙快步走了过去。

"湖里好像没有鱼，"她对露莎说，"你还饿吗？我们可以再去石头下面找些蛴螬。"卡莉克用鼻子指着散布在湖边的大石头。

露莎耸耸肩膀说："如果你想吃的话，那就去吧。"

太阳慢慢地升到了高空，然后又开始慢慢地向下落去。她们两个心不在焉地到处找蛴螬，终于，她们填饱了肚子。卡莉克和露莎坐在湖边，盯着湖面的阴影，那些影子正在一点点被拉长。

"我们得找个地方睡觉，"卡莉克说，"或许树林里能找到合适的地方。"

"去看看吧。"露莎回答。

卡莉克带路走进了旁边的一片杂树林里。她们在一棵大树下找了个浅浅的坑，然后一起挤了进去。

"睡一会儿吧，"卡莉克劝慰露莎说，"或许到了明天，一切就会好起来的。"然而她也很清楚，自己这些空洞的话露莎是不会相信的。

卡莉克感觉自己像是躺在锋利的石头尖儿和小树枝上，浑身不舒服。趴在一边的露莎把鼻子埋在了脚掌中，看着像是在睡觉的样子，但是卡莉克知道她也没睡着。透过头顶的树枝，卡莉克能看到漫天的繁星。她半闭着眼睛，感觉整个夜空都被星光点亮了。

"卡莉克！"露莎突然坐了起来，把半睡半醒中的卡莉克吓了一跳，"卡莉克，我已经决定了，我要去找乌朱瑞克！我不能让金属鸟就这样把他带走。没有鸟儿能永无止境地飞翔，所以我们只要顺着它前进的方向走，就能找到它降落的地方。"她停下来深深地注视着卡莉克的眼睛，接着补充道，"就算你决定不跟我一起去，我也能理

荒野新生

解的。我知道你一直想去冰海……我会衷心地祝福你在那里过得开心……"她哽咽着没有再说下去。

"你这家伙,脑子里长毛了不成?"卡莉克用鼻子揉了揉露莎的肩膀,"我当然会和你一起去。"

露莎的眼睛里溢满了欣喜,她高兴得跳了起来:"真的吗?你能确定?"

"我什么时候拖泥带水过?当然确定啦!"

"那我们走吧!"

卡莉克跟在露莎后面朝湖边走去。她想着自己刚才决定去寻找乌朱瑞克的时候,是那么迅速和坚定。她一直都向往着回到冰面,也做好了离开大家独自前往的准备。但是自从乌朱瑞克受伤之后,她开始发觉,与朋友们之间剪不断的牵绊相比,冰海的吸引力减弱了。乌朱瑞克需要帮助,而露莎现在正需要我。

两只小熊并肩在黑暗中摸索着前进。周围静悄悄的,只能听见呼呼的风声和偶尔的几声鸟叫。终于,她们累得筋疲力尽,再也走不动了,不得不停下来躺在山顶休息。这时,地平线上泛起了一片浅浅的银白。

"但愿我们的方向是对的。"露莎有气无力地说。

"这就是金属鸟飞走的方向,"卡莉克的语气相当肯定,"它早晚会在哪里落地的。"

露莎轻轻叹了口气。"卡莉克……"她开口说道,"我有话要告诉你。"

"什么？"

"你还记得我在烟雾山受伤的那次吗？就是我被火焰兽撞伤的时候？"

卡莉克点点头。

"受伤之后我做了一个梦。我妈妈出现在梦里，她跟我说了一大堆我听不太懂的话。一直到现在，我还是没弄明白。"

"你不明白的是什么话呢？"卡莉克鼓励她说下去。她不知道露莎为什么突然想起来讲这个，但是她对这个神秘的梦也产生了好奇。

"妈妈告诉我，我必须拯救大自然。"

卡莉克看着她："你知道那意味着什么吗？"

"不知道，"露莎摇了摇头，"但是我知道这肯定跟乌朱瑞克有关，因为他也做过这样的梦。你还记得他说过'我们的旅程还没到终点'吗？其实，我内心深处也有着同样的感觉。"她困惑地叹了口气，"但是我不知道该做些什么，我需要乌朱瑞克的指引。"

"我们会找到他的。"卡莉克想给露莎一些信心。虽然她不太认同乌朱瑞克和露莎所说的"这里不是终点"——她一直认为，有冰的地方就是自己旅途的终点。但是她不会丢下露莎不管，也不会放弃乌朱瑞克的。所以，不管付出什么代价，她都要找到乌朱瑞克。

两只小熊挤在山顶的一块平地上打起盹儿来。她们醒

荒野新生

来的时候，太阳已经升到地平线以上，苍白的天空也变得一片湛蓝，大朵大朵的白云点缀在天空中，就连风儿此刻也变得又柔又暖了。

卡莉克感觉身体比前一天轻松了很多。露莎看上去对找到乌朱瑞克信心满满，她的那种乐观也感染了卡莉克。

"有没有想过等我们找到乌朱瑞克时，他会是什么样子的？"卡莉克问，"你说无爪们看到乌朱瑞克突然变成棕熊，会不会吓一跳？"

露莎大笑起来："说不定他到时会变成一只鹅呢，那样他就能飞走了！"

"那真是太好了，"卡莉克应和着，"那样的话，他就能找到我们了。"

"不知道塔克罗现在在做什么？"露莎喃喃地说。

"呵呵，肯定是捕猎，在树上做标记啦，反正就是棕熊该做的那些事情，"卡莉克猜测道，"你知道的，那就是他一直想要的生活！"

"还有驱逐他领地中的所有黑熊，"露莎打趣地说道，"说不定他真的捉到了一只驯鹿呢！"

"现在他可能正坐在窝里，对着路过的松鼠大声咆哮呢！"卡莉克补充道。

她们蹚过了一条小溪，然后沿着溪岸朝一个山坡走去，山坡表面长满了杂乱而有弹性的野草。太阳高高地挂在头顶，将水面照得波光粼粼。卡莉克的肚子已经饿得咕咕叫了。自从头天用浆果垫了下肚子之后，她们已经很长时间没有再吃任何东西了，毕竟那时候她们谁也打不起精神去捕猎。身边只有露莎，卡莉克感觉很不对劲儿。她们身边的那块空缺，不是仅靠打猎或者谈论乌朱瑞克就能填满的。

"要是塔克罗现在跟我们在一起就好了。"卡莉克小声说。

"我也是这样想的。"露莎轻轻地回答。

第二十三章
露 莎

露莎和卡莉克一直沿着溪流爬上了山脊，发现眼前的地势非常突兀地急转而下。溪流被岩石分割成了一条条小瀑布，沿着险峻的山壁奔涌向下，流到下面的山谷中时，再次汇聚成一条宽宽的河。

她们小心翼翼地下到谷底，来到河边。河中的水流又急又深，撞在那些突出水面的大石头上，激起了无数飞沫。对面的河岸十分陡峭，布满了岩石，而且看上去离她们还很远。

"好像挺危险的。"她们停下来仔细地观察着地形，过了一会儿卡莉克继续说，"你觉得我们是应该往上游走，还是往下游走呢？"

露莎也在犹豫着，她皱起鼻子嗅了嗅，用不确定的眼神沿着溪流上下游来回扫视。"还是乌朱瑞克比较擅长做这种棘手的决定，"她嘟囔着，"他似乎总是知道该往哪边走。"她说着又往前走了两步，站在河岸的最边缘，河水翻涌着漫过她的脚掌朝前奔去。"还记得他以前都是怎么找到信号的吗？"露莎继续说，"必须先细心地将周围所有可能之处都观察一遍，然后再确定哪一处能给你对的感觉。"

卡莉克左顾右盼的时候，露莎开始认真地分析起两个方向的具体情况。上游的河道较窄，水流很急，水花四溅，而且岸边都是荆棘灌木丛；而她们现在站的这个位置水流比较平缓，再往下游走一点儿，水流被一块大岩石分成了两路。边缘锋利的黑色岩石从河面伸出来，像只熊掌一样，水流在这里撞击、回旋，开出一朵朵白色水花。

看到这里，露莎不由得握紧了爪子。附近肯定有熊精灵给我们指路的信号，要是我能找出来就好了。她想。

"我不知道往哪边走，"卡莉克看上去困惑极了，她的话打断了露莎的思考，"你怎么看呢，露莎？走哪边才能找到金属鸟和乌朱瑞克？"

露莎想了一会儿，指着上游说："这边比较窄，水很深，水流也很急，所以我觉得这条路走不通，而下游呢——"她转身指着下游继续说，"你看那块大岩石，它看上去好像是故意要挡在那儿不让我们过去一样。所以我认为，既不能走上游，也不能走下游。"

卡莉克用疑惑的眼神看着她。"露莎，"她说，"你不是想说，我们要从这里直接游到对面去吧？"

荒野新生

"对!"露莎突然感觉信心倍增,我的想法是对的!我们必须这么做!"我知道这也算不上是个多么完美的主意,"露莎说,"但是如果不直接游过去的话,我们说不定得走几重天那么远,才能找到一个合适的地方过河。你看太阳照在水面上的样子,多像一条'金光大道'啊。那一定是精灵们在告诉我们,这就是我们该走的路。"

卡莉克激动地喘了口气,大声说道:"嗯,我也看到了。你真聪明,露莎。"

露莎被夸得有点儿不好意思了,耸了耸肩膀,"我只是在学着乌朱瑞克的样子找信号,那我们行动吧。"

她绷紧全身的肌肉,做好了起跳的准备,却又突然犹豫起来。她想起了那条他们四个一起渡过的大河,她当时差点儿就被淹死了……想到这里,露莎紧张地咽了咽口水。"我是一只黑熊,"她默默地鼓励自己,"黑熊可是熊族里游泳最棒的。况且眼前这条河跟那条大河相比,不过是小巫见大巫罢了。"

尽管如此,露莎还是无法摆脱烙在心底的那种恐惧感——随时可能被黑色的河水吞没,一串串气泡在耳边咕嘟作响,鼻子和嘴巴都被堵塞得无法呼吸……随着那一幕幕可怕的画面重现在脑海里,露莎全身都颤抖起来。

"怎么了?"卡莉克关切地问,"如果你觉得不行的话,我们也可以再想想别的办法。"

露莎强迫自己镇定下来,摇了摇头。"我没事,"她

坚定地说，"我们已经看到了精灵们发出的信号，这样做是正确的，所以我们一定要坚持。"

发出这个信号的，一定就是以前与乌朱瑞克沟通的那些精灵们，露莎对此确信不疑。她知道自己可以信赖这股力量，并且接受它的指引。

"开始行动！"露莎高声叫道。

"等一下！"卡莉克急匆匆地用肩膀将露莎推到了一边。

"有什么问题吗？"露莎有些不解，"我没事，真的！"

"我知道，"卡莉克说，她挡在露莎前面，"我也很想快点儿实施我们的计划。只不过……呃，你看水流。如果我们的目的地是正对岸，那从现在的位置沿直线游过去肯定行不通。我们得从上游开始游，到时湍急的河水会把我们不断往下游冲，这样我们正好能到达预计地点。"

"但是那样的路线不是会更长一些吗？"露莎问道，她已经迫不及待了。

"是的，而且会非常耗费体力，但是至少这样能保证我们不被冲到下游去。"

露莎研究着面前湍急的水流。她想象有一根木头正漂浮在河面上，一旦它漂到了河流中央，就一定会被急流卷起冲向下游。所以，为了到达对岸，她们必须从更靠近上游一点儿的地方起跳，然后一边向对岸游去，一边承受水流把她们冲向下游的力度。"好的，就按你说的做。"露莎这下想明白其中的道理了。

荒野新生

她飞身跳进了河里,在激流中拼命地挣扎。露莎感到自己被一股强大的力量不断地拽往下游,她只得一刻不停地奋力划水。卡莉克就陪在她身边,不时地将她往上游推。露莎大口大口地呼吸着,用尽力气与河流的阻力搏斗。慢慢地,她们越来越靠近对岸了。

正当她以为危险已经过去时,突然听到卡莉克一声尖叫:"露莎!小心!"

露莎赶忙回头,只见一根大树枝正迅速向自己靠近。它在水流中翻滚着,眼看就要撞过来了……

露莎慌忙挥动着胳膊划水,想要避开那根树枝,但为时已晚。那根大树枝重重地将她撞翻了,她整个身子都往水里倒下去!露莎竭力想要保住平衡,四肢却已经不听使唤了,她的脑袋就快被回旋的水流淹没了。她挣扎着试图把头伸出水面,可是这时已经完全失去了方向感,只能看到河水翻涌着从鼻子上方流过。

片刻之后,露莎身体里的空气就快用光了。祸不单行,她又被水流推着撞到了一个坚硬的东西上。露莎迷迷糊糊地意识到,自己是撞到了在岸边看到的那块大岩石。

"卡莉克!救命!"她快要窒息了。

露莎一边呼救,一边不停地挣扎着,想要让自己的身体离开那块大石头。但是水流那强大得可怕的力量,将她牢牢地固定住了。到处都是水,露莎的耳朵、鼻子和嘴巴里都响起了咆哮声,那一瞬间她感觉全身的力量都被抽空

了。她想要吸口气，结果却灌了满满一口水。

我要被淹死了！

露莎感觉自己像是被强壮的爪子按住了一样，丝毫动弹不得。她环顾四周，终于看到了卡莉克的身影。这只浑身湿透的小白熊正在努力将她往大石头上推。水流在露莎周围奔涌着朝下游流去，卡莉克则拉住她拼命往反方向拽。

"露莎快点儿游起来啊！"卡莉克大喊道。

有好一会儿，露莎根本没有力气照她的话做。她的爪子虚弱地扒住岩石，卡莉克用脚掌托着她浮出水面。波浪在她们身边猛烈地拍打着。露莎心里很明白：她们随时都有可能被淹没，说不定下一刻她们就再也没有机会重见天日了……

就在这无比绝望的时刻，河对岸的一棵树映入了她的眼帘，茂盛的树枝沐浴在金色的阳光中。露莎一下子就冷静了下来，仿佛有只大熊在温柔地抚摸着她的脑袋。她强迫自己摆动起疲软的四肢，再次与水流抗争起来，同时目光一刻也没有离开过对岸。

是你指引我们过河的，她想，你不会让我们淹死的。

终于，露莎能感觉到脚下的石头尖儿了，她站在了齐肩的河水中。卡莉克推着她朝岸边的一道石缝游去，然后，她们爬上了岸边的岩石坡。

露莎感觉自己的整个身体就像一个巨大的伤口，没有一

处不疼。湿漉漉的毛发紧紧地贴在身上，她在灿烂的阳光下一边喘气一边浑身发抖，不时从嘴里咳出一大口水来。

露莎低下头喃喃自语："谢谢你，谢谢你……"

"不用谢，"卡莉克将鼻子埋在露莎的肩膀中，"其实你已经做得很好啦！"

"我是在感谢大角星。"露莎艰难地走到一丛灌木的阴影中，便立刻瘫倒下来。她的胸部随着大口呼吸急促地起伏着，"是他给了我们信号，指引我们穿过这条河。我相信他是在指引我们找到乌朱瑞克，而不是想要把我们带到会被淹死的地方。"她看到卡莉克困惑地点了点头，"当然，我更要感谢你，亲爱的卡莉克。如果没有你，我肯定也做不到。"

卡莉克跟跟跄跄地走到她身边躺了下来。"我会一直陪伴在你身边，我的朋友。"她的声音温柔极了。

露莎知道，她们应该立刻爬起来继续寻找乌朱瑞克。但是太阳照在身上暖暖的，河水的咆哮声也变成了轻柔的低吟，卡莉克已经躺在她身边打起盹儿来。终于，露莎放弃了挣扎，决定先美美地睡上一觉。

第二十四章
塔克罗

沐浴着透过树枝间隙洒落的阳光,塔克罗眨了眨惺忪的睡眼。突然,他惊叫一声坐了起来,顿时睡意全无——他好像看到了乌朱瑞克的脸!

"脑子被云塞住了!"过了一会儿,他反应过来,骂了自己一声。他看到的不是乌朱瑞克的脸,只是树干上的一个疤痕。那东西明明长得一点儿也不像乌朱瑞克嘛!他从树洞里爬出来,抖掉身上的泥土。这可是只有露莎那种蜜蜂脑子才会有的想法。

露莎总是相信熊死去之后,灵魂会住到树里。想到这里,塔克罗感觉心里一沉。"乌朱瑞克没有住到树里面,他没有死!"他告诉自己,"经过那个扁脸的医治,他已经好了很多。"

为了忘掉那些不愉快的事情,塔克罗转过身去,在那棵有疤痕的树上舒服地蹭起痒来。昨天打架留下的伤口现

荒野新生

在还隐隐作痛,肚子也饿得咕咕叫,像是在召唤猎物自动钻进去。

他警觉地嗅了嗅,没有别的熊的气息!太好了,一定是因为我昨天给他上了一课,他不敢再来了。

想到这里,塔克罗突然感觉身上充满了力气。他看了看四周,森林里一片宁静。咦?那只啄木鸟哪儿去了?"我倒是希望它能在这儿。"他自言自语道。刚说完,他就觉得自己这个想法真是愚蠢至极。真是松鼠脑子,我竟然会想念一只鸟!

但是这只鸟能让你不去想念卡莉克、露莎,还有乌朱瑞克,一个模糊的声音在他脑海中响起。

塔克罗使劲儿摇了摇头,像是在驱赶一只讨厌的苍蝇,他努力想要找回昨天的那种感觉。昨天,这片森林对他来说是一个充满新鲜感的地方,让他激动不已;他为自己是一只棕熊而自豪;他兴致勃勃地开辟了自己的领地……但是不知道为什么,今天他再也找不到昨天的那股兴奋劲了。

他本来准备继续挖昨天未完成的洞,可是他的爪子依然疼得无法对付那些坚实的土壤。塔克罗一边沮丧地、时快时慢地挖着,一边思忖着下一步该做什么。他感觉肚子很饿,可是这附近好像没有什么猎物。

"我要去那边。"他心里嘀咕着。塔克罗决定离开这块长满草的洼地——就是他昨天遇到那位"不速之客"的

地方——朝相反的方向走去。

　　随着太阳越升越高，塔克罗也在森林中越走越远。他穿过郁郁葱葱的山脉，走到了一条小溪边。这条小溪奔涌着朝山谷底部流去。塔克罗兴奋地跳了进去，水面立刻溅起大朵的浪花。这里的水可真凉啊！他低头喝了几口溪水，给自己洗刷了一番之后，感觉浑身上下轻松了许多。他爬上岸边的岩石，朝山坡下面走去。一路上有很多茂盛的灌木丛，这些低矮的灌木为他挡住了刺眼的阳光。一阵风吹来，灌木丛似乎在窃窃私语。

　　走着走着，塔克罗又看到了一条小河，但是仍然没发现任何猎物，只是发现河对岸的水边有一些长着浆果的灌木丛。他蹚水到对岸，突然听到灌木丛中传来了沙沙声——竟然有另一只熊在塔克罗的地盘上！

　　"给我出来！"塔克罗怒吼着冲了过去。

　　一只小黑熊哆哆嗦嗦地从灌木丛中爬了出来，塔克罗愣住了。那只小黑熊惊恐地看着塔克罗，吓得惨叫一声，向后退了一步。塔克罗也不由自主地后退了一步。刹那，塔克罗仿佛看到了黑暗中的露莎，她的眼睛正盯着自己……确定自己暂时不会被攻击后，那只冒失的小黑熊迅速转身逃跑了。

　　小黑熊刚跑掉，嘲笑声便从塔克罗背后传来，"哟！你可真勇敢啊！现在可没有黑熊敢留在'你的地盘'上了！"

　　塔克罗回过头，看到了昨天那只入侵的棕熊，他从身

荒野新生

后的树林中走了出来。

说真的,塔克罗一点儿都不想再看到他。他咆哮着上前一步:"你到底想怎样?"他张开大嘴露出锋利的牙齿,心想:如果这家伙又是来找碴儿的话,我今天一定要好好地教训他一顿。

不过那只棕熊并没有挑衅的意思。"我只是在四处溜达,"他说,"打猎,巡逻。"

"但这是我的地盘!"塔克罗大声地提醒那个傲慢的家伙。

那只棕熊不屑地哼了一声:"不。我说过了,你不属于这里。"

怒火在塔克罗胸中越烧越旺:"我已经挖了一个洞穴了!"

"什么?你说的是后面地上那个被挠了几下的坑吗?不好意思,我还以为那是松鼠的窝呢!"他用嘲笑的眼神看着塔克罗,"够放进去一只耳朵吗?哦,也对。如果大水冲了你的'洞穴',你还能保证脑袋不会被淹着呢!"

这话把塔克罗彻底激怒了。他跳上前一步,不料那只入侵的棕熊一爪挥了过来,打在他的脑袋上。这一巴掌的力量让塔克罗不得不对这只小熊刮目相看。塔克罗被打得连连后退,耳朵也在嗡嗡作响。

"还要不要再给你点儿颜色看看?"那只小棕熊咆哮着。

塔克罗瞪着他。虽然不愿承认，但他心里明白，如果再打一架的话，自己一定会颜面扫地。"我们能分享这块地盘吗？"塔克罗突然说，"反正这儿的猎物多得是。"

"你走了那么远也没有找到猎物，不是吗？"那只棕熊轻蔑地瞟了一眼塔克罗，"这里的猎物越来越少了，地方也越来越小了，但是却有越来越多的熊争抢剩下的这点儿生存空间。扁脸拿走的越来越多。跟它们斗争也是不可能的，它们永远是胜利的一方。这座山连本土出生的小熊都养不活了，更别说你这种外来的家伙。"

塔克罗困惑地看着他。这里不是最后的大荒野吗？这儿应该有很多很多猎物。

那只棕熊走近了一些靠近塔克罗，他的鼻子离塔克罗只有一根毛发的距离。

"整座山都不欢迎你。"他低吼着，头也不回地走进了灌木丛。塔克罗气得不知如何是好。等那只棕熊走得足够远了，他才起身朝自己的洞穴走去。太阳不见了，乌云遮住了天空。这背景跟塔克罗此刻的心情还真合衬。

他回到他的洞穴边，站在山脊上向下望。那只棕熊说得对，他沮丧地想，这几道可怜的爪痕根本算不上是什么洞穴，就算松鼠住进来估计都要嫌挤。

但是，真正困扰塔克罗的并不是这个洞穴，也不是此时此刻的孤独感。他并不在乎凡事都只能靠自己，尽管独立生活比他想象的要难很多。真正让塔克罗焦虑的是那只

荒野新生

棕熊讲述的关于这座山的故事,他的那些话像蜜蜂一样萦绕在塔克罗的脑海中。

那只棕熊说森林面积在缩小,而且是扁脸造成的,跟乌朱瑞克曾经说过的一模一样。

他又回想起和朋友们一起度过的那些时光,他不得不承认自己很怀念那些共患难的日子。那种友情让他们随时准备共同面对困难,而不是为了争夺东西而打斗。他甚至开始想念露莎那聒噪的唠叨,还有乌朱瑞克神经质般地到处找信号的样子。想到这里,塔克罗突然感觉那只入侵的棕熊也挺可怜的——他没有选择,只能通过争斗来获得每一寸地盘、每一口食物。

"不过你现在也好不到哪儿去!"塔克罗对自己说。他失去了自己最珍贵的东西,那种感觉像是心里的某一部分被掏空了一样。

乌朱瑞克一直坚定地认为,周围的一切都在越变越糟,他也坚定地相信他们能为此做点儿什么。塔克罗边想边爬进他那又窄又浅的洞穴。"但是我已经将自己踢出局了,我没有机会去跟他们一起努力了。"他对自己说。

日光渐渐退去,塔克罗一动不动地盯着眼前的阴影,心里想着别的事情。"哦,乌朱瑞克,"他喃喃自语道,"我是不是过早地抛下了你?"

第二十五章
露 莎

露莎低头望着熊池,看到尤加正在那棵"熊之树"上爬来爬去,而爸爸金则躺在暖暖的太阳下睡觉,妈妈和斯特拉正在享用扁脸拿来的水果。

这真是奇怪,露莎想,我为什么不过去加入他们呢?想了一会儿,她难过地为自己的问题找到了答案,那个生活圈子不再属于她了。

那我现在在哪儿呢?她有些纳闷儿,于是打量着四周。她发现自己正站在熊池的上方,周围竟然是一圈扁脸!露莎害怕极了。它们要把我抓回去!但是,慢慢地她发现自己只能看见扁脸,却听不到它们的声音。那些扁脸的嘴巴一张一合像是在讨论着什么,它们的样子看上去好像很兴奋,但是露莎却一点儿声音也听不到,而且它们似乎也看不到露莎。

这真有意思,露莎想,这样的话,我想做什么就可以

做什么了，它们根本看不见我。

其实她想做的也不过是看看住在熊池里的家人。她看到阿希娅从斯特拉旁边走开，慢慢地走到一片灌木丛中躺了下来，把鼻子埋在脚掌里，闭上了眼睛。

"嗨，阿希娅！"露莎小声叫她，"是我啊，我是露莎。你是不是也梦到我了呢，就像我梦到你一样？"阿希娅的耳朵竖了起来，好像真的听到了露莎的声音似的。"我还好，你知道的，"露莎继续自言自语，"我现在有新朋友了，而且我也学会了很多野外生活的本领呢，你们不用担心我的。"

然而，当露莎盯着妈妈时，阿希娅的身影却突然越跑越远了。最后，就连熊池也变成了一个黑点，消失在明亮的、无所不在的阳光中。露莎惊恐地大叫一声，她感觉自己正在坠落……坠落……

终于，她落到了地上，感觉全身每一块骨头都被摔得粉碎。她睁开眼睛，这才发现自己仍然躺在那片灌木丛中。

自从昨天从河里死里逃生之后，她就再也没有离开过这个地方。但是现在她浑身酸疼得就好像真的从天空中掉下来了一样。

小雨淅淅沥沥，灌木丛还没有茂盛到能为她们挡住全部风雨的程度。雨滴落到她的毛发上，又顺着毛发渗进了皮肤里。寒冷像一只巨大的棕熊爪子紧紧抓住了她。

卡莉克蜷缩在一边还没有醒，正微微地打着鼾。

露莎迟疑了好一会儿,犹豫着要不要叫醒她。

终于,她试着轻轻地戳了戳卡莉克——她们已经失去了一些时间,一整个晚上都没有赶路,而是躺在灌木丛下睡大觉,还一直睡到第二天清晨!所以现在,她们必须马上起身继续前进,去找乌朱瑞克。

卡莉克嘟囔了一句,睁开了眼睛。"你还好吧?"她问露莎。

"我还好。"其实她现在浑身酸疼、四肢无力,内心充满恐惧与不安,但是这些相对于之前的经历来说,的确算得上还好,"谢谢你,卡莉克。"

卡莉克像赶苍蝇似的摇摆着脑袋。"伟大的冰之众神啊!"她嘟囔道,"我感觉好像被一只大棕熊袭击了一样。"

她摇摇晃晃地站起来,露莎也站了起来,她们两个都很怀疑自己虚弱的四肢是不是还能够承受自身的重量。昨天那场与激流的奋战让她们累得够呛。我们能做到吗?卡莉克真的有点儿怀疑了,我们能够一直坚持走下去,直到找到乌朱瑞克吗?

两只小熊肩并肩地走到河边喝了几口水。

"现在选择哪条路呢?"卡莉克问,"你知道金属鸟是往哪个方向飞去了吗?"

露莎叹了口气。"我也不确定,但是我想可能是这条路。"她用鼻子指着前方,"不然精灵们为什么要指引我们过河呢?"

荒野新生

"嗯,有道理。"卡莉克点点头,朝露莎指的方向走去。

露莎跟了上去。她们在泥泞的土地上艰难地跋涉着,爬上了山谷远处的那个山坡,然后又从山坡的另一面爬下去。露莎感觉肚子饿极了,但是这附近死气沉沉的,看上去没什么可吃的。

"我快饿死了。"她小声嘟囔着。

"我也是,"卡莉克说,"可是附近连猎物的气味都没有。"

露莎不满地抱怨起来:"这地方的猎物也太'精明'了吧。一下雨就躲在自己的窝里睡大觉,根本不出来!"

"我倒是希望我们也能有个窝可以躲一躲,只可惜没有。"卡莉克叹了口气继续说,"要是雨停了该有多好。"

可惜天公不作美,卡莉克说完,那雨势不但没有减小,反而愈演愈烈。大雨倾斜而下,像是在天地间挂了一串又一串银灰色的珠帘。

两只小熊跌跌撞撞地向前走去,她们的肚皮上沾满了泥巴块儿,浑身也都湿透了,细细的小水流顺着她们的毛发流淌下来。露莎从没感觉过像现在这样又冷又累。

我们得找点儿吃的来,要不然就真的走不动了。她想。

透过雨帘,露莎发现前面地面上散布着一些大石头。她大喊一声,用力将一块石头翻了过来。当看到石头下面蠕动的蛴螬时,露莎的肚子叫得空前的响。

"嘿,卡莉克!快来!"

卡莉克立刻冲到她身边，跟露莎一起伸出舌头享用着那来之不易的美食。之后，这附近只要是能翻动的石头，她们都翻了个遍。虽然这些蛴螬还不够她们中的任何一个填饱肚子，但是不管怎样，肚子里面不再那么空了，这让露莎感觉好多了。

后来她们还找到了一些浆果。这些灌木丛看样子已经被其他的熊翻找过了，只留下了一些丢下不要的、又小又瘪的果子。

"我们需要肉，"卡莉克抱怨着，"塔克罗在哪儿呢？我们需要他！"

塔克罗？他现在一定在千里之外了吧，露莎想。"是啊，他总是能抓到好些吃的，"她说，"在捕猎方面，他的确比我们出色得多。"

苍白的日光慢慢消散了。她们两个找到一块边沿突出来的大石头，挤在下面凑合着过了一夜。第二天，雨总算是停了，不过天空还是乌云密布。

"今天应该会好过一点儿。"露莎说着从她们的"临时避难所"下面走了出来，将粘在身上的东西抖掉。虽然她还是感觉身体又僵硬又疲惫，但是伤口的疼痛感已经不那么强烈了，腿也有力气多了，"总算不再是湿漉漉的了。"

"而且也能看清楚路了。"卡莉克从露莎身后走出来，嗅了嗅说。前面似乎也没什么猎物。空旷的平原一览无余，平原上散布着一些小水塘，水塘旁边稀疏的芦苇丛

荒野新生

像是给它们镶了一个个绿色的边框。雨已经停了,但是脚下的地面仍然很泥泞,每走一步,露莎都要奋力将爪子从泥坑中拔出来。

"这儿根本不会有什么猎物的。"她抱怨着。

"说不定我们能找到一两只青蛙……"卡莉克一边说,一边厌恶地哼了一声。

话音未落,就见一只野兔从芦苇丛中蹿了出来,在草地上一闪而过。露莎惊叫一声拔腿就追,卡莉克也立刻跟着追了上去。但是露莎很快发现,自己实在是太虚弱了,站都站不稳,那只兔子轻易地就躲过了一劫。她停下来,沮丧地叹了口气,眼巴巴地看着它钻到洞里不见了。

"我们没戏了!"她难过地哭号着。

这一天很快就过去了,她们没有找到任何猎物。地面一直是又湿又滑,天空中也没有出现可以引诱小动物们走出洞穴的阳光。露莎的腿又开始疼了,她不知道自己还能坚持多久。

我不能放弃,如果卡莉克能坚持下去的话,我也能。露莎想。

起风了,凉飕飕的风吹散了乌云,一束微弱的阳光穿过云层间的缝隙透了下来。风中飘来兔子的气息,露莎如饥似渴地大口呼吸着。但是,她连兔子的影子也没找到,那布满沙子的岸边除了散布的洞穴之外什么也没有——和别的猎物一样,兔子也躲进了温暖干燥的地洞里。

"真希望我们现在是在冰面上，"卡莉克望着地平线低声抱怨着，那片冰海被一排碎石挡住了，"我在冰面上的捕猎技术要比在陆地上好多了。"

露莎愣住了，她盯着那些兔子洞穴，突然想到了一个点子："示范给我看看！"

"什么？"卡莉克不解地问。

"你可以把这些兔子的洞穴当作是海豹的透气孔啊，"露莎用鼻子指着河岸，解释道，"让我看看你是怎么捕捉猎物的。"

"好！"卡莉克眨眨眼睛，声音听上去兴奋极了。卡莉克一定没有想到，在陆地上她的捕猎技巧竟然还能派上用场！

卡莉克挑了一个比较偏僻的洞口走了过去："这是冰面上的一个窟窿，对吧？我们现在要爬过去，然后趴在那个窟窿旁边等着。我们必须保持绝对的安静，千万不能在洞口周围走动，要不然海豹——不好意思，是野兔——就会发现我们的行踪的。"

"好的，就照你说的办！"露莎轻声应和着。

她跟在卡莉克后面偷偷地朝那个洞口爬去，然后紧贴着地面趴了下来。

露莎简直不敢相信：像卡莉克这么大个儿的熊走起路来竟然可以一丝声音都没有。她学着卡莉克的样子，走到卡莉克对面，浑身放松地趴在了洞口。原来我也可以动作

荒野新生

这么轻盈,当发现自己一点儿声音都没有发出来的时候,她高兴极了。

"这可真好玩儿!"她一边扭动着身子调整成一个比较舒服的姿势,一边小声说,"以前在熊池的时候,我跟尤加做过类似的游戏呢。"

"嘘!"卡莉克示意她不要说话。

露莎对她做了个"对不起"的口型,然后趴在旁边静静地等着。

时间静静地流逝。露莎从来没有想过抓只兔子要费这么长时间,更让她没有想到的是,卡莉克竟然这么有耐心。

就在这时,露莎感觉有一些小爬虫在她身边爬来爬去。她正要伸出爪子去挠痒的时候,卡莉克严厉地瞪了她一眼,她便又一动不动了。风儿抚过她的毛发,草叶把她的鼻子挠得痒痒的,她禁不住想要打喷嚏。露莎都有点儿想要放弃了,但是她不敢向卡莉克说——卡莉克正全神贯注地盯着那个洞口……

露莎只好低头看着自己的爪子发呆。突然,洞穴里传来了吱吱声。当那只兔子探出头来时,露莎却只是呆呆地盯着它。她等了那么久,久得都忘了等待的目的了。

就在她还没有反应过来的时候,卡莉克出手了。她一跃而起,一只大白爪子从那兔子的脖颈儿处扫过,迅速将它拖了出来。

"太精彩了!"露莎欢呼着跳了起来,"干得漂亮!"

"是你的好主意嘛！"卡莉克的声音听上去也很兴奋。

卡莉克叼着刚捕来的兔子沿着河岸一直走下去，走到一个浅浅的坑穴旁边时停了下来。那个坑穴的大小正好够她们避开寒风和分享食物。露莎紧紧贴在卡莉克旁边坐了下来。当她大口咀嚼那鲜嫩多汁、还带着温度的兔肉时，美味的汁液溢满了口腔。她控制着自己尽量不要狼吞虎咽，毕竟前方还有很长的路要走，不知道什么时候才能吃到第二餐。

"塔克罗一定会很惊讶的，"露莎嘴里塞得满满的，嘟囔着说，"我真希望他能看看，我们是怎么捉到这只兔子的。"

"我也是。"卡莉克伤感地说。

露莎点点头。"不过我们还有机会告诉乌朱瑞克，"她继续说，"不久我们就可以找到他了，我们不会把他丢给扁脸的！"

第二十六章
塔克罗

半夜,塔克罗被一阵暴雨浇醒了。森林里一片漆黑,天空中乌云密布,没有月色也没有星光;树枝随风剧烈地摆动着,有的咔嚓一声就断掉了。

一开始雨水还只是一滴一滴地打在他身上,后来雨势慢慢变大了,狂风裹挟着硕大的雨点灌进塔克罗未完成的洞穴里。他将自己抱成一团蜷缩在洞穴里,但背部还是完全暴露在风雨中。这棵树的树冠不够浓密,不能帮他挡住全部的风雨。雨水浸湿了他的毛发,地面上积水汇聚的小河灌进了他的洞穴中。他哪是趴在洞穴中啊,完全是趴在水坑里嘛!

这个地方还真没想象中的那么好,他烦躁地想,明天我要重新找个地方,一切都要重新开始。

清晨的第一缕阳光照进树林,塔克罗丢弃了这个他费了千辛万苦也没有挖好的洞穴。雨势有增无减,他浑身都湿透了，身体重得让他感觉快要支撑不住自己了，每走一步就要溅起大块的泥巴，这让行动变得异常艰难。他试图找到一个藏身的地方，但是雨水从他脸上冲刷下来，使他根本看不清任何东西。

"我可真是蜜蜂脑子，竟然执意要来这个破地方，"他对自己抱怨着，摆动着脑袋，试图将雨水从脸上甩掉，不过这些努力都是徒劳，"这里的熊真精明，都找洞穴躲起来了，我也得找个地方躲躲雨。"

但是，他浑身都湿透了，累得根本没有力气再挖个洞穴。此外还有更要紧的事情——他已经想不起上一顿饱餐是什么时候的事情了，而现在，塔克罗饿得百爪挠心。

可是如果雨不停的话，根本抓不到什么猎物，他沮丧地想，所有的猎物都躲在窝里不出来，况且气味也都被雨水冲走了。想到这里，他低头嗅了嗅，像是要证明自己的观点一样。是的，现在只能闻到雨水的气息，除此之外就是浓重的腐叶气味。

他在一个树木稀疏的斜坡上艰难跋涉着，这个斜坡通往山脊的顶部。山脊下面的树林看上去茂密一些，塔克罗猜想那儿可能会有地方躲雨。但是由于雨水妨碍了视线，当塔克罗转身准备下坡时，没留意脚下的泥流，结果打了个趔趄滚下了山坡。他抓不到任何可以让他停下来的东西，那些泥巴涂满了他的全身，有些还灌进了鼻孔和嘴巴里。他绝望地挣扎着滚了下去，直到砰的一声重重地撞在

荒野新生

了一棵树干上。

塔克罗被撞得差点儿晕过去，他筋疲力尽地躺在跌倒的地方，连挣扎的力气都没有了，雨水像是直接泼在身上一样。他多想静静地躺在那里歇会儿啊，但是他知道不能那么做——如果更多的泥巴从山上滑下来，他一定会被活埋然后窒息而死。他只得挣扎着摇摇晃晃地站起来，感觉浑身的肌肉都在颤抖。塔克罗绝望地怒号一声，然后跌跌撞撞地朝坡下的树丛走去。

头顶上茂密的树叶帮他挡住了一部分倾泻而下的雨水，但是脚下的地面已经被浸透了。经过灌木丛的时候，灌木叶子上积存的水都倒在了他身上，这里没有一丁点儿猎物的气息。

就在这时，他看到了一棵高大的老树，那老树的树干是中空的。他支撑着自己疲惫的身躯艰难地向前爬去。

躲雨的地方！虽然它可能小得称不上洞穴，但是在雨停之前，这绝对是能找到的最好的避雨之地了。

就在他快要走到那棵树的时候，一声怒吼突然从身后传来，紧接着拳头如雨点般砸在塔克罗身上。塔克罗还没反应过来就被击倒了，他一头栽进了地面上那层厚厚的腐叶中。他好不容易扭头吐出嘴里的叶子，这才发现站在他面前的是一只巨大的棕熊。

"怎么——？"塔克罗头晕目眩地大口喘着粗气。

"这是我的地盘！"那只大棕熊咆哮着，他露出锋利

的牙齿，然后举起一只爪子按在塔克罗的肩膀上，塔克罗被死死地钉在了地上，"这里没有谁敢踏入我的地盘！"

"对不起，我不——"话还没说完，塔克罗头上又重重地挨了一拳。

费了好大力气，塔克罗才从地上爬了起来，晃晃悠悠地刚能站稳，背上又挨了一拳。这下他完全晕了，眼冒金星。尽管出于自卫，他本能地挥出了一拳，但是在那种眩晕状态下，他的回击几乎完全没有杀伤力。

"给我滚出去，现在！"那只棕熊愤怒地狂吼着，听上去像是滚滚的雷声。他说着，又推了塔克罗一把。

"好，好，我这就走！"塔克罗挣扎着想要在湿漉漉的山坡上站稳，"你可以省点儿力气了，我自己会走的！"

塔克罗连走带滑，就那么跌跌撞撞地逃进了树林中。当他终于敢回过头去的时候，发现那只大棕熊还在那儿盯着自己。那家伙狂怒的号叫声还在山林中不断地回响着，一直到塔克罗看不见他的踪影了，都还听得到那声音。

确定已经走出了那棕熊的势力范围之后，塔克罗才敢放慢脚步。他喘着粗气停了下来，在周围的树干上仔细搜寻着爪痕，还好没有发现任何标记，他终于可以松口气了。

塔克罗抽动着鼻子嗅了嗅，空气中混合着黑路的味道，远处似乎还传来了火焰兽的吼叫声，透过前方的树林，依稀还能看到火焰兽眼睛发出的光芒。塔克罗小心谨慎地朝前走着，在蕨类植物和灌木丛中艰难地穿行。终

荒野新生

于,他走到了一条横跨森林的黑路旁边。这条黑路很安静,周围除了雨声就是树叶在风中沙沙作响的声音。

就在这时,塔克罗清晰地听到了火焰兽的吼叫声,那声音越来越近。一头火焰兽咆哮着从塔克罗身边一闪而过,它那黑色的大爪子扬起的小石头朝塔克罗扑面飞来,就好像是火焰兽故意在拿石子儿砸他一样。

"哎哟!"塔克罗尖叫起来。

黑路的一边躺着一条长长的银色管子,它是埋在地下的,只有很少一部分露在外面。塔克罗好奇地嗅了嗅,一股浓烈的火焰兽身上的味道扑鼻而来。这让他想起了大河旁边的那些管子,那儿的火焰兽和扁脸也在挖土,唯一不同的只是眼前这条管子看上去细一点儿,大概只到他肩膀那么高。

由于那只大棕熊的殴打,塔克罗的头部和肩膀现在仍然疼痛难忍,身上也沾满了脏兮兮的东西。

他真是受够了在泥巴和灌木丛中钻来钻去。塔克罗决定沿着黑路的边缘朝前走,脚下坚实的地面让他感觉好多了。就在这时,黑路上又传来了火焰兽的吼叫声,塔克罗赶忙躲开了。好险!万一它将我碾碎在那滚动的爪子下面可怎么办呢?还好那只火焰兽不是冲我来的。

不过,他再一次吃到了被火焰兽溅起来的小石头和水花的苦头。

我真是受够了!

那阵"石头雨"打在金属管子上,噼里啪啦的响声吸引了塔克罗的注意。他又一次谨慎地嗅了嗅那根管子。虽然管子的上方是弧形的,但是看上去挺宽的,在上面走的话应该比较容易保持平衡。不管怎样,对塔克罗来说最重要的是,管子上面没有地上那么泥泞。

为什么不试试呢?

他抬起前爪,毫不费力地爬到了管子上面,然后晃晃悠悠地稳住身子保持平衡。他迈开步子小心翼翼地选择落脚的地方——管子上面已经被雨水打湿了,塔克罗可不想在上面滑倒。每当接触到扁脸世界的东西时,塔克罗都感觉万分紧张,更何况这管子散发出的浓重的火焰兽气味让他快要窒息了。但不管怎样,他终于摆脱了湿乎乎的泥巴,这让他想起了以前和托比玩的游戏。当他们都还很小的时候,他和托比总是喜欢站在倒卧的树干上比赛谁能站得更久不掉下去。

从黑路上呼啸而过的火焰兽似乎都没有注意到他。这让塔克罗的胆子大了一些,他发现火焰兽根本不会因为他在黑路旁边走路来找他的麻烦。

就在这时,一声巨响从头顶传来。这是塔克罗见过的最大的火焰兽了。它飞速地闯进了他的视野,塔克罗惊讶地盯着它,它那巨大的爪子溅起了一大片水花。当然,塔克罗免不了要淋一场"石头雨"了,那些小石头砸在管子上,像大黄蜂一样包围了塔克罗。

荒野新生

塔克罗下意识地跳了起来想要躲开,不料爪子在湿漉漉的管子上打滑,他尖叫一声摔到了下面的灌木丛中。

"你这个蜜蜂脑子!"他冲着远去的火焰兽背影气呼呼地吼道,"看着点儿路!"

他挣扎着站了起来,一阵空前浓烈的火焰兽的恶臭扑鼻而来,他顿时感到一阵恶心。塔克罗这才发现自己掉进了一个黏糊糊的黑色水潭里,还有黑色的液体正从管子里漏出来。原来是管子里渗出来的液体滴在地上,汇聚成了这一摊浅浅的黑色水坑。悲惨的塔克罗此刻身上沾满了黑色的黏液,所以不管他逃到哪里,那股恶臭都如影随形。

恶心死了!塔克罗愤怒地号叫着,努力想将那黑色的黏液从身上弄下来,结果更糟糕的情况出现了——现在就连爪子上也沾满了这种黏稠的液体。"真恶心!这是什么玩意儿啊!又黏又臭!我怎样才能弄干净啊?"塔克罗觉得自己快要发疯了。

塔克罗气得肚皮一鼓一鼓的。他离开黑路,顺着山坡向树林中走去,碰到树干他就走过去蹭几下,想要将那恐怖的东西从身上弄掉。这时他发现,自己的前腿只要一用力就疼得要命,这才意识到刚才摔下去的时候受伤了。

不管走到哪里,塔克罗都没忘记警觉地查看树上是不是有爪痕。但是大部分时间,他都在漫无目的地跋足前行。他已经一天没吃东西了,可是当他想要用鼻子勘测猎物的方位时,那倒霉的恶臭就让他失去了一切嗅觉定位能力。

塔克罗越走就越感觉虚弱无力，四肢累得都快要抬不起来了，伤口处传来的疼痛让他的疲劳感更加明显。

直到夜幕降临雨都没有停。塔克罗步履蹒跚地沿着一个斜坡向下走去，他也不知道自己在哪里。突然，一股猎物的香味儿迎面扑来，就好像是从他面前的某个地方飘过来的，那个味道竟然浓郁得盖住了他身上黑色黏液的恶臭！就在这时，他差点儿一脚踩在那只被吃了一半的野兔身上！

这是不是那只巨大的棕熊吃剩下的呢？塔克罗警觉地看了看四周，然后蹲下来慢慢爬向那半只兔子，紧接着只用几口就将食物吞了下去。可惜这些肉还不够抚平他肚里的饥饿感，塔克罗在地上仔细嗅着，希望能找到一些吃剩的残渣。这时，天空像是突然被撕裂了一样，雨水倾泻而下，比任何时候都大。

"我的天哪！"塔克罗沮丧地抱怨着，"老天爷你是不是成心跟我过不去啊？"

借着最后一点儿光线，塔克罗在不远处的一棵树下面找到了一个洞。他用三条腿一瘸一拐地走过去，将自己塞进那个狭小的空间里。他趴在爪子上，怀着感激的心情睡着了。

打在鼻子上的雨滴惊醒了塔克罗。他眨眨眼睛，抬起头看到森林里已经充满了阳光。水珠从树叶上落下来滴在他身上，雨已经停了。

塔克罗呻吟了一声，他身上的每块肌肉都在抗议他

荒野新生

的行为——他正在从那个树洞里往外爬,挣扎着想要站起来。当他把受伤的前腿放在地上准备起身的时候,一阵剧痛闪电般穿透了他的脊背。他全身湿透,身上还散发着恶臭味儿,就连喉咙里似乎都充斥着那个味道——尽管雨水已经帮他冲掉了身上大部分的黏液。

"我走不动了,我需要休息。"他告诉自己。

塔克罗缓缓地移动步子,每走一步都要使出九牛二虎之力。他奋力爬到一块大石头上面,向四周张望着。他能看到树林另一边的那条黑路,黑路上还不时传来若有似无的火焰兽咆哮声。除此之外,周围再也没有任何东西可以让他确认自己的方位了。

但愿没有再次误闯进另一个家伙的领地,他有些担心地想起了昨晚被丢在地上的那半只兔子。说不定不知不觉中,他已经从昨天驱逐他的那只大棕熊的地盘上穿过去了呢!反正就目前的状况来看,塔克罗是根本打不动,也跑不动了。

他趴在大石头上打起盹儿来。慢慢地,湿漉漉的毛发一点点变干了,凑巧有一束阳光透过云层和树枝照在他的头顶上,让他感觉浑身暖洋洋的。休息了一会儿,塔克罗感觉四肢重新注入了力量,于是他爬起来找了棵树继续蹭身上那些恶臭的黑色黏液。那些黏液现在已经变得又干又硬,很容易就蹭掉了,这让塔克罗长舒了一口气。

前腿受伤之后,塔克罗走起路来多少有些不自然,不

过伤口已经没有昨天那么疼了。他犹豫着要不要拖着这条受伤的腿继续前行。最后，他还是决定将剩下的半天都在大石头附近打发掉。他随便找了些浆果垫了垫肚子。

一天就这样结束了，塔克罗蜷缩在前天晚上睡觉的那个树洞里进入了梦乡。这可不是一个理想的长居之所，塔克罗心里嘀咕着，明天我要去找个好点儿的地方。

第二天醒来的时候，天空已经放晴了，阳光透过树枝照进森林里。塔克罗感觉肚子空空的，还好一晚上的休息让他恢复了元气，腿上的疼痛感也慢慢缓解了。

塔克罗今天心情好多了，他朝着背对黑路的方向走去。路过一排茂密的灌木丛时，他看到了一只正蹲在树根旁边啃坚果的松鼠，塔克罗闪电般一掌拍死了它。那还带着温度的猎物填饱了塔克罗的肚子。他将这些天来所有的不快全部抛在了脑后。

我是一只棕熊！没有什么能难倒我的！

他爬上了一座山脊，一边走一边享受着暖风拂面的感觉。"这才对嘛！"他心满意足地想。

太好了，前面就是山脊的边缘了！塔克罗猜想从那里向下看，一定能再次眺望到那个海岸平原。那儿一定有很多鹅群，还有野兔，说不定还有驯鹿呢！想到这里，他禁不住流下了口水，就连爪子似乎也在蠢蠢欲动。他兴奋地想象着捕捉猎物的快感，还有用他强大有力的爪子杀死猎物的自豪感。

荒野新生

可是当他真的走到山脊边缘的时候,他却被远处的景象惊呆了。他停下来,一动不动地看着远方,难以相信自己的眼睛。如他所料,山脊下方就是那片一望无际的平原,远处也有海洋,但是一切都变了。他想象中种类繁多的猎物并没有出现,取而代之的是散落的扁脸建筑——矮矮的洞穴、高高的塔,这些东西闯进了他的视野中。他还看到其中一座塔的塔尖正向外喷涌着明亮的火光。平原上到处都是黑路和亮晶晶的金属管子,它们像线一样将一个又一个洞穴串联起来,一直延伸到远方。黑路上有几只火焰兽在奔跑,除此之外,这里的一切都是静止的。

塔克罗下意识地后退了一步,回头看了看来时的路:"我还是回去吧,尽管不得不面对那只可怕的大棕熊……"

就在他准备转身的时候,耳边响起了嗡嗡嗡的声音,一只金属鸟从远处的洞穴区飞了过来。他停下来,发现那只金属鸟是朝自己的方向飞来的。阳光照在它坚硬闪亮的身体上。它飞得很低,沿着山尖和建筑群之间的那片空地飞来了。

突然,地面上两个移动的小斑点吸引了塔克罗的视线——是两抹身影从山脊上冲下去了!她们朝着洞穴的方向跑去:一抹是黑色的,另一抹是白色的。金属鸟就在头顶上向她们俯冲过来。它的翅膀不断发出咔嗒声,而它的爪子也伸了出来。

"不!"塔克罗惊呼道,"卡莉克!露莎!小心!"

在这一瞬间，塔克罗忘记了前腿的伤口，忘记了肌肉的酸痛，也忘记了几乎要将自己压垮的所有疲劳，拔腿就从山脊上冲了下去——他要去救她们，他要去救他的朋友们！

第二十七章
卡莉克

卡莉克和露莎在兔子窝旁边的那个洞穴里美美地睡了一个晚上,直到第二天黎明时分才醒来。卡莉克从树洞里爬出来,晃掉身上的沙土看了看露莎,她正站在不远处仔细嗅着。

"走哪边?"她问。

露莎迟疑了一下。"我不确定,"她说,"走了这么远了,我现在都搞不清金属鸟到底是往哪个方向飞去了。"

卡莉克下意识地深呼吸一口气,一股久违的海的气息迎面扑来,她的爪子不禁蠢蠢欲动。"我觉得应该朝海岸那边走,"她猜测着,"也有可能我的判断不对。只是直觉告诉我该往那边走。"

露莎的眼睛一亮:"或许是大角星给你发出的信号呢!"

又或许,只是海岸边的那些冰雪在诱惑她吧。不过,反正现在也找不到什么别的信号了,她们便起身朝前面的山峰走去。太阳慢慢升起来了，沐浴着温暖的阳光，她们重新踏上了征程。卡莉克感觉身上舒服多了，信心也更足了，或许今天我们就能跟乌朱瑞克会合了呢！

　　脚下松动的小石头总是让她们很难站稳，摇摇晃晃地走完最后几步，露莎先爬到了顶端。她站在那里眺望着，一动不动，像是石头雕刻出来的小熊崽。

　　"前面是什么？"卡莉克问。她还在后面不远处挣扎着，跟脚下的小石头做斗争。

　　"你肯定无法相信这一切！"露莎回答，"反正我是无法相信，我的眼睛没骗我吧？"

　　努了把力，卡莉克终于站稳了脚跟。她上气不接下气地爬到了山顶，四个爪子隐隐作痛。当她看到眼前那片平原的时候，心跳不禁骤然加速。

　　这就是前一段时间她们看到的那个平原吗？这的确是她们从烟雾山上走下来见到的第一个地方。也就是不久前吧，这块平原还生机勃勃，可是现在，这里一片荒芜。黑路纵横交错，扁脸建筑散落在各个角落。这些建筑外形古怪：有的是方形的，有的是长扁形的，有一些是圆形的，还有一些从外壳上伸出了一些奇奇怪怪的金属制的东西，这些建筑看上去就像是胡乱地被扔在平原上似的。难道这就是扁脸们摆放东西的顺序？卡莉克觉得无法理解。平原的另一头是一条泛着白光的河流，河流上面横跨着一条黑路。更远处只能看到一个雾蒙蒙的轮廓，应该也是扁脸的

荒野新生

建筑群吧?

当卡莉克看到远处波光粼粼的海洋时,她的希望破灭了——这一片杂乱无章的扁脸建筑硬生生地把她和梦寐以求的冰海隔开了。

"如果乌朱瑞克就在这儿的话,我们估计真的找不到他了。"她的声音听上去像是已经绝望了。

"可是我们还是要试试。"露莎意志坚定地说,"我们——"

露莎的声音被突然传来的熟悉的嗡嗡声打断了。卡莉克抬头看见一只金属鸟正沿着海岸线的方向俯冲过来,看样子它想降落在远处的那片洞穴区里。那只金属鸟看上去和带走乌朱瑞克的那只一模一样!

"看!"那只金属鸟冲进了她们的视野中,卡莉克大叫着,"那肯定就是金属鸟的洞穴了!"

"我们就从那儿开始找吧!"露莎急切地跳跃着,"快来!"

"可是很远啊,"卡莉克有些迟疑,"我们得先穿过河流才能到那儿。"

"等到了河边再担心过河的事儿!"露莎催促着。

露莎说完,便带头沿着山坡跑去了。卡莉克很纳闷儿露莎怎么总能这么精力充沛,但她也只是迟疑了一下便迅速跟了上去。

当她们到达山脚下的时候,太阳已经快要落山了。开

阔的平原横在她们和黑路之间，这片平原上面光秃秃的，只有一些枯黄的草丛和几小片灌木。

卡莉克停下来嗅了嗅，一股类似于火焰兽身上的那种恶臭让她快要窒息了："那是什么味儿？"

露莎摇摇头："我不知道。不管这是什么气味，总之闻着好恶心。"

她又朝前走了几步，眺望着平原那头的黑路和奇怪的建筑群，若有所思地说："我们得计划一下。"

她们站在平原上时才发现，这些建筑比在山顶的时候看上去高多了。

"我不知道我们该怎么计划，"卡莉克说，"我们都不知道要去哪儿找。估计能做的也就是去找金属鸟的巢穴，看看那儿有没有什么线索。"

"好吧，这算是一个计划！"露莎说，"走吧！"

她们穿过脚下开阔的平原。一路上卡莉克得不停地掉转方向避免被荆棘刺伤。单是在这滑溜溜的黑土地上跋涉已经够糟糕的了，更别说再让荆棘给身上划点儿伤口了。平原被黑路撕裂成一条一条的，大部分黑路旁边都躺着亮晶晶的管子，这里到处都是高高耸立的建筑。当她们从那些建筑旁边跑过去的时候，卡莉克总觉得那上面有一双邪恶的眼睛正盯着她们，想到这里她不禁哆嗦一下。事实上周围静悄悄的，什么动静也没有。这下卡莉克又纳闷儿了：这个地方是不是被废弃了？

荒野新生

"这算是我见过的最大的扁脸洞穴了。"露莎看着周围的建筑说,她的眼神看上去既惊讶又害怕,"但是扁脸呢?到现在我连一个扁脸也没看见。"

"或许它们不住在这儿吧,"卡莉克猜测道,"它们住的地方很可能离这儿挺远的。说不定它们就住在金属鸟飞去的那个地方呢。"

"我觉得你说得没错,"露莎点点头,"这儿的洞穴旁边都没有花园,洞穴外面也没有睡着的火焰兽,而且我也没看到那种可以找到食物的闪亮的大金属盒子。"她失望地加了一句。

卡莉克四下里嗅了嗅说:"根本没有任何食物的味道!除了那反胃的恶臭味儿,什么也没有。"

她们还没来得及再往前走几步,这时又有一只金属鸟从远处的洞穴区起飞了。一开始卡莉克还挺高兴的,她以为它能给她们指出鸟巢的位置呢。

但是跟卡莉克预想的不一样,那只金属鸟并没有朝海岸线飞去,而是沿着山脊的方向朝着内陆飞来了。它飞得很低,爪子似乎要擦到屋顶了。它离她们越来越近,卡莉克心中的恐惧感也随之越来越强烈。

"它是冲我们来的!"卡莉克惊呼道,"我们被发现了,它们来抓我们了!"

她下意识地蹲在地上,跟露莎抱成一团。那金属鸟翅膀震动的声音响彻天空,搅动起来的气流吹平了枯黄的草丛，它就那样蹭着荆棘丛的枝叶飞过来了！

"对不起，卡莉克，"露莎说，"是我让你来这儿的，全都是我的错。"

卡莉克吓得根本没工夫回答露莎的话。她只是哆嗦着贴在露莎身边，紧紧地闭上眼睛。

突然，她听到了夹杂在金属鸟的隆隆声中的熊的怒吼声——那个声音是从山顶传来的，它在喊她们的名字。

"露莎！卡莉克！小心！"

卡莉克睁开眼睛，从草丛中抬起头，就在这时，她看到一只棕熊朝她们猛冲过来。她吃惊地张大了嘴巴：是塔克罗！

"快跑！蜜蜂脑子！躲起来！"

塔克罗冲到卡莉克身旁，将她和露莎推到了荆棘丛里。卡莉克挣扎着站稳脚跟，看到塔克罗就蹲在荆棘丛旁边。他高昂着头，勇敢地冲着金属鸟咆哮。

"滚开！你不能带走她们！"

卡莉克吓得快要窒息了，她躲在荆棘丛里听着金属鸟发出的雷鸣般的咔嗒声，终于那个声音远去了。当卡莉克鼓起勇气探出头来的时候，它已经消失在远处的山脊中了。

"没事了，"塔克罗气呼呼地说，"它走了，你们可以出来了。"

卡莉克从荆棘丛里爬了出来，目不转睛地盯着塔克罗。她简直无法相信自己的眼睛——塔克罗竟然和她们在

荒野新生

一起！他看上去乱糟糟的，身上还散发着刺鼻的气味，和周围的恶臭味儿有点儿相似。

"谢谢你，塔克罗。"卡莉克气喘吁吁地说。她费了好大劲才稳住了呼吸，急促的心跳也慢慢平静了。

"你从那只金属鸟的爪子下救了我们！"露莎跟在卡莉克身后从荆棘丛中爬了出来。她举起一只爪子挠了挠鼻子继续说："你太勇敢了！"

塔克罗肩膀耸得高高的，看上去有些尴尬。

"咦，你身上臭死了。"露莎闻了闻塔克罗，然后一脸震惊地跳得远远的。

"你身上也不是很好闻吧，"塔克罗反驳道，"再说了，我也不是故意要弄成这样的，只是出了点儿小事故而已。看！"他说着转过身去，让卡莉克和露莎看他侧腹部上残留的那些黑色印迹。

"看上去跟之前我们蹚过的淤泥差不多，"卡莉克观察了一会儿，说出了她的结论。然后她也凑过去闻了闻，"呀，真的好恶心！"

"这样，我们能不能换个话题？别再盯着我身上的气味说个没完了。"塔克罗低吼着，看样子是被激怒了，"我救你们可不是为了炫耀身上的恶臭的。"

"对不起，"露莎说，不过她的眼神中还是保留着一丝调侃，"我们真的很感激你，塔克罗。"

塔克罗哼了一声，晃晃身子问："你们在这儿干吗呢？"

"我们正在找乌朱瑞克啊。"露莎回答,"你呢?来这儿干吗?"

塔克罗嘴里含糊不清地嘟囔着,像应付停在耳朵上的苍蝇一样,把露莎的问题轻描淡写地带过了:"哦,我啊……我在打猎呢,刚好路过这儿……想找个更好的地盘。"

"你在树上做标记了吗?"露莎热切地问,"你挖洞了吗?我敢打赌你肯定是森林里最凶猛的熊!"

塔克罗不自在地晃了晃身子:"好了,不要再继续这个话题了,总之一切都很好。还是赶紧告诉我,那个脑袋里长毛的家伙现在是什么情况。"

他们找了一片不能称之为"树荫"的树荫坐了下来。露莎把前前后后的故事全跟塔克罗讲了一遍,包括扁脸来访者来到北极村的事情,还有后来它们是怎么把乌朱瑞克带走的经过。

"我可以肯定它们把乌朱瑞克带到这里来了。"露莎用这句话结束了她的愤慨,"远处就是金属鸟的巢穴。你能和我们一起去找乌朱瑞克吗,塔克罗?"

"求你了,"卡莉克也赶忙帮露莎说话,"想想看,怎么那么巧金属鸟一来你就正好出现,然后及时救了我们呢?一定是精灵想让我们再次重逢!"

塔克罗怒气冲冲。"又是精灵!"他低声抱怨道,"你以为你是谁啊?乌朱瑞克?"

虽然塔克罗表现得很生气,卡莉克还是能看出来,其

实他也很高兴再见到她俩。她甚至有些怀疑塔克罗是不是一路循着她俩的踪迹找到这里的,他是不是想念我们了,就像我们想念他一样?

"好事做到底吧,"塔克罗叹了口气继续说,"如果不帮你们的话,你们只会不停地给自己找麻烦!"

"谢谢你。"露莎亲切地用头抵了抵塔克罗的肩膀,"这样一来,我们救出乌朱瑞克的机会就更大了。"

"好吧。"塔克罗站起来,语气坚定地说,"很显然金属鸟就在那儿。"他用鼻子指着对面的建筑群,"所以我们先去那儿看一看吧。"

第二十八章
露 莎

露莎跟在她的两个朋友后面朝河边走去。越往前走,那股恶臭味儿就越明显。它钻进了露莎的喉咙里,害得她不停地咳嗽。

"我很纳闷儿扁脸怎么能受得了这么臭的味道。"露莎说。如果不是迫不得已,她根本不愿意呼吸。

卡莉克耸耸肩膀。"就是它们自己把这个地方变成这种味道的,所以说不定它们很喜欢这种味道呢。"她猜测着。

"扁脸还真是奇怪!"塔克罗没好气地抱怨道。

他们走到了一条黑路旁边。这条黑路横在平原上,旁边还躺着一条大粗管子,管子下面有一些起支撑作用的金属小棍。露莎走过去嗅了嗅。

"咦!"她惊呼着连连后退,"跟火焰兽身上的味道一样。"

"你还是小心点儿吧,"塔克罗走到她旁边提醒道,

荒野新生

"这些管子会渗出恶心的黑色黏液,你闻到的恶臭味儿就是那种黏液散发出来的。我就是因为不小心摔进了一摊黏液中,才弄得一身恶臭。"

"真恶心!"露莎前后打量着眼前的管子,并没有发现什么地方有液体渗出来,地上也没找到塔克罗说的一摊摊的液体。"我们得想办法走到黑路对面去,"她说,"塔克罗,在这些管子上面走安全吗?"

"应该是挺安全的,"塔克罗回答,"只要别碰到火焰兽就会没事。"

露莎抬起头嗅了嗅,但是她很快就发现,在这到处都充斥着火焰兽味儿的环境里,根本不可能通过嗅觉来判断是否有火焰兽靠近。于是她竖起耳朵,依稀听到远处传来吼叫声,像是从建筑群那边传来的,还好这附近没什么动静。

"我们走。"她说。

塔克罗第一个爬上管子,他费了好一会儿工夫才站稳了脚跟,紧接着就从管子上面跳到了黑路上。等安全跑到路对面后,他回头催促卡莉克和露莎:"快点!"

卡莉克跟着爬上了那根管子,然后动作有些笨拙地一跃就跳到了黑路上,赶紧朝塔克罗那边跑去。

轮到露莎了。她这才发现管子的表面非常的光滑,爪子根本就使不上劲儿。她刚才没留意,这会儿才发现因为自己体形太小,要爬上去可没有塔克罗和卡莉克那么容易。"我是黑熊,"她鼓励自己,"黑熊是最棒的攀爬高手。"

她的爪子在管子的侧面拼命地抓着。此刻她多希望谁能推她一把，可是她并不想麻烦塔克罗或者卡莉克再跑回来。

还是这样做好了，露莎又想了一个方法。她紧紧地贴在地面上，决定从管子下面狭窄的缝隙中钻过去。露莎感觉自己快要被管子压扁了。有那么一会儿，她感觉自己被卡住了，如果不叫卡莉克和塔克罗回来帮忙的话，她大概一辈子也出不去了。她紧紧地抓住地面，拼命地将自己向外拖。她将浑身的肌肉绷得紧紧的，然后集中所有的力气，终于从那根管子下面爬了出来。她刚要迈开步子跑向对面，塔克罗突然大叫起来："等等！"

就在同时，火焰兽的吼叫声逼近了，露莎吓得一动也不敢动。一只巨型火焰兽从她身边飞驰而过，近得离她只有一只脚掌的距离。她眼睛里飞进了一些细沙，还有一些小石头砸在了她的身上。

"哦，太可怕啦！"她一边自言自语，一边眨了眨眼睛。

"现在可以过来了。"卡莉克站在黑路的另一边叫她。

露莎的眼睛里进了沙子所以看不清东西，不过她充分信任她的朋友。于是她后腿一蹬，冲了过去。原来脚下的地面这么坚硬，她一头撞到了卡莉克柔软的身体上。卡莉克帮她舔净了眼睛上的沙子。

"谢谢你。"露莎眨了眨眼睛，大口喘着气说。

荒野新生

黑路几乎直达扁脸建筑群那边。他们决定沿着黑路往前走。他们走到了一座塔前面,那座塔的顶端闪着明亮的火光,还冒出大朵的烟雾。那火苗在群星之间一闪一跳的,露莎吓得心怦怦直跳,赶忙将身子紧紧贴在地面上。卡莉克也蹲了下来,露莎感觉到她在发抖。

"那是什么东西?"卡莉克趴在露莎耳边问。

"我不知道,"尽管露莎很努力地想让自己显得勇敢些,但是那颤抖的声音还是暴露了她的恐惧。"不过它伤害不到我们的。"过了一会儿,她又补充了一句。

"只是暂时还伤害不到而已。"塔克罗这句话让她变得垂头丧气。

这是一条下坡路,前方可以看到波光粼粼的水面。

"前面有条河。"露莎说着用鼻子指了指前方,"我想这条黑路就是从河上跨过去的吧。塔克罗,你记不记得我们以前走过的那条横跨河流的黑路?那时候我们还没有遇到你,卡莉克。"露莎回头对卡莉克解释道。

"也就是那次,乌朱瑞克被一只火焰兽袭击了,差点儿死掉。"塔克罗低声怒吼着,他低头看着爪子继续说,"我不会再冒那种险了。"

"那我们也可以游过去,"露莎说,"不过黑路上很安静,这会儿过去应该不会有事吧。"

塔克罗没有回答她,露莎也不再争论什么。争论有什么意义呢?不过,直到走到河边的时候,他们才看清楚了将要面对的巨大的困难。

这时候太阳就要落山了。宽阔而平静的河面上倒映着落日的余晖，那红红的颜色看上去像是不祥的预兆。露莎有点儿不想游过去了。"要游很远啊。"她抱怨着。

黑路横跨了河流两岸，下面有三根巨大的金属柱子支撑着。当他们三个靠过去的时候，正巧一只火焰兽吼叫着从对面奔过来，呼啸而过消失在远方。

"走路也不近啊，"塔克罗反驳道，"如果走到一半碰到火焰兽的话，我们一定会被活捉的。"

"我宁愿冒那个险也不想游过去。"卡莉克盯着河水说，湍急的水流拍打着三根金属柱子，"我实在是受不了河水的恶臭，我不想身上沾上那个味道。"

露莎刚准备向塔克罗宣布他在这轮投票中失败了，这时又有一只火焰兽咆哮着从他们后边冲了出来。出乎意料的是，它竟然在离他们只有两只熊身长的地方停了下来！咆哮声也随之变成了低沉的隆隆声。

塔克罗跳起来怒视着那只火焰兽，龇着牙怒吼道："这家伙要干吗？"他那警觉的目光中燃烧着愤怒的火焰，"它是不是想要伤害我们？"

卡莉克转身看着露莎，表情看上去既惊恐又慌张。露莎意识到她的两个朋友都正等着看她的反应。看来她被选为处理此次事故的"顶梁柱"了，毕竟他们三个中她是最了解扁脸的。可是，这个地方跟她以前待过的地方不一

荒野新生

样,她不知道自己能不能帮得上忙。

"做好逃跑的准备,"她小声说,"但是没有我的命令不要动。"她小心翼翼地向那个火焰兽迈了一步,做好了心理准备——那只火焰兽随时有可能咆哮着跳起来摆出攻击的架势。但是过了好一会儿,那火焰兽仍然只是小声地咕噜着。露莎又想:火焰兽的肚子会不会突然打开,然后从里面跑出几个挥舞着火棍的扁脸呢?但是这种预想也没有发生,那个扁脸坐在里面一动不动。

"可能你们会觉得我说的话很荒唐,"露莎说,"不过我真的觉得它是在等我们过去。"

"你说得太对了!我的确觉得你的话很荒唐。"塔克罗低吼道,"扁脸给熊让路?你脑子里一定是进蜜蜂了。"

"我同意露莎的看法,"卡莉克的这句话让露莎和塔克罗都感觉很意外,"如果这个扁脸想伤害我们的话,它早就该行动了。露莎,如果你真的觉得我们应该跑过去的话,我很乐意按你说的做!"

卡莉克的信任让露莎觉得心里一暖,虽然她知道卡莉克也很害怕。露莎何尝不害怕呢?只不过她总觉得眼前这个扁脸不像是想要伤害他们。"世界上的确存在着善良的扁脸,"她鼓励自己,"熊池的那些扁脸就是很好的例子。"

"好吧,"她对卡莉克说,"你先过。"

卡莉克最后紧张地看了一眼露莎,然后贴着黑路的边缘,朝河对面跑去。就现在的情况来看,如果那只火焰兽想要攻击她的话，这绝对是千载难逢的时机，但是它并没有动。

"到你了，塔克罗。"看到卡莉克已经跑出去好远了，露莎回头对塔克罗说。

塔克罗犹豫着。正当露莎担心塔克罗会放弃，并且再次跟她争论的时候，塔克罗不耐烦地深吸一口气，冲向前去跟上了卡莉克。

露莎也立刻跟了上去。等他们跑到河对岸的时候，火焰兽的吼叫声再次传来。它隆隆隆地朝露莎他们跑来了！三只小熊恐惧地趴在路边，看着它走远了才放下心来。

"耶！"露莎欢呼着，长长舒了口气，"这不是要比漫长的游泳好很多吗？"

"你太棒了，露莎！"卡莉克夸赞道，而塔克罗只是低声嘟囔了一句什么。

这个小小的成功让露莎很受鼓舞。她主动带队朝着扁脸的洞穴区域继续前进。现在，他们脚下是一片开阔又平坦的平原，平原上零星点缀着些小水塘，水面上倒映着落日的余晖。塔克罗本想好好地喝口水，不料他舔了一口立刻退了回来，脸上挂着一副扭曲的表情。"别碰那些水！"他提醒卡莉克和露莎，用舌头清理了一下嘴巴，"那味道太恶心了！"

夜幕终于降临了，露莎这才发现自己早已累得不行了。她的爪子一阵阵刺痛，口渴得像是喉咙着火了一样，

荒野新生

可是这附近又没有可以饮用的水。前一天她和卡莉克分享的那只兔子似乎已经是很遥远的记忆了,现在她真的很想大声咆哮来发泄她的饥饿感,可是她又不想浪费时间去打猎,况且看样子在这片荒芜的土地上也找不到什么猎物。这儿甚至连棵会结浆果的灌木都找不到。再说了,就算有猎物,那种无处不在的火焰兽的恶臭也让他们根本闻不到任何别的气息。

"我只希望乌朱瑞克能对我们经历的这些苦难心存感激。"塔克罗抱怨着。

偶尔有一两只火焰兽从他们身边呼啸而过,它们的黄色眼睛在黑暗中照亮了前面的路。这样还好,至少远远地就能发现它们,然后及时躲开。不过,这附近实在是没有什么可以躲藏的地方——没有树、没有山脊、没有石头,甚至没有灌木丛——所以每当火焰兽经过的时候,他们能做的只是在黑路旁边紧紧地挤作一团,无比紧张地等着火焰兽离开。

"它们好像根本没有发现我们。"看着一只大得出奇的火焰兽跑远后,卡莉克说。

"那是好事。"塔克罗点点头。他机警地随时准备开跑,眼睛盯着四周的火光,脸上则挂着不耐烦的表情。"这地方真是没救了,"他说,"这里不是我们应该来的地方。越往前走,我就越觉得糟糕。"

"或许我们应该回去,"卡莉克小声建议道,"让乌

朱瑞克回来找我们。"

"你蜜蜂脑子啊！"露莎立刻反对。她说这话的时候不忘用鼻子亲切地亲了亲卡莉克的肩膀，想要中和一下语气的严厉，"我们并不能确定乌朱瑞克现在身体已经恢复得可以回来找我们了。说不定他现在还病得很重呢，又或者扁脸已经把他关起来了。再说，就算他能逃出来，他也不知道该去哪儿找我们。"

"我们也不知道去哪儿找他。"塔克罗提醒露莎。

"不，我们知道。"露莎丝毫不让步，"或者说，至少我们有了计划，知道从哪里入手。况且再走几步就到地方了。"

到现在为止，他们已经穿过了第一排洞穴，这排洞穴像是扁脸住的地方。灯光从洞穴里面透出来，露莎还能听到一些细微的扁脸的说话声。同时，她也发现很多洞穴门口都趴着火焰兽，不由得绷紧了心弦。

"安静点儿，"她指着火焰兽小声说，"我猜那火焰兽是睡着了，但是说不定它什么时候就醒了，还是小心为妙。"

露莎睁大眼睛在黑暗中仔细辨认着，金属鸟的巢穴就在不远处了。一路上要经过的洞穴也没有想象中的那么多，也不用像以前那样紧靠着洞穴走过去。她还发现有一些洞穴是建在粗短的柱子上的。我们穿过这些洞穴的时候，扁脸一定就坐在里面吧。想到这里，露莎不禁倒抽了一口凉气。

荒野新生

"对不起,"露莎回头才发现塔克罗和卡莉克正看着自己,那眼神就像是在看一个疯子一样,"快,我们继续往前走吧。"

他们又一次肩并肩地穿过一片洞穴区,来到另一片开阔的空地上。这块空地上覆盖着一层坚硬的东西,和黑路上的那种一模一样。

"看!"露莎欢呼着。他们面前的阴影中出现了一只金属鸟的模糊轮廓,"我们成功了!"

"我估计它是睡着了。"卡莉克小声说。

"我们过去看看情况,"露莎低声说,"如果乌朱瑞克就在那儿的话,我们说不定可以闻到他的味道呢。"

尽管表现得很乐观,但当露莎走向那片空地,完全暴露在危险中的时候,她还是感觉很害怕。虽然看不见任何扁脸,但是万一有扁脸潜伏在附近呢?它们随时有可能跳出来用火棍驱逐他们,而且眼前这只金属鸟随时有可能醒过来。

但是当他们靠近那只金属鸟的时候,一切仍像刚才一样安静。三只小熊纷纷将鼻子贴在地面上,仔细勘察着附近的情况。露莎一直保持着高度的警觉,想要查出乌朱瑞克留下的蛛丝马迹。她决不放过任何能证明乌朱瑞克来过这里的线索,不管这条线索有多不起眼儿!可是她什么也没找到。或许是那场大雨将一切都冲走了吧,她想,就算有气息幸存下来,也可能被这股恶臭味儿盖住了。

"这样做行不通的,"塔克罗说,"我们应该找找别的地方。"

"别的什么地方?"露莎有些生气地反驳道,"我们是跟着金属鸟一路追到这儿来的,乌朱瑞克一定就在这附近。我们不能放弃。"

"如果我们在这儿待太久的话,扁脸会发现我们的。"塔克罗辩解道,"我们现在必须离开,露莎!"

"不,等一下!"卡莉克突然兴奋地大叫起来。

露莎回头看见卡莉克正指着地上的一个什么东西。她站的位置旁边有一条黑路直通金属鸟的巢穴。露莎赶忙跑过去问:"你发现什么了?"

卡莉克用鼻子指着地上那个小小的白熊模型,是用木头做的。露莎低头闻了闻,竟然有一丝微弱的乌朱瑞克身上的气味。

"这是个线索!"她欢呼着,"乌朱瑞克一定是知道我们会来找他,特意留下这个给我们指路的。现在我们该走哪边呢?"

卡莉克抬起头,看着环绕在金属鸟巢穴附近的建筑物。他们发现木雕小熊的位置就在两个洞穴之间。"他在这里留下了信号,所以他一定是朝这边走了。"卡莉克说完便起身沿着黑路的边缘向前走去。

我们会找到你的,乌朱瑞克,露莎一边想,一边跟了上去。塔克罗也迈开了步子。

第二十九章
乌朱瑞克

乌朱瑞克睁开眼睛,发现自己躺在一个安静的白色洞穴里。他不知道自己在床上躺了多久,不过现在浑身又充满了力气。他起身坐起来,高兴地发现头脑没有像以前一样发晕了。喉咙还是有些刺痛,但是身体已经没有之前那么灼热了。他感觉舒服多了。扁脸医术可真高明。

他抚摸着扁脸给他换上的那层皮毛,干净又柔软,但感觉怪怪的。他还是比较喜欢熊身上长出来的那层天然皮毛——厚厚的、棕色的毛发。

乌朱瑞克醒来后感觉又渴又饿。他看见旁边桌子上放着一个奇怪的东西,是用洞穴墙上那种透明材料做成的。看到里面装着水,但是他不确定怎么用那东西喝水。他试着将脸凑过去,然后努力伸长舌头去舔,结果把它弄翻了,里面的水洒在光滑的桌子上,开始往地上流。乌朱瑞克赶紧弯下腰,伸长了脖子去接水喝。

桌子上放着他仅剩的一只小熊雕塑，是棕色的，乌朱瑞克将它紧紧地握在了手心里。一想到塔克罗、露莎和卡莉克，那种莫大的失落感再次刺痛了他。

乌朱瑞克想起自己丢在路上的那两只木雕小熊，但是他不确定朋友们能否找到它们，然后循着线索来这里救他。"他们会来找我的，"他对自己说，"我很确定。"

四周的白墙以及将他包裹起来的柔软扁脸皮毛，这一切突然让他感觉自己像是被囚禁了一般。他必须跟他的朋友待在一起，他必须变成一只熊。

"是时候离开了。"他自言自语道。

乌朱瑞克爬下床，走过去将洞穴的门打开了一条缝。他紧张地向外张望着，洞穴的门打开时伴随着吱扭的声音，乌朱瑞克吓得一动也不敢动。洞穴外安静极了。正当乌朱瑞克想溜出去并将门关上的时候，他看到一个披着白色皮毛的女扁脸出现在转角处，正朝他走过来。

就是那个照顾他的女扁脸。乌朱瑞克认出了那红枫树叶一样颜色的头发和棕色的眼睛——和熊类一样。它曾经告诉过乌朱瑞克，它叫珍妮特。

珍妮特吃惊地看着乌朱瑞克，愣住了。它急匆匆地走到乌朱瑞克身边，将一只爪子放在他的身上。"嘿，乌朱瑞克，你想去哪儿呢？"它脸上挂着笑容，声音听上去也很温柔，但语气中透着严厉，"你身体还没有康复到可以到处走动呢。"

荒野新生

乌朱瑞克还想说点儿什么，但是心里有个声音告诉他，再等等，总还会有别的机会的。

珍妮特将他领进洞穴，让他重新躺回台子上，轻手轻脚地帮他掖了掖盖在身上的白色皮毛。它说："好了，现在好好休息吧。"

"我这是在哪儿？"乌朱瑞克问。他的嗓子还没完全好，声音仍然很沙哑。

"布莱克霍斯。"女扁脸回答，"别担心，你在这儿很安全。"

"布莱克霍斯是什么？"

"是这个城市的名字啊，"女扁脸说，"这里是个石油城市，是普罗金油田的一部分。"

乌朱瑞克感觉还是有点儿懵，说："石油？"

在北极村大洞穴里他就听参议员和扁脸村民们说过这个词。乌朱瑞克能感觉到"石油"的重要性，但是他一直没弄明白那具体是什么东西。

"对，石油。"珍妮特定睛看着乌朱瑞克，觉得他的问题很奇怪，"你知道的，石油，就是让机器转动起来的那个东西。"它此刻看上去更加惊讶了，"对了，你是在哪里长大的？"

"呃……在野外的平原上。"乌朱瑞克回答。紧张的感觉像哗哗坠落的树叶般扫过他的身体，"我们那里没有机器。"

"哇，什么机器都没有吗？"珍妮特眼睛里闪过一丝羡慕的神情，"我真的不知道现在还有这样的村庄呢。没有电，没有车，也没有电视的生活是什么样子的呀？"

乌朱瑞克茫然地抬头看着它，它说的那些东西都是什么啊？

珍妮特弯腰抱了抱乌朱瑞克。它身上散发着香香的味道，像是花儿的气息。但是那气息让乌朱瑞克感觉鼻子痒痒的，他使劲憋着才没有打出喷嚏。

"哦，小宝贝，别害怕。"珍妮特说，"一切都会好起来的，你马上就能看到了。现在你要做的就是躺在这里好好休息。你等一会儿，我去给你拿晚餐。"

它刚把洞穴的门关上，乌朱瑞克就从台子上爬了下来。他迟疑了一下，又躺回去了。

"珍妮特说它一会儿就回来，如果再让它抓到的话，估计我就要有麻烦了，还是再等别的机会吧。"他自言自语道。

另外，虽然刚才只是走了几小步，但是他已经感觉有些累了。他躺在床上打起盹儿来。当耳边再次传来开门的声音时，他醒了。

"看看我带谁来了！"珍妮特兴高采烈地说，"我给你带来了一个小朋友帮你解闷。"

乌朱瑞克直挺挺地坐了起来，充满期待地朝珍妮特身后望去，不会是露莎、塔克罗或者卡莉克中的哪一个来

荒野新生

了吧?但是他只看到了珍妮特。它爪子里端着食物走了进来,将吃的放在乌朱瑞克身边的桌子上。

"看这里!乌朱瑞克,赶紧跟你的新朋友打招呼啊。"

它拿出一个软软的亮紫色玩偶,像是用某种皮毛做成的。乌朱瑞克眨眨眼睛看着它。那个东西也睁着明亮而呆滞的眼睛看着他。它粗短的四肢撑着胖乎乎的身体,鼻子和嘴巴也是用同一种皮毛做的。

"这是个小熊,亲爱的。"珍妮特说,"这是属于你的小熊,它可以给你做伴儿。"停顿了一会儿,它又补充道,"我看到你带来了一个木头小熊,所以我想你可能会比较喜欢小熊玩具吧。"

那才不是熊呢!熊怎么会是紫色的呢?

不过,乌朱瑞克知道珍妮特是一片好意。"呃……是的,我很喜欢。"他回答,"谢谢你。"他伸出爪子去抱住了那只小软熊。哇,这个熊娃娃不仅软绵绵的,还毛茸茸的。

"你要给它起个名字吗?"珍妮特问。

"呃……好的。"乌朱瑞克很想知道扁脸都怎么称呼熊类,他脑子里一片空白。"叫它塔克罗吧。"最后他说。

"是个很好的名字哦,亲爱的。"珍妮特说。

对啊,是个好名字。但愿那个真正的塔克罗不会发现,我将他的名字用在了一个玩偶熊的身上。乌朱瑞克想。

珍妮特轻轻地把"紫色塔克罗"从乌朱瑞克身边拿开,放在了旁边的桌子上。"放在这儿,现在它可以守护你了。"然后它帮乌朱瑞克坐起来,把装着食物的托盘放在了乌朱瑞克腿上。

　　托盘里盛着一只盖着盖子的碗,旁边还放着一只勺子。珍妮特把那个盖子拿开,热腾腾的香气飘了出来,冲进了乌朱瑞克的鼻孔。他以前闻到过这个味道,这就是扁脸称之为"汤"的东西,味道很鲜美。喝汤的时候,乌朱瑞克感觉自己的牙齿根本派不上用场,那汤水很容易就滑过了喉咙,所以伤口一点儿也不疼。他真想大口大口地将它吞下去,而不是像现在这样,用这个笨拙的勺子一点儿一点儿地往嘴里送,还溅得到处都是。

　　乌朱瑞克吃东西的时候,珍妮特则在洞穴里轻手轻脚地忙着。它将乌朱瑞克先前洒在地上的水擦干净,然后又检查了一下床尾的设施。乌朱瑞克吃完之后,它拿走了餐盘,清理了一下洒出来的汤汁。

　　正收拾着,门响了。一个披着蓝色皮毛的男扁脸走了进来。它走进洞穴的时候,那扇门再次发出吱扭吱扭的声音。那个男扁脸爪子里还拿着一个方形的金属盒子。

　　"嗨,珍妮特,"它打招呼说,"我是来修门的。"

　　珍妮特转身朝它走过去:"太好了,爱德。那吱扭声快让我抓狂了。"

　　乌朱瑞克紧张地看着爱德,它打开那个金属方盒子,从里面拿出一个有冷杉球果那么大的罐子,罐子上面有个小尖嘴儿。爱德将罐子尖尖的那头嵌进了门和墙之间的缝

荒野新生

隙中。当它再关上门的时候,那个吱扭声就听不见了。

"谢谢你,爱德。"珍妮特说,"我——"它突然停下来,回头看了看乌朱瑞克,然后继续说,"爱德,把那个罐子借我用一下吧。谢谢你哦。"

爱德困惑地将爪子里的金属罐子递给它。珍妮特举起那个尖尖的罐子,在乌朱瑞克的空汤碗里滴了几滴黏黏的黑色液体。

"谢谢你,爱德。"珍妮特一边说,一边将罐子还给它。

爱德越来越困惑了。"回头见,珍妮特。"它说完走了出去。

"来,小乖乖,看这个东西。"珍妮特端着碗指给乌朱瑞克看。

乌朱瑞克闻了闻那黑色的液体,立刻吓得连连后退。他抬头看着珍妮特。天哪!那玩意儿闻起来怎么那么像黑路的味道。

"这就是石油。"珍妮特解释道。

乌朱瑞克再次探过头去朝碗里看了看,这就是惹起北极村那次大争论的罪魁祸首?他试着伸出爪子,用爪尖轻轻地蘸了一点儿,然后放在嘴巴上尝了尝。

"不能吃!"珍妮特赶忙拉开他的爪子,用柔软的纸巾擦了擦乌朱瑞克的爪子和嘴唇,"这东西可不好吃。"它一边解释,一边将那只碗拿开,"这东西有毒。"

乌朱瑞克惊恐万分地看着它,"那让它埋在地底下不

就好了吗？"

女扁脸轻轻摇了摇头。它简直不敢相信乌朱瑞克刚才问了这么小儿科的问题。"石油用处可大了，亲爱的。"它耐心地解释道，"没有火车、轮船、飞机，我们哪儿也去不了。没有石油的话，我们屋子里也不会这么暖和。"它笑了笑，"它还能赶跑门发出的那个讨厌的吱扭声呢。"

"但是肯定有一种没有毒的东西也可以像石油这么有用的。"乌朱瑞克反驳道。

"没有了，太晚了。"珍妮特回答，"整个城市都是建筑在这种东西上的。就连这座城市里的人也是靠开采石油维持生计的。来这儿看看。"

珍妮特帮乌朱瑞克从床上走下来，领着他走到窗户旁边，拉开了挂在窗前的一块布，这样乌朱瑞克就可以透过窗户向外张望了。

天色已经晚了。乌朱瑞克看着外面散落着扁脸洞穴的大片土地，那里横七竖八地躺着好多条黑路。远处有一条小河，小河那边有一座高高的塔，无数条金属管子从塔那边延伸到四面八方，一直延伸到山林里。塔尖上燃烧着熊熊烈火，在深蓝色夜空的映衬下，那亮黄色的光芒尤其扎眼。

"这儿发生了什么事情？"乌朱瑞克惊讶地问。

"这里是普罗金油田，"女扁脸解释道，"你现在能看到我们怎么将石油从地底下开采出来的呢。"它笑着揉揉乌朱瑞克的脑袋。

荒野新生

"可是……可是原来的平原呢？"乌朱瑞克吞吞吐吐地问，"原来的那些山呢？"

"别担心，它们还在那儿。"珍妮特安慰他，"朝那边看，看到山脉了吗？"看乌朱瑞克没有反应，它又补充道，"我是从芝加哥来的，那个城市比这个大得多。这里的一切相对来说还是比较原生态的，除了这片油田。石油为我们做了那么多贡献，它为我们带来了学校、医院，还为我们带来了好的工作机会。"

乌朱瑞克低头看着自己的手指，上面还残留了一些黏糊糊的黑色液体，它散发着一股恶臭味儿。这世界上真的存在那种只是为了开采石油而建起来的一整片洞穴区吗？

他想起在北极村时廷臣说过的话，那些为了自己的利益想把地球的心脏都挖出来的人……想到这里，乌朱瑞克脖子上的汗毛都竖立了起来。他突然感觉心烦意乱。

"看，那就是油泵塔。"珍妮特指着窗户外面说，"地上还有很多输油管道将石油输送到需要的地方。"

"那火焰是干吗用的呢？"他问，"是不是那个塔着火啦？"

珍妮特大笑起来："不是着火了，它就是那么工作的。它把那些我们用不着的石油气燃烧掉。"

"那石油去哪儿了？"乌朱瑞克问。地上密密麻麻的都是输油管道，而且每一根都很粗，要想将它们都灌满一定需要好多好多的石油。

熊武士

"哦……有些是要送到工厂，有些是送到码头给轮船加油。好了，今天就说到这儿吧。"它又伸爪子将窗帘拉上，然后催促乌朱瑞克回到床上躺着，"你该好好休息了。"

"那些把我带到这里来的人是谁呢？"趁着珍妮特帮他掖好滑落的扁脸皮毛的空当，乌朱瑞克小声问。

"是几个大人物。"珍妮特回答，"它们为政府和石油公司工作。"

"它们想开采那块属于驯鹿猎人的土地，那下面有石油。"

珍妮特点点头，微微皱着眉头看着他。"这可不是个好主意，"过了一会儿它继续说，"可怜的大自然母亲要遭罪了。但是没办法，我们需要石油。"

乌朱瑞克正想开口再问一个问题，珍妮特举起一只爪子示意他安静下来，"来，我给你看些东西。我们把你的床当作地图。"

"地图是什么？"

"你只要看就是了。"珍妮特将床上的蓝色皮毛对折了一下，下面垫着的白色皮毛露了出来。"将这里想象成海洋，"它拍着叠好的蓝色皮毛说，"我们现在要将床单弄皱，来做一些'山脉'出来。"珍妮特把"紫色塔克罗"从床上拿开，放在一边，"那这里就是油田了。"

乌朱瑞克歪着头，想象自己是一只鸟，正俯瞰下面的陆地和海洋，说："我看明白了。"

荒野新生

"冰面上也有一些油田。"珍妮特继续指着"被子海"的一个点说。

"冰面上?"乌朱瑞克不禁心跳加速。卡莉克从来没跟我们说过这个。

"是的,这些人很能干,对吧?"珍妮特说,"现在,你能把你的家指给我看吗,亲爱的?"

虽然它的声音很温柔,但是乌朱瑞克打心眼儿里不想回答这种刨根问底的问题。连他都不知道自己是从哪里来的,他只知道那个地方不在这张"地图"上。

"从你家能看到海洋吗?"看到乌朱瑞克没有回答,珍妮特继续穷追不舍。

"看不到……"乌朱瑞克的声音有些迟疑。他想起了北极村,这会儿他正想从"地图"上找到它的方位。"我的家在一个峡谷中。"他一边说,一边猜测着北极村应该就在那两座"床单山"之间,"驯鹿群都从那儿经过。"

"我的天哪,太不可思议了!离油田那么近,你们那儿的人竟然可以过着如此原始的生活!"珍妮特惊叹道。

"这儿应该有个湖。"乌朱瑞克继续说,现在他对这张"地图"越来越感兴趣了,"这儿应该是鹅群休息的地方,这儿是森林。"

"你这么了解你的家乡。"珍妮特的声音里充满了惊讶。

"那当然,我就是从那儿来的。"乌朱瑞克回答。

"看你对这幅'地图'这么有兴趣,我觉得你应该去

普罗金社区中心看看。"珍妮特告诉乌朱瑞克,"那是石油公司建起来的。"它站起来回到窗户旁边,指着窗外的另一个方向说,"看,就在那儿。"

乌朱瑞克坐在床上只能看到一个模糊的轮廓。那座建筑比油泵塔低一些,但是看上去也很雄伟。它还有一个平平的绿色屋顶。

"很漂亮的地方。"珍妮特继续说,"那儿有宽屏电视、保龄球馆、小吃店——还有小诊所。石油公司为社区做了很多好事!对了,那儿还有一个展览室,展出的是石油公司未来的发展计划,你一定会喜欢那个计划的。"珍妮特走回乌朱瑞克的床边,坐了下来。它说话的时候眼睛都在闪闪发光,"普罗金四周的墙壁上也有海洋和陆地的地图,地图上还标出了石油钻塔和新的社区,还有公路的位置。我都很想在石油钻塔上找到一份工作呢!"它叹了口气继续说,"那些人都是英雄!是它们给北美注入了生命力。如果你想去的话,等你身体好些的时候,我带你去看看。"它承诺道。

"嗯!我很想去。"乌朱瑞克说着陷入了沉思,如果我继续待在这里的话……

"现在你还是乖乖地睡觉吧。"珍妮特铺开床单将白色皮毛盖在他身上。那只"紫色塔克罗"也被重新放回了乌朱瑞克旁边。

乌朱瑞克靠着枕头。"拯救大自然……"他自言自语

荒野新生

道。他又想起了露莎在烟雾山上告诉他的那些话。

"你说什么呢,小宝贝儿?"珍妮特问。

乌朱瑞克眨眨眼睛:"呃……没什么。"

"那就别再叽里咕噜啦,好好睡觉吧。"珍妮特拿起托盘,检查了一下房间。"晚安。"它微笑着走了出去。

确定珍妮特已经离开之后,乌朱瑞克立刻从床上爬了下来,走到窗户旁边,拉开窗帘看着外面模糊的风景。他吃力地将挡在前面的窗户推开,冷风灌了进来,那股刺鼻的味道也迎面扑来。

乌朱瑞克忍不住咳嗽了几声。当他想要深呼吸的时候,嗓子又开始抗议了。是石油,就是石油发出的恶臭。他感觉那黑色的、黏稠的液体正在指头上蔓延,糊住了他的皮肤,抹到了他的头发上,灌进了他的鼻子里、嘴巴里……而他感觉自己被困在其中,无法突围……

这让他内心充满了怨气,他不禁怒吼一声。那件柔软的扁脸皮毛似乎长在了他的身上,让他无法呼吸。他一刻也不能忍受了。他的骨头扭曲起来。他恨透了这种双腿萎缩的感觉,不喜欢这种直立的脊椎,只想将身上所有部分都弯曲成熊的形状。乌朱瑞克低声号叫了一声,那号叫声一半是出于疼痛,一半则是出于解脱。变身!

第三十章
卡莉克

卡莉克小心谨慎地穿梭在扁脸的洞穴间，露莎和塔克罗一边一个紧随其后。刚才因为那只小白熊木雕的出现而产生的信心已经荡然无存，她再也没找到一点点乌朱瑞克的气息，尽管她一直仔细地侦察着地面。

三只小熊沿着阴影一步一步向前走。可是越往前走，卡莉克内心的恐惧感就越强烈。那股恶臭味儿让她难以忍受，耳边还不时爆发出一阵阵嘈杂的巨响。灯光很刺眼，它们看上去与大自然太不协调了，那明亮的光芒让三只小熊根本看不见任何星星。

斯拉鲁克，你在哪儿？卡莉克不安地抬起头凝视着夜空，虽然她知道这是徒劳。即使在这儿，你还在保佑着我们吗？

他们一直沿着那条黑路走下去，走着走着，黑路就分岔了，跟更多的黑路连在一起，现在他们要想办法穿过

去。听着渐渐逼近的火焰兽的吼叫声，卡莉克浑身不自在，好在眼前这些火焰兽都像是睡着了。

自打离开金属鸟的巢穴后，他们一路上看到的建筑都比那里的小了很多，它们看上去更像是卡莉克之前见过的那些扁脸洞穴。灯光从被皮毛遮掩着的窗户中透出来。每一个洞穴旁边都连着一块平地。卡莉克被篱笆后面突然传来的狗吠声吓了一跳。"你觉得扁脸会把乌朱瑞克带到这里来吗？"露莎趴在卡莉克耳边问。

卡莉克耸耸肩膀："我也不知道，我找不到线索了。"

她把带路的责任交给了塔克罗。他们又走上了另一条长长的黑路，黑路两边都是洞穴。路灯从又细又高的树木顶端射下来，发出耀眼的强光，在地上留下斑驳阴影。三只小熊一路沿着阴影偷偷地溜过去，没有被发现，但卡莉克感觉爪子有点儿刺痛了。

有声音从洞穴那边传来，但是离得太远，他们根本看不见外面是否有扁脸。当他们走到黑路半中央的时候，旁边一扇窗户的皮毛突然被拉开了，一个小扁脸探着头向外面张望，是一个有着一头长长的金色秀发的扁脸小女孩儿。

三只小熊吓得立刻定格在那里，一动也不敢动，像是被钉在了那棵小树的阴影下。

"哦，不，它看到我们了！"卡莉克低声说。

但是那个小扁脸反应很平静，它将脸和爪子贴在窗户上。过了一会儿，它还举起一只爪子朝卡莉克他们挥了挥。

"我想它应该是很友善的那种扁脸吧。"露莎小声说。

"它是不是友善的我不知道,我们还是别这么傻等着了!"塔克罗推推卡莉克,"快跑!"

塔克罗说完便起身跑走了。露莎和卡莉克赶忙跟上他,沿着黑路朝前跑去。他们绕过一个拐角,然后走到了两座建筑中间一条狭窄的缝隙中。直到他们确定那个小扁脸看不到他们了,才松了一口气。

"没有扁脸追我们!"露莎跑到一片开阔的平地上停了下来,上气不接下气地说。

卡莉克环顾着四周,想要确定自己的方位。然后她的心往下一沉,"知道发生了什么事情吗?我想我们先前来过这儿了,我们在兜圈子。"她说。

她抬起头望着天上的星星,"请给我们指引吧,斯拉鲁克。求求你,我们迷路了!"

突然,塔克罗猛地推了她一下。她下意识地全身一缩。塔克罗低声抱怨道:"扁脸来了,快跑!"

卡莉克刚才一直在专心地凝望天空,根本没有听到渐渐逼近的喊叫声。她不禁吓得发抖,赶紧跟在塔克罗和露莎后面躲进了一个大大的白色洞穴的阴影里。就在这时,几个成年男扁脸走了过去。

它们离开好一会儿,塔克罗才敢松口气。"它们没有看到我们。"他说着又上下打量了一下黑路,"我们现在走的方向越来越不对劲儿了,这样下去是找不到乌朱瑞克

的。我觉得我们应该离开这儿。"他补充道。

"嘿,塔克罗!卡莉克!"露莎自顾自地绕着墙根走了几步,根本没有留意塔克罗刚才的发言,她的语气听上去很激动,"快来看!快来看!"

"这次又发现了什么?"塔克罗没好气地嘟囔着走了过去。卡莉克跟在他后面,很是好奇。

"看!"露莎眼睛直勾勾地盯着一排上面带盖子的大金属罐子,"有吃的!"

吃的?一听到这个词,卡莉克的肚子立刻咕咕叫起来,她先前一直在逼着自己忘掉饥饿。"真的?"她满怀希望地问。

"真的!"露莎回答,"塔克罗,你能帮我打开这个盖子吗?小心点儿,我们不能弄出声音。"

塔克罗站在原地没有动:"这可不是个好主意。我们现在要做的是在被活捉之前赶紧离开这儿。谁要吃扁脸的垃圾。"

"找不到乌朱瑞克我是不会离开的,"露莎语气坚定地说,"如果我们要继续找下去的话,我们就得先吃点儿东西补充体力。"

塔克罗叹了口气:"到时候被抓住了,可别怪我没劝你。"

他耸着肩膀走了两步站在金属罐子旁边,轻轻地将它翻倒在地。就在盖子将要落地的一瞬间,露莎赶忙伸出

前爪抓住了它，然后轻轻地放在地上。垃圾一下子涌了出来，里面流出来的液体浸湿了卡莉克的爪子，就在这时，她闻到了肉味。

露莎兴奋地在那堆垃圾中翻找着，"这儿有水果，还有一些绿色的什么东西……哦，还有马铃薯条！尝尝这个，很好吃的。"

她说着将一些马铃薯条推到了卡莉克脚下，又给了塔克罗一些，然后便狼吞虎咽地大口咀嚼起自己的那份。卡莉克看看塔克罗，他正将信将疑地嗅着那些马铃薯条。卡莉克忍不住尝了一根。嗯，味道很浓郁，还有点儿咸咸的。卡莉克根本想不通露莎怎么会喜欢这种东西。不过……嘿，拜托！这可是好不容易找到的食物，她告诉自己，然后将剩下的那些全部吞到了肚子里。

露莎又在那个罐子里找到了一些肉，拿出来跟塔克罗和卡莉克分吃了，她自己则将那些水果吃了。

"想都别想！"看到露莎的目光又游移到下一个金属罐子上，塔克罗赶忙掐灭了她的念头，"我们浪费的时间已经够多了，吃也吃了，现在该走了。"

露莎勉为其难地点点头，便跟着塔克罗转身准备离开。卡莉克抬起头最后嗅了一下这个地方，除了石油和垃圾之外，她还闻到了血腥味儿。那种气息是从旁边那个大大的白色洞穴里面飘出来的，那血腥味儿还混合着一些别的难闻的怪异味道，这让她不禁毛骨悚然。

荒野新生

不过,还有一个气味,虽然微弱得差点儿就被其他气味给覆盖了,但是不会错的——是乌朱瑞克!

"露莎,塔克罗,等等!"卡莉克叫住他俩。

他们此刻已经走出了好远,停下来转身看着卡莉克。"怎么了?"塔克罗嘟囔着。

"我闻到乌朱瑞克的味道了。"

听她这么一说,塔克罗和露莎赶忙跑了回来。露莎的眼睛里燃烧着希望之火,她认真地嗅了嗅:"你说得没错,可是他在哪儿呢?"

卡莉克抬起头,看到头顶上方一扇高高的窗户被打开了,"那个就是他吧?乌朱瑞克!乌朱瑞克!"

"是我们!我们在下面!"露莎补充道。

但是他们没有看到任何脑袋从窗户里面探出来。

"或许是扁脸把他困在笼子里了。"塔克罗猜测着。

"我们得想办法进去救他。"露莎说出了心中的决定。

一想到要走进扁脸的洞穴,卡莉克不禁打了个冷战。恐惧感像大石头一样重重地压在她心里,但是她绝对不会让好朋友失望。眼看露莎已经出发朝前走去了,卡莉克看了看脚下的路,鼓励自己迈开步子。塔克罗也跟了上来,这让卡莉克倍受鼓舞。那些扁脸最好在决定跟我们作对之前好好想想,她想。

他们转过一个拐角,一扇紧闭着的门横在了他们面前,一束黄色的灯光从门后渗透出来。他们在灯光光圈的

边缘停了下来。

"你觉得我们能进去吗？"塔克罗小声问。

"我只知道我们得试试。"露莎回答。

卡莉克感觉自己现在完全暴露在危险中了，她跟在露莎身后穿过一片灯火通明的地方朝大门走去。大概走到半路的时候，露莎突然停住了，塔克罗差点儿一头撞到她身上。

"小心点儿！"他生气地抱怨道。

"对不起，塔克罗。不过你看我找到了什么！"

露莎低下头用鼻子拱了拱地上的一个什么东西。卡莉克走近之后才看清，那是一个小小的木雕小黑熊，就和先前他们在金属鸟旁边找到的那只白色的一样。她嗅了嗅，木雕小黑熊上面还残留着些许乌朱瑞克的气息。

"这一定是乌朱瑞克特意留给我们的。"露莎说，"现在可以确定他就在里面了。"

她那迈向大门的脚步一下子变得坚定了许多，然后仔细研究起那扇门来。

"现在我们要怎么做？"塔克罗问。

"让我想一想，"露莎的眼睛紧紧地盯着那扇门，"之前在北极村我都把那个扁脸洞穴的门成功打开了，这个估计也难不倒我吧？"当露莎聚精会神地研究怎么开门的时候，卡莉克在一旁站岗放哨，提防着任何可能靠近的扁脸。她的心跳得非常厉害，不过还好，周围的黑路还是像先前一样安静。

荒野新生

"我得……"露莎说着下意识地朝前迈了一步。突然，诡异的事情发生了——那扇门一声不吭地自己打开了，从中间裂开一条缝，然后分成两半朝两边滑去，中间出现了一个入口。露莎吓得忍不住尖叫一声。

卡莉克心中充满了恐惧，一动也不敢动，站在旁边的塔克罗和露莎也直挺挺地在那里动弹不得。卡莉克似乎听到了三个剧烈的心跳声。

"这是个圈套！"塔克罗声音粗哑地惊呼道。

"你觉得……它是不是……要将我们吞进去？"露莎小声问。

一缕微弱的乌朱瑞克的气息从里面飘出来，像是在召唤他们，可是他们谁也不敢动一下。卡莉克鼓足了勇气也没有说服自己向前迈出那艰难的一步，她根本不敢通过那扇神秘的门——那扇门竟然自己开了！

时间慢慢流逝，什么事情也没发生。没有出现惊诧愤怒的扁脸，那扇门就那么静静地敞开着，仿佛在无声地欢迎他们进入。

"其实我们都想进去，对吧？"终于，露莎开口了。卡莉克能听出这只小黑熊正在试图表现得勇敢些，不过她的声音依然在颤抖，"我们走！"

正当她准备冲进去的时候，塔克罗拦住了她："等一下，你这个蜜蜂脑子！我们先检查一下再说。"

他从露莎旁边走过去，试着将脑袋探进那扇门中，然后走了进去:"周围没有动静,进来吧。"

卡莉克感觉身上的每一个细胞都在呼唤她离开这里。早在她和露莎潜进廷臣的洞穴里面的时候,她就已经吓得不行,这次的情况看上去更糟糕了。万一我们被扁脸捉到了怎么办?它们会怎么惩罚擅自闯入它们地盘的熊呢?

但是不管怎样,卡莉克绝对不会丢下塔克罗和露莎,自己躲起来。虽然每走一步都要做出很大的努力,但她还是跟着塔克罗和露莎走了进去。现在他们置身于一个小小的洞穴里面,这里灯光通明,周围的墙壁和门都是白色的。她努力控制住自己的恐惧,跟着露莎和塔克罗又穿过了一扇门,这扇门通往一条长长的过道。

"我们怎么去找乌朱瑞克呢?"她跟上露莎和塔克罗的脚步之后小声问。

"不知道,"塔克罗回答,"我们只能走一步看一步了。"

"好主意!"露莎低声说。

过道两边排列着很多紧闭的门,卡莉克猜想这些门一定是其他的一些小洞穴的入口。她感觉乌朱瑞克不会在这里。当她冷静下来四处侦察的时候,乌朱瑞克的气息再次传来,不过那气息若隐若现,不是很明显。

大约走到了过道中央的时候,他们遇到了另一扇关着的门。这扇门是用透明的材料做成的,透过它卡莉克能看到门那边仍然是过道。

荒野新生

"你知道怎么过去吗？"她问露莎。

话音刚落，那扇门便自己打开了，就像他们第一次通过的那扇大门一样。这难道又是另一个陷阱？卡莉克迷惑不解。

突然，卡莉克听到身后传来了开门的声音，那声音还伴随着一声刺耳的尖叫。她赶忙转身，只见门口站着一个披着白色皮毛的女扁脸，就站在他们才走过来的那扇门的门口。那个女扁脸闪电般地低着头钻进了它的洞穴里，门"砰"的一声又关上了。

几乎是同时，另一扇门打开了。一个男扁脸探出头来，但是也很快又缩了回去，紧接着传来又一声"砰"的巨响。

"它们发现我们了！"塔克罗惊呼道，"我们得赶紧逃！"

哪儿还有时间去害怕呢？卡莉克跟在塔克罗和露莎后面拔腿就跑，穿过眼前那扇恐怖的门朝着过道深处跑去。刚离开几步，她便听到那扇门又自动地轻轻关上了。原来这真的是个陷阱。

可是没有时间多想了，更没有时间担心他们要怎么才能从这里逃出去了。刺耳的警铃声在他们周围像炸开了锅一样响起。他们本能地加快了速度，但是光滑的地板让他们脚下不断打滑。

"这边！"塔克罗上气不接下气地说。

他带路跑上了一个陡峭的斜坡。那里有一些大块的障

碍物，爬起来容易一些，同时乌朱瑞克的气味也变得越来越浓郁了。在找到他之前，我们肯定会被扁脸活捉的！卡莉克想。

斜坡的顶端是另一个过道，他们猛然冲了进去，滑了一跤之后立马"急刹车"——天哪，一个扁脸正端着火棍站在对面。

"走这边！"露莎说着一头扎进了旁边的另一条过道里。

只听"咔嚓"一声，卡莉克再回头的时候看到那火棍在后面的墙上留下了一道痕迹，就在她刚才站立的地方。

"它们是想把我们都弄晕掉！"她大口喘着粗气说，"然后把我们送到那些关押着饥饿的熊的地方！"

这条过道的尽头有一个斜坡。卡莉克跟在露莎和塔克罗的后面爬了上去，不顾一切地想要甩掉那根火棍的追踪。前面的那条过道很安静，当然除了一直没停的丁零当啷的警铃声。

卡莉克感觉心跳得像打雷一般。乌朱瑞克的气息更浓郁了，但是卡莉克知道他们根本没时间顾及那么多了。用不了多久，扁脸就会追上他们。

就算我们找到了乌朱瑞克，我们要怎么做才能将他带出去呢？

突然，塔克罗掉转方向，朝另一边的一扇门冲了过去，那门"砰"的一声就开了。塔克罗冲了进去，露莎和卡莉克也赶忙跟上。

荒野新生

乌朱瑞克的气息淹没了卡莉克,而且还是熊的气息!他变身了!他一定是不久前来过这里,但是卡莉克只需一眼就能看出来,他已经离开了。

"这一定就是他住的那个洞穴。"她大口喘着气说。

"对,快看!"塔克罗站在床边,皱巴巴的白色皮毛上遗留着一个小小的深色东西。

卡莉克走近了一些,又一只木雕小熊!这次是个棕色的。她心情沮丧地抬起头,正好遇上塔克罗的眼神。此刻他们的心情都是一样的,我们与他失之交臂了。

乌朱瑞克,你在哪儿?

露莎走到窗户旁边朝外面张望着。"这就是我们从外面看到的那扇窗户。"她说,"我还能看到下面的那些金属罐子呢——那个就是我们刚才打翻找东西吃的。乌朱瑞克一定是正好在我们之前从这里走出去的。"

卡莉克跟着也走到了窗户旁边,将头探出去。"从这么高的地方跳下去可不是轻而易举的事。"她怀疑地嘀咕着。

"可对乌朱瑞克来说这就不是什么难事了,"塔克罗嘀咕着走到她身后,"别忘了他还能飞呢!"

"熊肯定是能逃出去的。"露莎说,"扁脸估计就不行了。"

这些新发现让他们暂时忘掉了追踪他们的扁脸,直到听到过道里那雷鸣般的脚步声迅速逼近的时候,卡莉克才

如梦初醒般吓了一大跳。

"跳！"塔克罗咆哮着，"跳到那些罐子上！"

他用力推了一把露莎，她在窗边摇晃了几下，然后半自由落体半向下跳地落到了离楼最近的那个金属罐子上，紧接着又跳到了地面上。塔克罗手忙脚乱地爬上了窗台，跟在她后面也跳了下去。然后是卡莉克，她看着塔克罗和露莎一个接一个地跳下去，有点儿犹豫。突然，身后传来扁脸破门而入的声音——她没得选了，只得纵身一跃，伴随着火棍的咔嚓声跳了下去。那颗从火棍里飞驰出来的子弹擦着她的耳边飞了过去。

卡莉克没站稳，从罐子顶上滑了下去，重重地摔在地上。她蜷缩在地上，疼得半天动弹不了。塔克罗赶忙过来用肩膀顶着她站起来。

"快跑！"他冲卡莉克大声吼叫着，用鼻子推了推她，然后一瘸一拐地向前跑去，"再在这儿停一会儿就会被发现的！"

此刻，露莎已经跑出去好远了。她停下脚步回头看了看他们。"快呀！"她催促道，"我们得找地方躲起来。"

卡莉克蹒跚地跟在最后面，她感觉头昏昏的。露莎在前面领路，朝着一只趴在地上的巨型火焰兽跑去。那只火焰兽趴在一个洞穴边，看上去像是在睡觉。她蹑手蹑脚地溜过去，小心翼翼地尽量不吵醒它。塔克罗将卡莉克推到了火焰兽后面的缝隙中，然后自己也挤了进去。

荒野新生

丁零当啷的声音从身后的洞穴里传来。扁脸从洞穴里面冲出来,走到了夜空下的平地上,它们的脚步声和喊叫声也越发清晰了。就在这时,另一只火焰兽轰隆隆地尖叫着从三只小熊身边跑过。

"哦,乌朱瑞克!"卡莉克小声祈祷着,"来找我们吧,然后我们就可以一起离开这里了。"

第三十一章
塔克罗

塔克罗小心翼翼地探出头来，喊叫声不时地从身后那座白色建筑中传出来。不过他没再看见有扁脸冲到外面的平地上。

"现在还不能走，"他小声说，"最好等一切都安静下来了再说。我们还得去找找乌朱瑞克。"

塔克罗刚说完，就听头顶传来一阵很大的动静，他紧张极了。一只鸟儿张着巨大的翅膀从天空中俯冲下来。过了一会儿，他就看到一只小棕熊从阴影中爬了出来。塔克罗紧张地眨巴着眼睛。那个从阴影中探出来的脑袋是乌朱瑞克！他正朝塔克罗的方向跑来。

"你们来找我了！"乌朱瑞克惊喜地叫喊着，"哦，终于见到你们了，我真高兴！"

塔克罗一动不动地看着乌朱瑞克，一种如释重负的感觉如潮水般安抚着他，甚至都感觉有些不适应了。听到这

荒野新生

家伙兴高采烈的腔调,塔克罗有些莫名其妙的恼火——为了找你我们经历了多少苦难,你这家伙竟然说出现就出现了,你以为是在森林里玩捉迷藏啊!

"到后面去。"塔克罗的声音听上去冷冷的,很严厉。他伸出爪子在乌朱瑞克的耳朵上轻轻拍了一下,"你是不是想让扁脸再把你抓走?"

"你们来找我了,我真是太激动了!"乌朱瑞克一边往火焰兽后面那个狭窄的空间里挤,一边兴奋地唠叨着。

"你之前去哪儿了?"塔克罗抱怨着,"我们为了找你差点儿就在里面被活捉了!"

"对不起,"乌朱瑞克说。塔克罗能看出来,他真的很想表达内心的歉意,但他实在是太激动了,就连眼睛都在闪光,"我变成了一只猫头鹰,在天上俯视下面时,看到你们从医院里跑了出来。真高兴又能见到你们了!"

卡莉克和露莎挤到他旁边,将鼻子埋进他的毛发里。

"欢迎你回来。"卡莉克柔声说。

"我还一直担心再也见不到你了呢。"露莎难过地说。

"我就知道你们会来找我的。对了,你们看到我丢下的那几只木雕小熊了吗?你们——"

"你是不是没意识到我们现在处境很危险啊,你这个蜜蜂脑子!"塔克罗打断他的话,"我们没空在这儿逗留了,扁脸还在搜寻呢。"

从塔克罗的肩膀上看过去,乌朱瑞克看到一个扁脸端

着火棍从火焰兽前面跑了过去。它一定没有想到四只小熊就躲在火焰兽和墙之间的缝隙中!"哦,这些扁脸很善良的,"他想说些话宽慰塔克罗,"它们不会伤害我们的。"

"它们已经朝我们射击了,乌朱瑞克!"塔克罗提醒他。

"是的,"卡莉克补充道,"虽然它们不会杀死我们,但它们会让我们昏迷不醒,然后把我们送到那种关押着很多饥饿的熊的地方。我知道那个地方,我以前去过那里。那样的话,我们就再也不能团聚了。"

"现在关键是要想办法从这里离开。"塔克罗从乌朱瑞克身边挤过去,朝外面观察着火焰兽周围的动静。远处传来了一些嘈杂的声音,但是附近看不到有扁脸在活动,"快,这会儿很安静。"

"等一下,"乌朱瑞克说,"我有事情要告诉你们。我搞明白这些扁脸在做什么了,它们要把石油从地底下挖出来!"

"那关我们什么事儿?"塔克罗嘟囔着,"石油是什么东西?它能帮我们找到猎物吗?如果不能的话,那就让它们拿去好了,反正不关我们的事。"

乌朱瑞克扭头看着塔克罗,肩膀上的毛发都竖立了起来。他眼睛里原先那种兴奋与激动此刻也被冷静和沉默取代了。塔克罗从来没见过乌朱瑞克像现在这样,他下意识地闭上嘴巴,向后退了一步。

"石油就是那种黑色的黏稠液体。"乌朱瑞克继续说,"你身上还有那种味道呢,塔克罗。扁脸为了开采石油才把这里变成了现在这样子。一切都是因为石油!"

"但是乌朱瑞克——"卡莉克走到他旁边结结巴巴地说,"那是扁脸的事,跟我们熊类没有任何关系啊。"

"哦?没有关系?"乌朱瑞克转过身来看着她,声音听上去有些恼火,"想必你也看到这里的变化了吧,肮脏、吵闹、臭气熏天……可怕的是,扁脸要把所有地方全搞成这种样子。它们想要将那些臭烘烘的东西建到驯鹿吃草的地方!"

"为什么?"卡莉克眨了眨眼睛,困惑地问,"驯鹿惹着它们了吗?"

"扁脸从地下开采石油,"乌朱瑞克告诉她,"这就是这里为什么变成了现在这个样子。塔泵将石油抽出来,然后通过输油管道送到有需要的地方去。具体为什么我也不清楚,不过它们好像离开了石油就不能活了。它们为了得到石油宁愿牺牲大自然。不只是这里,卡莉克,你的冰海也保不住了。"

"它们不能那么做!"卡莉克的眼睛因为惊恐而睁得大大的,"扁脸在冰面上无法生存的。"

乌朱瑞克往她身边靠了靠:"很遗憾,卡莉克,但是它们确实能。"

"那我们该怎么办呢?"卡莉克紧张地问。

"我也不知道,但是我们必须坚定信念。"乌朱瑞克的声音有些微微发颤,"我们一路千辛万苦聚到这里一定是有原因的,我想可能就是要我们去阻止这一切。"

"真不敢相信那话是你说的!"塔克罗冷冷地说。这个松鼠脑子的家伙真的以为我们能阻止扁脸吗?"我们还是赶紧离开这儿,去山里面吧。听你刚才说扁脸要在平原上建东西,那去山林里会比较安全。"他补充道。

乌朱瑞克摇了摇头,他那坚定的表情让塔克罗不禁倒抽了一口凉气。

"不像你想的那样。"乌朱瑞克低声说,"它们的行动一旦开始,这里就没有任何地方能保住。北极村的扁脸一直在竭力保护这片土地,可是现在,就连它们也没有能力阻止这一切了,所以这里所有的地方都不安全。"他继续说,"所有你能看到的东西都会被石油毁掉。扁脸会将冰面打烂,会将树木砍倒,而这一切都是为了开采石油。现在你明白我们为什么必须做点儿事情了吗?"

露莎突然蹦到了他的面前,凝视着乌朱瑞克,刚才这只小黑熊一直一言不发静静地旁听着。塔克罗不安地喘着粗气后退了一步,露莎蹭着他挤过去,将鼻子埋在乌朱瑞克的肩膀上。

"我们得拯救大自然。"她低声说。

塔克罗简单地想了一下拒绝跟乌朱瑞克继续走下去的后果,如果我现在转身离开,会不会有谁跟我一起走呢?他又想起了前一段时间在树林里过的那种孤苦伶仃的日

荒野新生

子，他可不想再尝试一次了。

火焰兽的声音掺杂着喊叫声，听上去一片混乱，而且那些声音越来越大，这让塔克罗终于下决心跟乌朱瑞克继续走下去。

"我们不能干站在这里，"塔克罗说，"有谁知道怎么离开这里吗？"

"我们已经在这里转了好几圈了，"露莎有些迟疑，"可能是这条路吧？"

就在他们准备动身的时候，拐角处突然出现了两个扁脸，其中一个还端着火棍。那个端着火棍的扁脸发现了四只小熊，吓得惊叫了一声。

"跑！"乌朱瑞克大喊起来。

当他们跑到前面开阔的平地上时，黑路下方传来更多嘈杂的叫喊声，火棍的咔嚓声也不绝于耳。

"扁脸数量越来越多了！"露莎喘着粗气说，"赶紧跑！"

就在他们逃命的时候，几条狗也狂吠着追了出来，有一只火焰兽怒吼着朝他们冲了过来，它的眼睛还散射出可怕的光。跑到拐角处的时候，塔克罗不小心滑了一跤，顺势冲到了一条狭长的小巷里，但愿躲在这里能甩掉那些追踪的扁脸。剩下的三只小熊也慌慌张张地跟了上来。

"扁脸为什么要这样追我们？"乌朱瑞克拼命跟上塔克罗的脚步，上气不接下气地问，"它们是不是很恨我们？"

"不是所有的扁脸都恨我们的。"露莎回答,"嘿,卡莉克、塔克罗,你们还记不记得从洞穴里面探出头来冲我们挥手的那个小家伙?它看上去好像很喜欢小熊呢。"露莎说着声音便低了下去,"我想……"

"哦,不!"塔克罗用请求的语气说,"拜托,你不会是真的那么想的吧?"

"向扁脸求助?"卡莉克大叫起来,"露莎,你的脑子是不是坏掉了?"

"我不确定,"乌朱瑞克也加入了争论的队伍,他的眼睛里闪着光,"我觉得这个方法值得一试。你们谁知道怎么才能找到那个小女扁脸?"

塔克罗回想着当时看到那个小女扁脸的情景。他们现在的位置离那个洞穴挺远的。因为一直在担心怎么逃脱扁脸的追捕,所以也没注意当时是选择哪个方向跑开的。

就在他们争论的时候,塔克罗突然听到背后传来了喊叫声。他赶忙回头,只见几个扁脸出现在小巷尽头。它们还带了一条狗,那条狗拼命地大叫着。

"走这边!"塔克罗的声音听上去有些刺耳,他说完便挑了一个自认为对的方向跑去了。

"那边有一个白色的大洞穴!"跑了一会儿,露莎惊呼道,"我闻到了,是我们先前打翻的那个垃圾桶的气味。应该就是这条路了……"

四只小熊在黑路间曲曲折折地前进。他们遇到了两次

荒野新生

火焰兽，每次都是趴在阴影里等火焰兽过去；他们还遇到了一次金属鸟，那次他们藏在了一棵矮树下。

塔克罗开始怀疑自己还能不能跑得动，他好像迷路了，所有的黑路看上去都是一个样子，先前看到的那个洞穴也和别的洞穴没什么区别，这真是个要命的地方。每次抬起四肢，他都能感到一阵剧痛，胸腔也因为拼命呼吸而猛烈地起伏着。

"这样不对……"他喘着粗气说。

"塔克罗！"卡莉克已经领先他们好几步。她冲到一条黑路的拐角处，"我闻到我们先前留下的气息了！我们可以循着这个味儿找到那个地方。"

"你太聪明了！"露莎加快脚步冲到了卡莉克身边，乌朱瑞克紧跟其后，塔克罗则艰难地迈动四肢跟上了大家。

卡莉克带头转过了一个拐角，这会儿他们似乎已经摆脱扁脸的追捕了。

就在这时，一个洞穴映入了塔克罗的眼帘，洞穴旁边还长着一棵奇形怪状的树。洞穴的屋顶倾斜下来遮住了门楣，看上去就像是乱蓬蓬的毛发遮住了熊的眼睛一样。

"就是这儿！"他大叫着，"可以试试，不过我还是对这个糟糕主意不抱期望。"

塔克罗看看这边又看看那边，确定安全之后，领着大家穿过黑路，冲到房子旁边的那片阴影中。他们紧贴着墙壁挪到了一扇窗户边。塔克罗想起当时就是从这扇窗户里

看到那个小女扁脸的。他后掌着地直立起来，想要看清楚里面的情况，无奈被皮毛挡住了视线，不过可以看出洞穴里面灯火通明。

塔克罗用鼻子轻轻地碰了碰玻璃，几乎就在同时，窗边出现了一只粉色的爪子。那只爪子嗖的一声便将窗帘拉开了，那个小女扁脸惊讶地定睛看着他。

"救命！快救救我们！"露莎用央求的声音喊着，"扁脸在追捕我们。"

那个小女扁脸警觉地四下张望着，从窗户边退了回去。

"不！"是塔克罗绝望的吼叫声。

"别大声嚷嚷，你吓着它了！"露莎将塔克罗推到了一边。

塔克罗不耐烦地晃了晃脑袋："它根本听不懂我们的话。"

狗叫声持续不断地从远处传来，扁脸的叫喊声也渐渐逼近了。塔克罗想，很快我们就不得不再次奔跑逃命了。

突然，塔克罗听到身后传来嘈杂声。他赶紧回头，只见乌朱瑞克后掌着地直立了起来，他的四肢变得瘦弱而纤长，棕色的毛发不见了，鼻子缩小了，耳朵也长到了脑袋两边……

"让我试试看。"乌朱瑞克说着朝前走了一步。现在，站在他们面前的是一个小男扁脸了！

第三十二章
乌朱瑞克

一阵寒风袭来,乌朱瑞克不禁打了个冷战。他轻轻地敲了敲窗户,冲着里面那个小女扁脸友好地笑了笑。它的眼睛惊讶地睁得大大的,再次走到了窗边。它将脸和爪子贴在窗户上,朝外面张望着。

"请你打开窗户,好吗?"乌朱瑞克对它说。

那个小女扁脸犹豫着。看上去它好像还没有从刚才的惊恐中缓过神来。过了好一会儿,它伸出爪子来,打开了窗户。

"你是谁?"它紧张地问。

"我叫乌朱瑞克,"他说,"我是——我是来这里玩儿的。"

"我叫玛利亚,"小女扁脸说着咯咯地笑了起来,伸出一只爪子捂住了嘴巴,"你都不穿衣服吗?一定冻坏了吧。来,把这个穿上吧。"

熊武士

玛利亚脱掉自己身上的粉色皮毛,想把它披在乌朱瑞克身上。结果它一探身子,看到了躲在下面的塔克罗、露莎和卡莉克。玛利亚吃惊地瞪圆了眼睛:"这些熊都是你的吗?"

"是的,"乌朱瑞克回答,"现在有一群扁脸——哦,是人——在追捕我们。它们将熊看作很危险的动物,不过我的这些熊真的很善良。我可以保证,你看!"

三只小熊都蜷成团儿趴在地上。乌朱瑞克猜想他们是想让自己看上去小一点儿,显得没有攻击力。露莎还伸出小爪子冲着他和玛利亚挥了挥。

突然,玛利亚从窗户边消失了,这让乌朱瑞克心里一沉,它是不是跑去叫成年扁脸了?但是没过一会儿,玛利亚就出现在洞穴外面,怀里还抱着一只黑白相间的小狗。"它叫派珀。"玛利亚说着将小狗抱到乌朱瑞克面前,"派珀,快打招呼。"

那只小狗听话地摇晃起它的小尾巴,抻长脖子舔了舔乌朱瑞克的手,好奇地嗅了嗅。乌朱瑞克突然感觉到了塔克罗喷出来的热气。哦,不,不!这可不是猎物,塔克罗。乌朱瑞克用警告的眼神示意他安静下来。那只狗缩回了玛利亚怀里,表情看上去很困惑。它一定觉得我的气味很奇怪吧,乌朱瑞克想。

"我想派珀很喜欢你,"玛利亚高兴地说,它又看了看三只小熊,"我能摸摸他们吗?"它问,"我从来没有

荒野新生

这么近地接触过小熊呢。"

"嗯,没问题。"乌朱瑞克说。

玛利亚伸出爪子摸了摸塔克罗毛茸茸的棕色身子。乌朱瑞克很确定他看到塔克罗翻了翻白眼。

"我要是也有宠物熊就好了。"玛利亚声音轻柔地说。

"你愿意帮帮我们吗?"乌朱瑞克问,"我们需要找个地方躲避追捕。我——我不想让它们将我的熊带走。"

玛利亚笑了笑,"我知道一个好地方!跟我来。派珀,老实在这儿待着。"

它领着他们绕过这栋房子。房子后面是一大片草地,草地上有一圈篱笆,那儿有一个小木屋。玛利亚打开了木屋的门,招呼他们进去。

等塔克罗他们都走进去之后,乌朱瑞克也走了进去。这时,黑路上出现了火焰兽眼睛里的那种亮光,乌朱瑞克能听到它发出的隆隆声,还有狗叫声。

"它们还在搜捕我们。"他低声抱怨着。

小木屋里面散发着一股苹果的清香,那香味中又混合着干燥的泥土气息。墙上挂着一些木制的、金属制的用具。另一边的架子上则满满当当地堆放着一些盒子。乌朱瑞克摇了摇头。

"躲在这里不行,"他说,"它们透过窗户就能看见我们了。"

"储藏室哪里有窗户啊,小笨蛋?"玛利亚笑着说,

"躲在下面那个地下室里。"

玛利亚说着打开了地板上的一扇小门，那下面出现一个方形的、石头砌成的小洞穴。这么小的地方能装下我们四个吗？正迟疑着，一股潮湿阴冷的空气从那个小洞口袭来，他不禁打了个冷战。

"别指望我下去！"塔克罗望着洞口抗议。

卡莉克的眼神看上去也很紧张："我们在那里面肯定没办法呼吸。"

"不，我们能呼吸的！绝对可以的！"露莎劝他们，"我们不用在里面待太久的。"她说着跳进了那个地下室里，回头看了看站在洞口的朋友们，"看到没有？没事的。"

与此同时，追捕他们的扁脸的声音渐渐逼近了。窗外突然传来一声狗叫。"它们一定是追着我们的气息找来这里了。"乌朱瑞克惊呼道。

"快！"玛利亚催促着。

塔克罗和卡莉克仍站在洞边迟疑着。

"赶紧下去！快！"乌朱瑞克的耐心终于到了极限，"这是我们唯一逃脱的机会了，你们俩是不是想让它们找到我们？"

玛利亚惊讶地睁圆了眼睛："你刚才竟然在咆哮！你会说熊语吗？"

"是的。"乌朱瑞克回答。

他说着推了一把卡莉克，卡莉克几乎是直接摔下去落到露莎旁边。塔克罗张开嘴刚想反驳,从门外传来的一声清亮的狗叫声打断了他。他赶忙纵身一跃,掉到了卡莉克身上。一时间,这个小小的地下室像是被黑色、棕色、白色的毛球塞满了。

"你是从马戏团来的吗?"玛利亚好奇地问,"你的这些熊是不是会表演很多节目呀?"

这会儿生死攸关,哪里还有时间回答你的问题啊!乌朱瑞克也赶忙跟着跳了下去,跟他的朋友们一起挤在这个狭小的空间里。玛利亚从上面锁上了那扇门。黑暗笼罩下来,乌朱瑞克甚至都找不到自己的爪子在哪里了。他感觉快要被朋友们挤碎了,他们的气味混合在一起将他淹没了。

"我不喜欢这样。"卡莉克声音颤抖地说。

"你一会儿就会适应的。"露莎小声安慰道。

"嘘!"乌朱瑞克说,"我不想听到任何声音!"

玛利亚微弱的声音从上面传来,它一定是在跟洞穴外面的扁脸说话,"是的,那些熊来过这里,他们朝那边走了。"

紧接着,乌朱瑞克又听到一个男扁脸的声音,但是他没有听清它说了什么。其实最让他担心的是那只狗,狗叫声听上去就像是从地下室正上方传来的。

"狗能闻到我们的味道,"塔克罗嘟囔着,"它们知道我们就躲在这儿。"

"地下室里?"玛利亚的声音再次传来,"哦,不,他们怎么会在那里呢。那个门从来没打开过。"

求求你们千万别打开这个门，乌朱瑞克默默地祈祷着。

"乌朱瑞克，"卡莉克叫道，她的声音因为恐惧而颤抖着，"我快窒息了，我要出去！"她举起爪子拼命地在石壁上挠着。乌朱瑞克被挤到了一个角落里。

"现在不行！"塔克罗制止了她。

"再等一小会儿，或者两小会儿，"露莎哀求道，"我们现在出去一定会被扁脸发现的。"

"我不能——我不能……"

乌朱瑞克感觉到卡莉克在颤抖，还有她急促的喘气声。他努力想要听清楚外面的动静。扁脸们还在互相交谈着，还有一条狗在不停地狂吠。还好，没一会儿这些声音就都消失了。

"我想它们离开了吧。"乌朱瑞克说。

过了一会儿，玛利亚将地下室的门打开，月光照了进来。卡莉克率先爬了上去，终于可以大口喘气了。塔克罗、露莎、乌朱瑞克跟在她身后依次爬了上去。玛利亚正紧紧地贴在木屋的墙壁上，看样子是被卡莉克激动的样子给吓到了。

"没事的，卡莉克，没事了。"露莎安慰道。卡莉克终于冷静下来了，露莎跟着她走到了洞穴的门边，站在她身后。塔克罗迈开步子朝外面走去，过了一会儿卡莉克和露莎也跟了上去。

荒野新生

"谢谢你,玛利亚。"乌朱瑞克对小女扁脸说,"你帮了我们大忙了。"

"不客气,"玛利亚说,"你们现在要去哪儿?"

乌朱瑞克深深吸了口气说:"我们要离开这里。从哪条路走最近?"

"我指给你们看。"玛利亚说完领着他们走到了黑路旁边,"走那条路,如果你想要避开油田的话。"它指着前方说,"朝那个高高的黑色建筑的方向走。"

"谢谢你。"乌朱瑞克说。

当他回头准备召唤朋友们一起出发的时候,他注意到玛利亚脸上沮丧的表情。"你们不能留下来吗?"它恳求道,"我可以给你们拿吃的。我的朋友们肯定会很惊讶我的院子里面出现了三只小熊!"

乌朱瑞克摇了摇头:"对不起,可是我们必须继续往前走。"他说完转身离开了。此时,塔克罗已经沿着黑路朝玛利亚指的方向走了一段距离了。

"等一下!"玛利亚追上前去,抓住了乌朱瑞克的胳膊,"那些人说它们是在追捕四只熊,而不是三只熊和一个小男孩儿。"它的眼睛睁得大大的看着乌朱瑞克,"那你到底是什么?"

乌朱瑞克看着玛利亚,一种无法名状的感觉在他体内膨胀起来。"我也不清楚。"他静静地回答。

第三十三章
乌朱瑞克

"先不要走。"玛利亚说,"你不能不穿衣服的,等我一下。"

它说完,转身朝窗户的方向跌跌撞撞地跑去了,这让乌朱瑞克有些惴惴不安。塔克罗则站在不远处表现得极不耐烦,露莎和卡莉克紧紧地靠在一起,低声谈论着。

很快玛利亚就回来了,它爪子里拿着一件厚厚的扁脸皮毛,还有两个看上去挺沉的奇怪东西,乌朱瑞克在扁脸的脚掌上见到过这种东西。

"把这些穿上吧,"它说,"它们能让你暖和些。"

乌朱瑞克脱掉身上那件粉色皮毛,穿上了玛利亚递给他的新皮毛。这件扁脸皮毛长得快要耷拉到地上了,乌朱瑞克发现自己的爪子都被盖住了,不过穿上它之后的确很暖和。他感激地摸了摸刚披上的皮毛,原来做一个扁脸要挨冻啊!

荒野新生

"现在来穿鞋。"玛利亚说着将两个奇怪的东西放在地上,"不对。"看到乌朱瑞克将脚掌随便伸进了一只鞋子里,玛利亚赶忙纠正他,"穿反了!"

乌朱瑞克实在不喜欢脚掌被套上东西的感觉,这些被扁脸称作"鞋子"的东西又硬又笨重。扁脸整天穿着这东西怎么能感觉到大地呢?他很不解,但是又不得不承认,现在他的脚掌没有刚才那么冷了。

扁脸需要的东西真多啊……还是做一只熊省事儿。

"谢谢你,玛利亚。"他说,"我永远不会忘记你为我们做的这些事情。"

乌朱瑞克没料到玛利亚竟然向前走了几步,然后给了他一个大大的拥抱。"不管你们是谁,祝你们好运。"它喃喃地说。

乌朱瑞克笑着点了点头:"再见了。"

露莎走过去,亲切地用鼻子亲了亲玛利亚的爪子,玛利亚则用爪子轻轻地拍了拍她的鼻子:"再见了,小熊们,照顾好自己。"

"我们走!"塔克罗叫道。

乌朱瑞克转身朝着黑路的方向走去,鞋子让脚步一下子沉重了很多。卡莉克和塔克罗走在他身边,露莎则跟在他们后面。拐弯之前,乌朱瑞克忍不住回头看了看玛利亚,它还站在原来的地方,一动不动地望着他们远去的背影。它举起一只爪子挥了挥,乌朱瑞克也学着它的样子挥了挥爪子。一转过拐角,他们就再也看不见它了。

他们朝玛利亚指给他们的那座高大的建筑走去。这里的风很大,像刀子一样刺痛了乌朱瑞克的脸,那刺骨的寒冷轻易地就穿透了他身上厚厚的扁脸皮毛。看到乌朱瑞克冻得直打哆嗦,塔克罗和卡莉克赶忙朝他靠近了些,用身体帮他取暖。

尽管黑路上很安静,乌朱瑞克却丝毫不敢大意,他时刻警惕着随时可能出现的追踪者。他多希望现在能有熊类那样敏锐的嗅觉和听觉啊!那座高高的建筑看上去离他们还有一段距离。突然,火焰兽的吼叫声逼近了。乌朱瑞克赶忙回头看,只见一只火焰兽正朝着他们飞奔而来,那只火焰兽的胸前和尾部都散射出蓝色的光芒。

"不是又来了吧!"塔克罗怒吼道。

"快,躲起来!"乌朱瑞克赶紧说,"去那头躲起来。"他指着不远处的小巷尽头说。

小熊们慌慌张张地向前跑去,躲到了阴影中。乌朱瑞克刚准备跟上去,听到身后有人叫他:"嘿,小家伙!"

他心一沉,停下脚步转过身去。是那只火焰兽,它慢慢停下来了。一个男扁脸从里面爬了出来,腰里别着一支小小的火棍。

至少它没有举着那玩意儿对着我!

"小伙子,来这边!"那个扁脸叫他。

"我?"乌朱瑞克极力挤出了一个无辜的表情。他真

荒野新生

想四处张望一下，确认他的朋友是不是都已经安全地躲起来了。但是他控制住了这种冲动，朝扁脸走了过去。

"这么晚了你怎么还在外面闲逛？"那个扁脸看着他走过来问，"你不知道这地方有熊出没吗？"

"熊？"乌朱瑞克睁大眼睛假装很吃惊，"哇，真的吗？"

"真的！所以这可不是你自己在外面闲逛的好时候。"

"我……呃……"

乌朱瑞克心想，编造一个什么样的理由，这个扁脸才能接受呢？

"我出来给我的小妹妹抓药呢。"终于他想了这么一个借口，但愿这个扁脸不会再要求看一看药，"我妹妹生病了。"

那个扁脸嘟囔着："你是不是去了医院？那你有没有看到一个跑出来的小男孩儿？你看到熊了吗？"

乌朱瑞克摇了摇头："我没有去医院。我是去……去……玛利亚家了，它家就在前面。"他胡乱地指了指他们刚才离开的那个方向。

谁又能想到事情就这么巧呢？那个扁脸笑着点了点头："格林医生，是吗？它对病人很好的。我跟它的小女儿很熟，叫玛利亚，它长大了也会成为一名很棒的医生。"

乌朱瑞克如释重负地笑了笑："对，就是它们家。"

"好了，赶紧回家吧。"那个扁脸继续说，现在它的

口气温和多了，"不过别担心——我们一定会把那几只熊一网打尽的！很快的，告诉你妈妈别担心。"

它转身朝火焰兽走去。等火焰兽吼叫着跑远了，乌朱瑞克才迈开步子朝巷子尽头跑去。

塔克罗、卡莉克、露莎从阴影处走了出来，他们用紧张的眼神望着乌朱瑞克。

"发生了什么事情？"塔克罗问，"那个扁脸想要怎样？"

"它问我有没有看到你们。"乌朱瑞克回答，"它们都在追捕我们呢。我们得赶紧离开这个鬼地方，不然只会越来越危险。"

他从小巷的尽头探出头去检查了一下，确定黑路上没有动静之后，便带头沿着阴影朝那座高大的建筑走去。那座大建筑周围基本上没有什么小洞穴，它的窗户上也没有窗帘，有些地方甚至都没有窗户，他们感觉到一股强烈的荒凉气息。这里石油的恶臭味儿更加浓重了。

路灯照在黑路两边成堆的垃圾上，一张纸随风飘到了塔克罗的脸上。冷风像喝醉了般阵阵撕扯着他的脑袋和胸腔。

"真恶心！"塔克罗抱怨着，停下来将那张纸从脸上拿开，"到处都是扁脸的味道，我身上就不能干净一会儿吗？"

"是啊，"卡莉克难过地表示同意，"我已经忘了新鲜的空气是什么味道了。"

"所以我们得赶紧离开这个破地方，越快越好。"

荒野新生

乌朱瑞克想说些什么鼓励大家。他回忆着以前漫步在草地上的时候，低头就可以从干净的河流中喝到水。一想到这些，他就感觉爪子蠢蠢欲动。可是，说不定用不了多久，这里就再也找不到干净的水源了。

乌朱瑞克又想起了在医院里的那一幕。他爪子上沾着珍妮特递给他的石油，他感觉那些石油从他身体内流了出来，将他吞没，他感觉自己的鼻子里、眼睛里都灌满了石油，那石油奔涌着四散开来，直到将整个空间全部吞没在一片恶臭与黑暗中，而他却什么也做不了。

"事情会变得更糟糕的。"他小声说。

那座高大的建筑物渐渐靠近了，终于，他们走到了它的影子里面。它高耸入云，比这里最高的树还要高。这里所有的窗户都是黑漆漆的。四周的黑路蜿蜒地伸向远方，黑路两边排列着密密麻麻的小洞穴。不管乌朱瑞克往哪个方向看，映入眼帘的都是这种钢铁水泥建筑。

"那我们现在该做什么？"塔克罗问。他厌恶地扫视了一周，"这就是那个扁脸小家伙让我们来的地方？但是好像对我们找到出路没什么帮助啊。"

"我们不会被永远困在这里吧？"卡莉克的声音有些哽咽。

"不，不会的。"露莎说，"我们还得再好好找找，不会太远的。"

"你什么时候才能不这么乐观？"塔克罗抱怨着，

"烦死了！"

"那你就自个儿使劲烦去吧，我就是这样的，不会改变。"露莎反驳道。

"别吵了。"乌朱瑞克说着走到了塔克罗身边，将一只爪子放在他的肩膀上，"我会找到出路的，不过现在要做的事情是找个地方躲起来。"

乌朱瑞克带着大家围着这座高大的建筑转了起来。冷风从耳边吹过，像是在哀鸣，风搅起了铺天盖地的灰尘和垃圾。就在这时，远处传来了火焰兽嘶哑的吼叫声，乌朱瑞克停了下来。但是那个声音很快就消失了，他们甚至连火焰兽的身影都没看到。这个地方真的堪称是最荒凉的地方了，比远处的那些山脉还要荒凉。

他们围着建筑转了快一圈，当他们就快要再次回到出发点的时候，乌朱瑞克终于看到了靠在墙上的一块木板。

"去那下面躲着。"他说着推了一把卡莉克，"留在这里别动，等我回来。"

卡莉克走了过去，露莎也跟了过去。从乌朱瑞克身边走过去的时候，露莎用鼻子亲昵地戳了戳乌朱瑞克，说："别让我们等太久哦。"

"不会的。"乌朱瑞克保证道。

最后，塔克罗也走了过去。三只小熊挤在那个狭小的空间里。"我从来没有试过这么狼狈地躲在这么小的地方。"塔克罗没好气地抱怨着。

荒野新生

看到同伴们都躲好之后,乌朱瑞克抬头望着夜空中的星星。他用力伸展身体,一阵风吹来,像是要把他吹走一样。玛利亚给他的那双鞋子掉在了地上,他的腿慢慢缩小了,脚丫子则颤抖着变成了带钩的爪子。现在他的视力好极了,轻松就能看到那高大建筑上面的每一条裂缝和凹坑。他那粉色的皮肤上长出了羽毛。他展开双臂,臂膀变成了一对翅膀,那对翅膀在月色下泛着微微的白光。伴随着一声低沉的鸣叫,乌朱瑞克变成一只雪白的猫头鹰,盘旋着冲向了天空。

猫头鹰展翅朝黑路和建筑群上空飞去,尽情享受着凉飕飕的夜风轻抚羽毛的那份自在。但是即使在高高的空中,恶臭的石油味儿仍然没有消失。

万千灯光像是点缀在黑暗中的闪闪斑点,火焰兽也睁着明亮的大眼睛像萤火虫一样攀爬在荒凉的大地上。只不过从高高的空中俯视大地的时候,那塔尖上的火焰看上去还没有廷臣家炉子里的火焰大。

"我得看看这里到底发生了什么事情。"乌朱瑞克对自己说,他用猫头鹰敏锐的眼睛俯瞰着海洋和山脊,"我要留心看到的每一样东西。"

先前珍妮特在床上用扁脸皮毛做的那张地图此刻在他身下真实地展开了。海洋……山脉……还有那像霉斑一样的黑色普罗金油田……就是它们破坏了这块土地。

不管往哪个方向看,乌朱瑞克能看到的只有建筑群和黑路，除此之外就是银色的管子和反射着油腻光泽的黑色大池子。当他正认真观察的时候，下面似乎发生了什么事情。地面上的动静突然大起来，就像是被熊爪搅乱的蚂蚁窝一样。

  油泵塔、输油管道、黑路，它们散布在四面八方每一个角落，吞噬了这片曾经生机勃勃的土地。它们沿着海岸线分布，又钻到了山林里，像怪物触角一样侵袭了远处的整片森林和北极村。它们将一切都笼罩在阴霾下，直到最后的大荒野消失掉……

  乌朱瑞克拍打着雪白的翅膀，在空中盘旋着，不禁绝望地发出一声哀鸣。这真是噩梦一般的情景：这里不再有熊，不再有驯鹿、鹅群、狐狸，有的只是输油管道和刺耳噪音，有的只是令人作呕的恶臭。不管飞到哪里，似乎都无法将这一切摆脱掉。而扁脸还要将污染蔓延到海洋。看到那黑色的油墙奔涌着扑向远处雪白的冰川，就连浪花中都裹挟着废弃物……脏污铺天盖地，乌朱瑞克感觉无路可逃。

  他大口喘着粗气努力让自己清醒些。他眨眨眼睛，盯着眼前这些恐怖景象，发觉自己的感官比以前任何时候都要敏锐。他能听到地面上引擎"突突突"地将石油从地下开采出来；他甚至能听到输油管道里石油流动的汩汩声，还能感知到它们将石油带到远方的山林中……

  恐惧像刺骨的冰雪一阵阵袭上乌朱瑞克的心头。他甚至无法让自己冷静下来，无法让自己有节奏地拍打翅膀以

荒野新生

保持平衡。终于，他领悟到了这次征途的意义所在，最后的大荒野需要他的帮助！

拯救大自然……他想起了露莎的那个梦，也想起了自己一路上那些焦躁不安的心理，还有他变身成为某种生物的时候，感知到的那些生物内心的恐惧。它们恐惧是因为生存环境全被破坏了，被污染了，是扁脸掠夺走了一切。

我是来战斗的。他信誓旦旦地想，不管怎样，我要找到一个方法拯救大自然。

皎洁的月光让他睁不开眼睛，星星在他周围不停地闪烁着。他突然发现自己在往下掉。他的翅膀和尾巴都不见了，取而代之的是鱼鳍，他身上出现了一些银光闪闪的鱼鳞……他无法呼吸了，身体也跟着痉挛起来。他在空中痛苦地翻滚着。地面上的河流渐渐逼近了……他扑通一声摔到了水面上，紧接着又沉到了水底。

"不！"乌朱瑞克心急火燎地挣扎着想要逃离这里，"这不对！我应该回到地面上，我应该跟塔克罗他们在一起。"

鱼形的身子让他完全失去了反抗能力，一阵强烈的饥饿感很快赶走了他头脑中关于朋友的记忆。他的嘴巴翕动着，渴望能吃到一些美味多汁的食物。只是具体想吃些什么他也不知道，只知道那食物来自河里。但是他什么也没吃到……除了被污染的河水和令他绝望的空虚，河里什么也没有。向着上游，他渴望地游去……

"我得……变身……"依靠着仅存的一点儿意识，乌朱瑞克努力想要变回原来的猫头鹰形状。他想飞到油田上空，然后找到那座高大的建筑，只有这样才能找到他的朋友。

他的尾巴轻轻拍打着水流，朝河岸游去。就在这时，他的鱼形身体上长出了翅膀，羽毛在月光下泛着涟漪，鱼鳞慢慢消失了，肚子上长出了爪子，他将头高高地抬出水面。但是很快，乌朱瑞克就惊讶地发现他变错了，猫头鹰哪有这么粗壮的爪子啊，而且竟然还有蹼！

我怎么又变成鹅了，哦，好吧。反正这样我也能飞到我想去的地方。

但是正当乌朱瑞克试着起飞的时候，他能做的却只是用翅膀无助地拍打着岸边的泥巴。他的羽毛上沾满了黑色的黏液，沉重得让他根本站不起来。他扭着脖子想要用嘴巴梳理下羽毛，将那黑色的黏液清理掉。就在这时，一个声音在他心中回响着："那东西可不好吃，它有毒。"

乌朱瑞克吓得心怦怦直跳，他被这黑色的东西困在了岸边。为了摆脱这种绝望的境地，他只得挣扎着再次变身。他感觉身体在慢慢变大，腿也变得有力多了。有四条腿的感觉真好，腿的末端还有小巧精致的蹄子。什么？蹄子？就在这时，他发现自己脑袋上长出了角，他变成了一只棕灰色的驯鹿……

乌朱瑞克挣扎着站了起来，在岸边最高的地方眺望

荒野新生

着前方的油田。不只是变成驯鹿，我竟然还成为了一只母驯鹿！还是怀孕的母驯鹿！他能感觉到肚子里尚未出生的小宝宝的重量。他吃力地向前迈着步子，头低低地垂着，跟随直觉朝家族以前生活的地方走去。可是，风中的那片沼泽地和山林呢？怎么都不见了？为什么满眼都是黑路，还有那该死的长长的银色管子？为什么这里到处都是扁脸建造的高高的建筑？乌朱瑞克抬起头发出了一声长长的哀号。这是怎样的一种绝望和无奈，待产的母亲找不到地方迎接小宝宝的出生……

"不……不……"乌朱瑞克用尽最后一丝力气，挣扎着再次变身。

猫头鹰！猫头鹰！变成猫头鹰，那样我就能回到我的朋友身边，然后带他们离开这个鬼地方了。翅膀……白色的羽毛……利喙……爪子……

这次乌朱瑞克终于可以松一口气了。他终于摆脱了刚才的失控场面，变成了一只雪白的猫头鹰。他拍打着翅膀冲上天空。他感觉自己已经筋疲力尽了，他那小小的鸟儿的心脏怦怦怦地一阵乱跳，就像是大风中颤抖的落叶……

他眨眨眼睛，将注意力集中在了身下的土地上。终于，他又找到了那座高大的建筑，那个他变身成猫头鹰起飞的地方。他找到了那块木板，他知道他的朋友们就藏在下面等着他。

乌朱瑞克仔细侦察着下面的地形，一切都跟玛利亚

说的一模一样。如果我们沿着黑路走过去的话……走到那边……然后我们就能离开这个破地方了。"

他感觉心跳得厉害，滑翔着落了下去，停在离那块木板很近的地方。他松了口气，然后努力让身上的羽毛消失掉，棕色的细毛爬满了他的四肢，那对翅膀也变成了前腿，腿的末端伸出了爪子。他那尖利的鸟喙也变成了熊的口鼻。他高兴地想，终于可以四脚着地站立了，我又变回棕熊了。

他累得动弹不得，浑身颤抖着趴在脏兮兮的地面上。他感觉四肢酸疼。但是火焰兽的吼叫声提醒了他——扁脸还在搜捕他们，没时间休息了。

乌朱瑞克呻吟着发出一声沉闷的叹息，然后鼓励自己站了起来。"我回来了！"他说，"我知道我们现在该往哪儿走了。"

第三十四章
卡莉克

卡莉克从藏身之处露出脑袋，将蜷曲的四肢伸展开来。乌朱瑞克就站在离她不远的地方，重新变回一只棕熊了。但是他浑身又脏又乱，从他的眼神里能看出来他已经疲惫不堪。

"乌朱瑞克，你怎么了？"她小声问。

"我没事，"乌朱瑞克的嗓子有些嘶哑，"晚一点儿再告诉你。"卡莉克的疑虑并没有被打消，但是很显然，乌朱瑞克此时根本不想谈这个话题。她走到他面前，将鼻子埋在他的肩膀里。"看到你好好地变回熊的模样，我很高兴。"卡莉克说，"我希望你能一直这样。"

"我也这么希望。"乌朱瑞克语气沉重地说。

"我希望你已经知道我们该怎么离开这儿了。"塔克罗一边说着，一边从木板后面走了出来。露莎跟在他的身后，"我的爪子一刻也不想接触这片土地了！永远！而且我现在快饿死了。"

"一有时间我们就去打猎。"乌朱瑞克说，"不会太久的。"

他转身领着大家从空中勘测到的那条黑路走去。过了一会儿，他似乎从刚才那种筋疲力尽的状态中缓过来了，脚步也变得轻快而自信。卡莉克在后面紧紧跟着。他们转过一个弯，走到了另一条黑路上，迎面吹来的凉风似乎也变得清新多了。真是喜出望外！没想到这么快，那些建筑就被他们远远地抛在身后了。他们的爪子终于摆脱了硬邦邦的地面享受到草丛的爱抚，这是一件多么美妙的事情。走着走着，还能碰到一些小石头和低矮的植物丛。柔和而动听的波浪声传入卡莉克的耳朵里，走出了那一眼望不到边的被石油污染的地方。终于，她闻到了咸咸的海水味道。星光照在泛着涟漪的海面上，那片冰面闪闪发光。

近了！她兴奋地将那熟悉的冷空气深深地吸进肺里。

她多么想从那一小片开阔的水域里游过去，游到冰面上。她又是多么渴望能够立刻置身于无边无际的白色之中。但是她知道不能离开她的同伴，至少现在还不能。她想，我们才刚刚从污染区逃到荒野上。

又走了一会儿，他们来到了河岸边。卡莉克看见上游横着一座桥。那是她以前和露莎还有塔克罗一起经过的地方。桥上灯火通明，像是成千上万的萤火虫都聚集起来了一样。她还能隐约听到无爪们的叫喊声。

荒野新生

"它们还在找我们。"塔克罗观察着。

"是的,幸亏我们没有尝试从上面走过去。"露莎表示同意。

乌朱瑞克则盯着河对岸,卡莉克走上前去站在他身边。月光照着波光粼粼的河面,那条河在入海处被分割成了若干条小溪。在银光闪闪的河面的映衬下,沙滩和河中的小岛此刻看上去黑乎乎的。

"我们可以蹚过去。"乌朱瑞克说着便试着在水中走了几步,水深刚够淹没他的脚掌。

卡莉克最后看了一眼桥上的灯光,便跟着哗啦啦地蹚了过去,那凉凉的水流冲刷毛发的感觉还真是一种享受。塔克罗步履稳健地在水中跋涉着,他紧紧地盯着水面,像是在期待看到鱼的身影。露莎在最后面一蹦一跳地跟了上来。她脚底一滑,摔倒在河里,溅起一大片水花,小家伙大声尖叫起来。

"谢谢你帮我浸湿身子。"塔克罗一边怪腔怪调地抱怨着,一边用鼻子顶着她站起来。

"不客气啦。"露莎笑嘻嘻地回答,然后晃了晃身子,将那些闪亮的小水珠从身上晃掉。

"嘿!你这家伙。"塔克罗后退几步,拍打着水面回击露莎。

"好吧,这个仇我一定得报,你这个大笨蛋。"露莎的玩心也涌上来了。

"拜托!"乌朱瑞克已经爬到了河岸上,"现在还不是打闹的时候。"

卡莉克跟在他后面也爬上了岸。这多奇怪啊,乌朱瑞克竟然会打断塔克罗和露莎兴致勃勃的嬉戏,通常他才是被打断的那一个。

自从被扁脸带走之后,他变了很多,卡莉克想。

终于,四只小熊都爬到了河岸上。

前面不远处有一片草地,草地上散布着一些小圆石头,还有带刺的灌木丛。水流在那些石头和灌木丛中穿过,那些小圆石头便发出了咯吱咯吱的声音。卡莉克看到那条泛着泡沫的海岸线就在不远处。

"我们终于到达海岸边了。"塔克罗大口喘着粗气,累得一屁股坐在了地上。

卡莉克他们几个则调皮地在他身边翻滚着。他们那沉重的呼吸声听上去像是刚刚结束了一次远足。卡莉克回头看了看他们刚刚走过来的那个地方,玛利亚说的那座高大的建筑还依稀可见。突然,一阵金属鸟的吼叫声传入她的耳朵,只见一个光斑从远处的洞穴区冲了过来,她赶忙趴在了地上。

当她看到那只金属鸟在巢穴中停下来时,惊疑地说:"它不是冲我们来的啊。"

"是的,我们现在安全了。"露莎有气无力地说,"它们不会找到这里来的。"

荒野新生

有那么一会儿，他们谁都没有说一句话，只是挤在一起舒舒服服地躺在阴影中。灯光和噪声好像都离得很远很远。除了好好休息之外，卡莉克什么也不想做。她倾听着轻柔的海浪声音，贪婪地呼吸着从冰极世界吹来的风。

"我知道答案了。"乌朱瑞克突然说，"我知道我们为什么会聚到这里了。"

"我早该猜到你这家伙就不能让我们安生一会儿！"塔克罗抱怨着，"我当然知道我们为什么会聚在这里，"他用鼻子指了指露莎和卡莉克，继续说，"我们来这儿救你呢。"

乌朱瑞克用鼻子亲切地抵了抵塔克罗的肩膀。"我知道你们为我做了很多，而且我真的很感激，但是我要说的不是这个。之前我一直感觉有东西在指引我，"乌朱瑞克的眼睛在星光下熠熠生辉，"直到来到这里，我才真正明白了我们要做什么。以前我一直认为我们需要找的就是一个可以安心生活的地方。但是现在我才发现，我们要做的可能不止这些。"

"有东西在指引你？"露莎重复着他的话，"是不是熊精灵呢？"她抬起头，仰望着寒冷夜空中永恒的斯拉鲁克之光，"是他将我们带到这里的吗？"

乌朱瑞克点点头，他的目光追随着露莎一起盯着天上的星星。"斯拉鲁克一直在守护着我们。"他低声说，"他把我们带到这里来，是想让我们拯救大自然。"

"对,就是这样的!"露莎说,"我们就是要拯救大自然!"

塔克罗看看露莎,又看看乌朱瑞克:"该死!我感觉我差不多明白你们俩想说什么了。"

露莎转身看着他:"塔克罗,你还记得我在烟雾山受伤那次吗?就是大家都以为我要死了的那次?"塔克罗轻轻点点头,"然后,我做了一个梦。梦里我回到了熊池,和爸爸妈妈还有尤加在一起。"

塔克罗长长地叹了口气:"求你别再跟我说什么熊池了。"

"我妈妈说我不能死,她要我好好活着,因为我还有没做完的事情。我得拯救大自然!"

"你?"塔克罗质疑道,"你自己?"

露莎垂下头,"我知道……我知道那是不可能的。不过我现在不是孤军奋战,况且如果有熊精灵帮忙的话,我们肯定没有做不到的事情。"

卡莉克惊讶地看着露莎,这个小家伙的勇气和自信真是让她无比钦佩。虽然我做不到像你那样充满信心,她在心里对自己说,但是如果有什么可以帮助你的地方,我一定会尽力的。

"大自然现在正处于危机中。"乌朱瑞克继续说,"扁脸对石油的渴求促使它们不断地在各个地方建造洞穴和黑路。不到一切都被破坏殆尽,它们是不会罢手的。"

荒野新生

一阵冷风扫着地面吹了过来，四只小熊不禁打起冷战。塔克罗抖抖身子，试图让自己将这种寒冷的感觉忽略掉。

我能理解乌朱瑞克的想法，卡莉克心里默念着。

"那我们现在要去哪儿呢？"露莎问道，"我们应该做点儿什么呢？"

"我不知道。"乌朱瑞克坦言，"我在等信号。"

塔克罗的担心和不耐烦终于爆发了，卡莉克下意识地后退了一步。

"信号！"他暴躁地大声嚷嚷起来，"哦，真的吗？那么告诉我，乌朱瑞克，你在期待什么样的信号？看，那儿聚在一起的四块石头算不算一个信号？这些树叶也不能错过吧？"他说着，用嘴巴从带刺的灌木丛上扯下一堆枝条扔在乌朱瑞克脸上。

"塔克罗！不要……"卡莉克开口劝道。

话还没说完，塔克罗就打断了她："哦，看！那儿还有四座山，难道不是象征着四只熊吗？哦，对啊，那一定意味着我们要往那个方向走。"

他后腿直立了起来。"嘿，精灵们！"他朝天上吼叫道，"你们在吗？你们在听我说话吗？我们下一步应该怎么做呢？我们应该往哪个方向走？"

剩下的三只小熊都静静地抬着头，似乎是想看看塔克罗的无礼挑衅能否得到回应，但是星星依然无声地闪烁着。精灵们没有给出任何答复，也没有任何信号指示他们乌朱瑞克说得对不对。

　　塔克罗说完，重重地一屁股坐在一块圆石上。露莎走到他旁边，将鼻子埋进他的肩膀里，但是他却不耐烦地将她推搡到了一边。"我想我们应该回到山林里。"他低声抱怨着，"把这片平原和海洋留给扁脸污染去吧，它们爱怎么折腾就怎么折腾。"

　　"我觉得你心里肯定不是那么想的。"露莎小声说。

　　"看！"乌朱瑞克突然仰着头喃喃低语。

　　卡莉克顺着他的目光看过去，天空中正在上演一些神奇的变化。一开始像是有一缕烟雾从冰面上袅袅升起，不过比较奇特的是，那烟雾呈现出浆果的颜色。它不断地向上蔓延，最后席卷过整片天空，颜色从红色变成了松树的那种深绿色，然后又变成了金色，紧接着变成了冰蓝色……

　　"好漂亮……"露莎惊讶地赞叹道。

　　卡莉克的心剧烈地跳动起来。整个天空被飞舞的流光充溢，就像是有无数的色彩之河在朝他们奔涌而来，又像是一群有着巨大的彩色翅膀的鸟儿在天空中不断变换队形，为天空着色。卡莉克感觉她的先辈们此刻就在冰面上尽情欢歌，翩翩起舞，他们在召唤着她。你和他们在一起吗，妈妈？她迫切地想知道答案，你是不是也在看着我？

　　"卡莉克，现在必须由你来带路了。"乌朱瑞克的声音打断了她的思绪。

　　卡莉克愣愣地看着他："我？"

荒野新生

"当然了！精灵们在指示我们，接下来要往冰面的方向前进，所以带路的任务非你莫属。"

卡莉克抬头望着熊熊燃烧的天空，她感觉到那咸咸的气息正在诱惑着自己，那片冰面就在前面……

"嗯，那好！"她答应道，"我一定会带你们到冰面上去的，我要让你们看看我的家。我们每迈出一个前进的脚步，那些曾经生活在冰上的熊的灵魂——包括我妈妈的灵魂——都会在天上看着我们。"

一段征程——寻找冰极世界——已经结束了，而新的征程——拯救大自然——又开始了。

《猫武士》姊妹篇《狗武士》来啦!

狗武士
首部曲

灾难 · 合作 · 成长

灾难面前,没有谁可以独善其身,
唯有团结起来,为生存而战,
才不会被新世界毁灭!

一夜之间,山崩地裂,
弱肉强食的世界里,
一群被人类遗弃的拴绳狗,
沉浸在主人必将归来的幻梦中坐以待毙,
我行我素的流浪狗拉奇能否激发他们的野性?

编辑推荐 〉《狗武士》不神化动物的本能,不避讳人类的恶,也不高扬人类的善。这群狗就生活在当下的城市,我们随处可见。发生在他们身上的灾难同样频繁地存在于我们的世界。他们在困境中的选择令人动容,从他们的视角出发对周遭世界的观察又能时常让人产生解谜后的快感。

猫武士

首部曲
预言开始
新译本

宠物猫拉斯特骨子里天生带着几分冒险精神。对自由野性生活的热切渴望，驱使他走进眼前那片幽静神秘的森林，加入雷族，成为一位学徒。在无数次困难和挑战的考验下，他迅速成长。凭借勇气、智慧和百折不挠的精神，完成了预言——火能拯救族群的伟大冒险。

《呼唤野性》《寒冰烈火》《疑云重重》
《风起云涌》《险路惊魂》《力挽狂澜》
定价：168.00元/套

没看过《猫武士》，千万别说你认识猫！

世界级畅销书《猫武士》作者艾琳·亨特最新巨制

中国少年儿童新闻出版总社
中国少年儿童出版社 全球首发

《熊猫勇士》

《洪水滔天》　《秘密之河》　《奔赴龙山》

套装定价：105元

动物小说大王 沈石溪
倾情推荐！

一部"烧脑"的悬疑推理小说
一个感人肺腑的温情疗愈故事
一场不负使命的逆天奔赴之旅

《熊猫勇士》是一部由中少总社自主策划创意，约请国际知名团队艾琳·亨特执笔，联袂创作的极富中国特色的动物奇幻小说。作品以深受世界各国儿童喜爱的大熊猫为主角，讲述了三胞胎大熊猫历经奇幻冒险拯救家园的励志成长故事。